Wolfgang Böhm

ZWISCHEN BRÜDERN

Gedruckt mit freundlicher Unterstützung von Stadt Wien Kultur.

Product footprint
CO_2 Neutral
PBN-CFMCP-015258
www.preferredbynature.org

FSC
www.fsc.org
MIX
Papier aus verantwortungsvollen Quellen
FSC® C014138

Grafische Gestaltung: Dorothea Löcker, Wien
Umschlagabbildung:
© ÖNB Wien: 608.866-C.1927/4, Backcover »Gewista-Wipag«
Druck und Verarbeitung:
FINIDR, s.r.o., Český Těšín
ISBN 978-3-7117-2125-9

Informationen über das aktuelle Programm
des Picus Verlags und Veranstaltungen unter
www.picus.at

Wolfgang Böhm

ZWISCHEN BRÜDERN

Roman

Picus Verlag Wien

Du bist auf den Stufen gesessen, hattest erwartet, ihn wiederzusehen. Doch er war verschwunden, hatte wieder nicht den Mut, sich dir zu stellen. Wir beide kamen damals überein, ihn ab nun zu hassen. In Wirklichkeit haben wir unsere Liebe für ihn nur in eine andere Form gegossen.

1

Der Mantel war wunderschön. Mein Bruder Hans hatte ihn mir geschenkt, gleich am ersten Abend in Wien im Winter 1919/1920.

Es war kein neuer Mantel, aber er war kaum gebraucht. Die Oberfläche aus weicher Wolle war gebürstet, alle Fasern zeigten in eine Richtung. Der Schnitt war modern mit einem großen Kragen, großen Taschen und polierten Hornknöpfen. Immer wieder strich ich mit der Handfläche darüber. Schon lange hatte ich keinen so feinen Stoff unter meinen Fingern gespürt. Es gab weder abgewetzte Stellen noch Löcher von Motten oder sonstigem Getier wie bei dem groben Janker, den ich nach meiner Ankunft in Klagenfurt vom Roten Kreuz erhalten hatte. Nur innen im Futter war ein kleiner Riss, den ich, sobald ich Nadel und Faden auftreiben würde, stopfen wollte.

Hans hatte mir das edle Kleidungsstück einfach überlassen. Er meinte, ich müsse in dieser Stadt gut aussehen – gerade jetzt. Und dieser Winter sei kalt. Woher er den Mantel hatte, weiß ich nicht. Auf meine Frage wich er aus: »Er ist da, Viktor, also nimm ihn.«

Mein kleiner Bruder: Ich war so froh, ihn wiederzusehen. Er wirkte älter, aber noch immer so unbeschwert, heiter und redegewandt wie damals in Olmütz. Als ich ihn das letzte Mal in unserer Heimatstadt getroffen hatte, hatte er sich in einer Gürtlerlehre abgemüht. Der alte Ladtstätter, sein Chef, hatte ihn harsch hergenommen. Aber Hans lachte dennoch, scherzte und unterhielt unsere ganze Familie. Kurz später schrieb er sich in Brünn in die Staatsgewerbeschule ein. In einem seiner wenigen Briefe an die Front erzählte er mir, dass er dort mehr als nur Herstellungsmethoden lerne. Auch das Entwerfen von Schmuck und schönen Gebrauchsgegenständen wie Lampen, Tassen und Besteck werde unterrichtet. »Das liegt mir viel mehr«, schrieb er. Während Hans die Schule rascher als in der vorgesehenen Zeit abschloss, war ich in italienischer Kriegsgefangenschaft.

Gleich am zweiten Tag in Wien verabredete ich mich mit Hans in seinem neuen Stammcafé in der Innenstadt. Ich hatte mich darauf gefreut, aber auf dem Hinweg geriet ich in einen Streit mit einem Kutscher.

Ich hörte ihn schon von Weitem. Das Rattern der eisenbeschlagenen Räder kam näher. Hufe schlugen auf das steinerne Pflaster. Ich drehte mich um, sah, wie sein Fuhrwerk von der Wollzeile in die Rotenturmstraße einbog. Er reduzierte dabei die Geschwindigkeit. Die Holzkisten auf der Ladefläche wackelten dennoch bedrohlich. Nach der Kurve kamen sie wieder zur Ruhe. »Hühhh«, rief er und die beiden Pferde zerrten wieder an der Deichsel. Als neben mir die Räder durch eine tiefe Lacke zogen, traf ein Schwall schmutzigen Wassers meinen neuen Mantel.

Mit einem kurzen Blick zur Seite grinste mich der Kutscher an. Seine Freude war mein Schaden. »So eine Schweinerei!«, brach es aus mir heraus. Da zog er die Zügel an. Die Pferde hielten. Mit aufgerissenen Augen brüllte er von seinem Bock herab, gab mir die Schuld, nicht aufgepasst zu haben. Ich beschimpfte ihn als »verdammten Idioten«. Da hob er seine Peitsche, schwang sie hoch und traf meine Hände, die ich mir schützend vor das Gesicht gehalten hatte. Ein stechender Schmerz zog sich bis zu den Schultern. Ich brachte mich in einem nahen Hauseingang in Sicherheit, während er seine Pferde wieder antrieb.

»Stark bleiben, nicht aufgeben – stark bleiben, nicht aufgeben – stark bleiben.« Wie automatisiert steuerten die Gedanken zurück in den Krieg.

Heute weiß ich, es war nicht so sehr der Schmerz an meinen Händen, der mich diesen Moment nicht vergessen lässt. Es war der viel größere Schmerz, ein Verlierer zu sein. Der Kutscher hatte mich daran erinnert. Ich war einer von ihnen. Einer dieser heimkehrenden Soldaten, die in der farblos gewordenen Stadt umherirrten, ohne Respekt behandelt wurden. Ausgezehrte, armselige Zeugen, Täter und Opfer dieses Desasters – von einer Maschinerie ausgeworfen wie die Überreste eines monströsen Werks. Ich war oben stationiert gewesen, oben auf dem Lagazuoi, dem umkämpften Berg in den Alpen. Dann kam die Lawine, die vielen Toten, der Rückschlag und die Gefangennahme durch die Italiener.

Am Ende der Rotenturmstraße öffnete sich der Blick zum Donaukanal. Hier wirkte die Stadt nicht mehr so düster. Ich sah mich um und musste nicht lange suchen, da entdeckte ich es schon. Dort, wo sich der Franz-Josefs-Kai zum Schwedenplatz öffnet, lag das Café Siller.

Als Hans mich begrüßte, verzog er gleich das Gesicht. »Der Mantel ist nicht lange schön geblieben«, sagte er mit vorwurfsvollem Lächeln. »Komm, setz dich.« Er zog mich zu einem runden Tisch nahe einem gusseisernen Ofen. Die Striemen auf meinen Handrücken bemerkte er nicht oder wollte er nicht sehen. Die Kellnerin war aufmerksamer. Als sie an den Tisch kam, wies sie auf meine Hände und fragte, ob ich Schmerzen hätte. Dabei bewegte sie ihre Finger durch die Luft über die Wunden, als wollte sie mich streicheln. Und dann fragte sie »Auch eine Melange?« Sie hatte einen ungarischen Akzent. Ich nickte und sah diesem einfühlsamen Geschöpf erstaunt nach. So erstaunt, dass Hans die Augen zusammenkniff und vielsagend grinste.

Das Café versprühte Lebensfreude. Mitten in dieser hungernden Stadt war es voll Menschen, die sich angeregt unterhielten. Die Luft war trocken und warm. Im hinteren Eck des von einer hohen Decke überspannten Raumes spielten vier ältere Herren Karten. Immer wieder lachten sie auf, neckten sich gegenseitig. Bei einem der breiten Fenster im vorderen Teil saßen zwei junge, vornehm gekleidete Frauen und plauderten lautstark über irgendeinen Schauspieler.

Hans war bestens gelaunt. Er war mager wie so viele, aber seine dunklen Augen glänzten voll Kraft. Mit seinen schwarzen, säuberlich nach hinten gekämmten Haaren sah er ein wenig wie ein junger Advokat aus. Er rief »Annemarie!«, und als die große, hübsche Kellnerin mit den etwas zu roten Lippen an unseren Tisch kam, zeigte er mit dem Finger auf meinen Mantel. »Hast du vielleicht eine Bürste oder so etwas, damit wir meinen Bruder wieder sauber bekommen?« Annemarie zwinkerte ihm zu. »Ach, das ist dein Bruder! Von ihm hast du mir ja noch nie erzählt.« Ohne weitere Worte zu verlieren, nahm sie den Mantel über den Arm und ging damit Richtung Küche.

Es wunderte mich, wie Hans nach so kurzer Zeit – er war erst ein paar Wochen in der Stadt – bereits ein Stammcafé hatte, mit dessen Kellnerin er wohl nicht zum ersten Mal schäkerte. Er strotzte vor Selbstsicherheit. Dabei lebte er in einer winzigen Einzimmerwohnung in der Vorstadt, kam kaum über die Runden. Er erzählte von seinen Plänen, von seinem neuen Freund Otto Semmnich, einem Trafikanten in der Ottakringer Straße, der groß ins Tabakgeschäft einsteigen wolle. »Das Geld liegt jetzt auf der Straße.« Wer etwas wage, könne ein gutes Geschäft machen.

Hans hörte sich kurz die Schilderung meiner vergeblichen Versuche an, Kontakt zur Wiener Schulbehörde aufzunehmen. Ich wollte wieder als Lehrer für Turnen und Geografie arbeiten. »Wir werden das hinbekommen«, munterte er mich auf und kniff die Augen zusammen. Dann wechselte er rasch das Thema. »Schau«, sagte er, »ich muss dir etwas zeigen.« Gerade als er ein Kästchen aus einem hellen Leinensack zog, kam Annemarie mit dem Mantel zurück. Zärtlich strich sie über das fein gebürstete Material. »Jetzt ist er wieder schön – für den Bruder.« Den Riss im Futter habe sie gleich auch gestopft. Ich bedankte mich überschwänglich, doch sie zuckte nur mit den Schultern.

Hans stellte einstweilen eine edle hölzerne Kassette auf den Tisch. »Ist sie nicht schön?«, strahlte er und blickte auf uns. Ich hätte nicht sagen können, ob er Annemarie meinte, die noch immer neben mir stand, oder die Kassette. »Er meint nicht mich«, lachte sie, als ob sie meine Gedanken gelesen hätte. »Er meint diese teure, unnötige Schachtel da.«

»Josef Hoffmann hat sie entworfen. Du weißt doch, der Josef Hoffmann, der Architekt!«, wandte sich Hans zu mir. »Das ist eine seiner schönsten Arbeiten.« Es war eine Zigarrenkassette mit einer exakten, kleinteiligen Furnier-Einlegearbeit. An den Seitenflächen erkannte man kaum die kleine Fuge des Deckels, so präzise schlossen die beiden Teile aneinander. Die dunklen Linien aus Ebenholz zeichneten ein zartes Muster in das helle Furnier. »Der Dummkopf hat heute Vormittag sein ganzes Geld dafür ausgegeben, jetzt muss er bei mir anschreiben lassen«, spottete Annemarie.

Ich erschrak. Hans hatte weder eine Arbeit noch eine fixe Einnahmequelle. Ein bisschen Geld hatte ihm unsere Mutter aus Olmütz mitgegeben, damit er sich in Wien an der berühmten Kunstgewerbeschule bewerben konnte. Es hätte eigentlich für die ersten Monate bis zur Aufnahmeprüfung reichen sollen. »Na ja, es stimmt«, lachte er. »Die Zigarren dazu kann ich mir noch nicht leisten.« Als ich ihn entsetzt ansah, schüttelte er all meine unausgesprochenen Einwände ab. »Viktor, du weißt ja nicht, was diese Kassette wert ist. Ich hab sie sehr günstig bekommen. Sie ist ein Unikat.« Dann rief er etwas zu laut Richtung Annemarie, sodass es alle ringsum hören konnten: »Und sie ist fast so schön wie diese Frau – freilich nur fast.« Die Kellnerin strahlte kurz in unsere Richtung, drehte sich um und verschwand durch eine Tür.

Wir tranken noch einen Wermut. Hans ließ es sich nicht nehmen, mich auch darauf noch einzuladen. Annemarie schrieb die unbezahlte Rechnung in ein dickes Buch an der Theke ein.

Und dann, ich erinnere mich noch genau, hatten wir auf dem Heimweg einen Disput. Ich erzählte ihm von den Tschechen und Slowaken in meiner Kompanie. Die hatten desertieren wollen. Eines Abends weihten sie mich, da ich auch aus Mähren komme, in ihre Pläne ein. Sie hatten eine Broschüre von Kameraden aus der Heimat dabei, in der für einen eigenen Nationalstaat geworben wurde. »Pfeif auf den Kaiser«, hatten sie sich aufgeplustert. »Wir machen jetzt unser eigenes Reich.« Natürlich verriet ich sie nicht bei den Offizieren. Aber mir wurde in diesen Tagen klar, dass die Truppe – ja unser ganzes Kaiserreich – auseinanderbrach. Immer weniger waren bereit, den Vielvölkerstaat zu stützen. Jeder wollte nur weg, seinen eigenen kleinen Staat gründen: die Ungarn, die Tschechen, die Kroaten. Und jeder machte die anderen für den Zusammenbruch verantwortlich.

In meiner Einheit hatten wir einen jungen Geschichtsprofessor, einen Juden aus Mährisch-Ostrau, mit dem ich in den wenigen ruhigen Stunden gerne plauderte. In den letzten Tagen des Krieges waren alle auf ihn losgegangen. Sie hatten ihn beschimpft, verspottet und gedemütigt. Sosehr sie untereinander stritten, von ihren eigenen Staaten träumten, in den Tiraden gegen den Juden waren sie noch einmal vereint.

»Hans, die Menschen laufen freiwillig in den Abgrund von gegenseitigem Hass und Böswilligkeit«, sagte ich. »Jetzt brauche ich, wenn ich nächste Woche nach Olmütz fahre, plötzlich einen Pass, werde an der Grenze kontrolliert wie ein Fremder. Und unsere Mutter darf in der neuen Tschechoslowakei nicht wie alle anderen die Regierung wählen, nur weil sie Deutsch spricht.« Aber Hans schüttelte nur den Kopf. »Lass mich mit der Politik in Ruhe. Ich will etwas schaffen, das Bestand hat, mich nicht mit diesem Schmarren beschäftigen.« Die Politik sei vergänglich, die Kunst nicht. »Die schönsten Dinge bleiben für immer bestehen«, sagte er und war plötzlich ernst.

Ich war überzeugt, Hans wollte sich hinwegträumen, nicht wahrhaben, in welch heikler Zeit wir lebten. »Alles wird neu geordnet, alles Bisherige zerbricht«, argumentierte ich. »Wenn wir nicht aufpassen, laufen wir in die nächste Katastrophe.« Und dann warf ich ihm vor, dass er noch nie Verantwortung übernommen habe. Zuerst machte er eine wegwerfende Bewegung. »Ja, ja, Herr Professor.« Dann holte er aus: »Wohin hat dich deine Verantwortung denn gebracht, Viktor? In einen Krieg. Schau dich doch an, was Macht und Politik aus dir gemacht haben: eine armselige, geschlagene Gestalt. Wo ist deine edle, aufrechte Haltung, für die ich dich immer beneidet habe? Sie ist weg. Du schlurfst gebückt dahin, achtest nicht einmal auf deine Kleidung.«

»Nein, hör auf über Verantwortung zu reden«, setzte er nochmals nach. »Mach es dir schön in dieser Welt.« Dann drückte er den Rücken durch, sah beiläufig über mich hinweg, als wären ihm nun wichtigere Gedanken in den Sinn gekommen.

Schweigsam kamen wir bei seiner Wohnung in Ottakring an, wo ich vorübergehend untergekommen war. In der Nacht ging mir unsere Diskussion immer wieder durch den Kopf. Mein Bruder hatte mich aufgenommen, mir diesen wunderbaren Mantel geschenkt. Er bot mir sogar sein Bett zum Schlafen an. Aber er war gleichzeitig schrecklich ignorant und überheblich. Ich versuchte, weil ich das Bett ausgeschlagen hatte, auf einer zusammengelegten Decke auf dem Boden einzuschlafen, lag dann aber viele Stunden wach.

Hans war mir entglitten. Ein Träumer war er immer gewesen, doch nun schien er mir aus dem Rahmen gefallen. In mir mischten sich Ärger und Zuneigung, Verachtung und Bewunderung.

Der Mond hellte das Zimmer etwas auf. Über dem einzigen Sessel im Raum hing säuberlich ein seidener Schal. Ich dachte mir: »Was für ein Luxus mitten in dieser Zeit.« Aber ich musste auch schmunzeln: »Typisch Hans.«

2

Die nächsten Wochen verbrachte ich allein in der mir fremd gewordenen Stadt. Zuerst saugte ich alle Eindrücke auf, die mich an alte Zeiten erinnerten. Es war bloß Sehnsucht. Ich suchte Emil, meinen Cousin, suchte Theresia, meine Tante, fand sie, aber fand keinen Halt. Stundenlang ging ich durch die Straßen von Wien, um etwas wiederzufinden, das nicht mehr vorhanden war. Ich war nicht verzweifelt, bloß irritiert. Jeder Schritt führte mich in ein neues, unbekanntes Leben. Das alte war ausgehaucht wie das Kaiserreich.

Ein paar Tage kam ich bei Emil unter, dann bei Tante Theresia, dazwischen – nur eine Nacht – im Männerheim. Dort schlief ich neben anderen ehemaligen Soldaten. Ihre Gesellschaft tat mir nicht gut. Die alten Kameraden waren keine Zukunft für mich, sie waren meine Vergangenheit.

Viel besser taten mir die langen Spaziergänge durch die Stadt. Mit ihnen verschwand langsam das undefinierbar mulmige Gefühl, das mich seit Kriegsende begleitete. Diese Spaziergänge schenkten mir die Freiheit zurück. Erstmals keine Befehle mehr, keine Pflichten. Von der Karlskirche bis zum Lusthaus: Ich setzte einen Fuß vor den anderen. Auf diesen Märschen durch Wien trat ich den Krieg aus mir heraus, zermalmte ihn wie die Eicheln unter meinen Füßen im Prater.

Mit Glück fand ich bald eine Aushilfsstelle als Turnlehrer im Gymnasium in der Albertgasse. Schuldirektor Anton Klieba, der mich freundlich aufgenommen hatte, versprach mir, ich könnte ab Herbst auch einige der Geografiestunden übernehmen. Hans hatte recht behalten, es regelte sich vieles von selbst. Kein Übernachten mehr bei Verwandten: Ich fand über einen Lehrerkollegen sogar eine kleine, günstige Wohnung.

»Endlich angekommen«, schrieb ich in mein Tagebuch, nachdem ich erstmals wieder vor den Schülern gestanden war, ihre erwartungsvollen Blicke auf mir spürte. Aber gleich in meiner zweiten Turnstunde brach ein Bub zusammen. Er hatte sich an die Sprossenwand gestellt, sich kurz daran festgehalten, dann sackte er zu Boden.

Als ich ihn in den Umkleideraum trug, legte er plötzlich seine Hand um meinen Hals. Er war wieder bei Bewusstsein. Noch ganz bleich setzte er sich auf eine Bank, begann zu schluchzen. Seit drei Tagen habe er nichts zu essen gehabt, seine Mutter sei aufs Land gefahren, um Kartoffeln, Gemüse und ein wenig Mehl zu beschaffen. Aber sie sei noch nicht zurückgekommen. Irmgard Schuster, seine Deutschprofessorin, brachte ihm Wasser und ihr eigenes Jausenbrot. Als sie es ihm überreichte, versuchte sie zu lächeln, dabei kam ein kleiner Spalt zwischen ihren Schneidezähnen zum Vorschein, der ihr ein heiteres Aussehen verlieh. Dann wurde sie wieder ernst. Ich sah, dass ihr eine Träne über die Wange rann. Der Bub, vor einer Viertelstunde noch ohnmächtig, biss mit so viel Gier und Freude in das Brot, dass er sich fast verschluckte. Meine Kollegin setzte sich auf die Bank neben ihn, legte ihren Arm um seine schmalen Schultern. Sie hatte große graue Augen, die mir bereits bei unserer ersten Begegnung aufgefallen waren.

Ich wollte das alles meinem Bruder erzählen, ihn treffen. Mehrmals suchte ich Hans in seiner Unterkunft auf, fand ihn aber nicht. Auch die Nachbarin konnte mir keine Auskunft darüber geben, wo er war. Deshalb ging ich eines Nachmittags los. Mein Ziel war das Café Siller am Schwedenplatz. Dort, dachte ich, würde ich ihn vielleicht antreffen oder mir die Kellnerin Annemarie helfen, ihn zu finden.

Die kalte Jahreszeit war noch nicht vorüber. Mich fror in den Schuhen – den einzigen, die ich besaß. Auf der Ringstraße beim Schottentor stieß ich auf eine Gruppe von Menschen, an der ich nicht gleich vorbeikam. Sie blockierten den Gehsteig. Einfache Frauen und Männer mit noch schlechterem Schuhwerk als meinem und abgetragener, zerschlissener Kleidung. Sie waren aufgebracht.

Gerade als ich mich entlang der Hausmauer an ihnen vorbeidrücken wollte, setzten sie sich in Bewegung, bogen ebenfalls in die Schottengasse ein. Ein paar Schritte ging ich mit ihnen mit, wechselte dann die Gassenseite. Sie blieben vor einem Delikatessengeschäft stehen. Einige schauten kurz in die mit Weinflaschen und Konserven dekorierte Auslage, dann drängten sie in den Innenraum. Ich beobachtete, wie zwei der Männer den Kaufmann in seinem grauen Arbeitsmantel an die Wand pressten und wie andere über die Wurstwaren und Pasteten herfielen. Kurz später zerrten sie Kisten voll Brot, Mehl und weiteren Lebensmitteln aus dem Geschäft.

Ich konnte nicht weitergehen, sah der Plünderung tatenlos zu. Was diese Menschen trieb, war mit Sicherheit ihr Hunger. Sie hatten dem Kaufmann nichts zuleide getan, ihn bald losgelassen. Er saß wieder auf einem Stuhl gegenüber dem Eingang, ließ die Schultern hängen und sah dem Treiben abwesend zu, als wäre es gar nicht sein Geschäft, als hätte er mit dem Ganzen nichts zu tun. Erst als die Polizei eintraf, richtete er sich auf, ging zur Tür und schrie »verdammtes Pack« nach draußen, wo nun einige der Plünderer festgehalten wurden.

Eine Frau in einer dünnen dunkelgrünen Jacke war bei ihrer Flucht von einem Wachmann überwältigt worden. Sie lag ein Stück vom Delikatessengeschäft entfernt auf dem Gehsteig mit dem Gesicht zum Boden. Ein junger Mann, direkt vor dem Geschäft, blutete am Kopf. Er hatte einen Hieb mit dem

Schlagstock abbekommen. Nun stand er an der Hauswand, neben ihm lag ein aufgerissener Sack mit Konserven. Trotz seiner Verletzung brüllte er aus vollem Hals, beschimpfte die um ihn stehenden Polizisten. Er spuckte auf einen der Wachmänner und bekam einen weiteren Hieb versetzt.

»Gehen Sie weiter, hier gibt es nichts zu sehen!«, schrie mir ein Polizist über die Gasse zu. Erst da bemerkte ich, wie lange ich schon zugesehen hatte.

Im Café Siller am Schwedenplatz suchte ich Hans vergebens. Zweimal ging ich durch das Lokal. Geplauder und Lachen begleiteten mich, dann stieß ich fast mit Annemarie zusammen. Sie erkannte mich sofort. »Willkommen!«, sagte sie, nahm meine Hände in die ihren und drehte sie vorsichtig um. So, als wollte sie prüfen, ob sie gut verheilt waren.

Sie wandte sich gerade von mir ab zur Theke, um ein neues Tablett aufzunehmen, als ich sie fragte, ob sie etwas von Hans wisse. »Der hat jetzt viel zu tun«, antwortete sie und wies auf einen kleinen freien Tisch ganz in ihrer Nähe. »Erzähl ich dir gleich, trink erst einmal einen Kaffee.« Dann trug sie das Tablett mit Kuchenstücken in das von Gästen überfüllte Hinterzimmer.

Das Piano war mir das letzte Mal nicht aufgefallen. Es stand unweit der Theke. An diesem Nachmittag spielte ein junger, hagerer Mann heitere, melodische Stücke. Es war Jazz – eine neue Musikrichtung aus Amerika. Die Melodie klang fröhlich und positiv. Sie gefiel mir und nahm mich so gefangen, dass ich nicht bemerkte, wie mir die Kellnerin eine Tasse auf den Tisch schob. Als ich es registrierte, war sie schon wieder weg. Erst etwas später kam sie zurück.

Annemarie setzte sich nie zu ihren Gästen an den Tisch. Das war mir bereits bei meinem ersten Besuch aufgefallen. Sie blieb stehen und beugte sich lediglich ein Stück zu mir herunter, verschränkte etwas schüchtern die Arme vor der Brust. »Der Hans ist jetzt wahrscheinlich im Prückel. Du weißt, das Café an der Ringstraße. Dort ist am frühen Abend immer die reiche Gesellschaft. Da macht er seine Geschäfte.« Sie wisse nicht, sagte Annemarie und verzog dabei ihre roten Lippen, was das für Geschäfte seien, aber er habe all seine Schulden beglichen – und sogar etwas mehr. »Der Dummkopf hat mir einen Armreifen gekauft, schau …« Sie zeigte mir das Schmuckstück an ihrem Handgelenk aus vier Reihen Perlen mit einer zarten silbernen Schließe.

Gerne wäre ich an diesem Nachmittag noch im Café Siller geblieben, aber ich wollte Hans finden und machte mich rasch auf den Weg. Annemarie zwinkerte mir zum Abschied über die Tische hinweg zu. »Lass ihn von mir grüßen!«

Wenig später stand ich vor dem Café Prückel. Es war so groß wie das Siller, aber mit riesigen Fenstern und höheren Räumen. Im Boden des Windfangs ein eingelassener Fußabstreifer. Ich blieb kurz darauf stehen. »Saubere Schuhsohlen«, dachte ich mir – dafür hatten wir in den Bergen keine Zeit gehabt. Unsere gefilzten Soldatenstiefel wurden nur gereinigt, wenn sich an ihrer Unterseite Steine und Erde zu Klumpen verbunden hatten. Dann rieben wir die Sohlen an einem Stein oder Holzpflock ab. Sonst betraten wir die Unterstände, die Stellungen, die Schlafstätten ohne Säuberungen. Der lehmgestampfte Boden war es nicht wert.

Ich bürstete mir den Staub der Straße von den Sohlen, öffnete die Tür zum Café und roch den Duft von Parfum. In den Nischen und an den Fenstertischen wurde laut geplaudert. Ein Stimmengewirr erfüllte den Raum, nur manchmal übertönt von klirrendem Geschirr und den Kommandos der Kellner an die Küche. Ein Herr erregte sich gerade – worüber verstand ich nicht. Ich durchstreifte das Café, besah eine seltsame Standuhr und die opulente Einrichtung. Kellner gingen in altmodisch wirkenden Livrées an mir vorbei. Fast wäre ich wieder gegangen, da entdeckte ich meinen Bruder bei einem Tisch, an dem zwei Herren Schach spielten. Er stand daneben, schaute ihnen aufmerksam zu.

Als Hans mich erkannte, grinste er über das ganze Gesicht. »Viktor! Das ist ja schön, dass ich dich treffe.« Seine charmante Offenheit ließ all meine Sorgen, unsere Spannungen könnten eine Fortsetzung finden, im Nu verblassen. Er ließ die Schachspieler hinter sich, griff nach einer großen Ledertasche, die neben ihm auf dem Boden stand, und suchte mit mir einen freien Platz. Das Café war jedoch bis auf den letzten Tisch gefüllt. Hans zog mich Richtung Ausgang. »Komm, wir gehen woandershin, ich möchte sowieso hier weg.«

Es war schon fast dunkel, als wir auf die Straße traten. Hans zeigte über die Ringstraße hinüber zum Backsteinbau der Kunstgewerbeschule. »Da muss ich mich nächsten Monat bewerben. Das liegt mir im Magen. Die verlangen außergewöhnliche Arbeiten zur Vorlage und dann gibt es noch ein Aufnahmegespräch, das ich bestehen muss.« Er wirkte zumindest vorübergehend ernster als sonst. »Ich will das schaffen, ich muss in der Meisterklasse von Josef Hoffmann studieren. Verstehst du, Viktor!« Bei der Anmeldung war ihm mitgeteilt worden, dass die Chancen gering seien. Es hätten sich nach dem Ende des Krieges wieder viel mehr Kandidaten beworben als in den vergangenen Jahren.

Als wir langsam Richtung Stadtzentrum gingen, kam er ins Schwärmen: »Josef Hoffmann will die Ästhetik in den Alltag bringen. Seine Häuser sind bis ins letzte Detail gestaltet. Er produziert mit seinen Mitarbeitern Gesamtkunstwerke – von der Fassade bis zur Teekanne.« Hans fuchtelte begeistert mit den Armen vor meinem Gesicht, seine Augen strahlten: »Seit

Jahren arbeiten diese Leute am Heiligen Frühling, einer Moderne, die endlich diesen historistischen Kitsch überwinden wird. Schöne Dinge werden dann überall, in jedem Haushalt Einzug halten. Wir werden alle davon profitieren.« Er kam mit meinem Schritt kaum mit und keuchte die nächsten Worte nur noch aus sich heraus: »Die Funktion … steht über allem, aber … die richtige Form macht daraus ein Kunstwerk.«

Als ich einwarf, dass Schönheit doch Geschmacksache sei, blieb Hans abrupt stehen, fasste mich am Ärmel und sah mich verstört an. »Nein, das stimmt eben nicht. Geschmack verzerrt nur die Betrachtung. Es gibt die absolut richtige Form, ihre absolut richtigen Dimensionen, die beste Farbe, um einen Gegenstand zur Wirkung zu bringen. Je mehr etwas verschnörkelt oder verziert ist, umso weniger kann es seine wahre Schönheit entwickeln.« Dann sah er mir ernst in die Augen. »Warum glaubst du, zeichnen die Studenten in den Kunstschulen Akte? Weil sie damit der absoluten Form der Natur, den wahren Dimensionen des Menschen auf den Grund gehen. Es gibt nichts Schöneres, Ehrlicheres als die Nacktheit.«

Wir bogen in eine Seitengasse der Ringstraße ein. Hans steuerte auf eine kleine Bar zu. Der Eingangstür fehlte eine Glasscheibe, sie war durch eine Holzplatte ersetzt worden. Eigentlich war es für den Besuch eines solchen Lokals noch zu früh. Wir waren die ersten Gäste. Es roch nach kaltem Rauch, der Raum war kaum beleuchtet, wirkte düster. Als wir in einer Nische Platz nahmen, kam schon der Wirt und zündete eine Kerze am Tisch an. Dieses zitternde Licht verwandelte die Trostlosigkeit der dunklen Bar in ein Stück Heimeligkeit.

Wir bestellten Cognac. Hans erkundigte sich, ob ich schon Arbeit gefunden hätte, wo ich wohnte, wen ich von unseren Verwandten getroffen hätte. Ich erzählte von der Stelle im

Gymnasium, von meinem freundlichen Direktor, von der Zeit bei Emil und bei Tante Theresia. »Und du?«, fragte ich dann. Er lächelte zufrieden: »Mir geht es hervorragend.«

An diesem Abend verstand ich, dass Hans sein Schicksal selbst in die Hand genommen hatte. In seiner Ledertasche, die wie die eines Arztes aussah, mit einem breiten Innenraum und einem Messingbügel am oberen Rand, befanden sich schachtelweise teure Zigarren. Hans erzählte, dass sein Freund Otto Semmnich, der Trafikant, eine große Menge der exquisiten Rauchwaren über Bekannte in der Schweiz aufgetrieben habe. Diese Zigarren bringe er nun unter die Leute. »Ich mach Geschäfte für Otto aus Ottakring«, blödelte er.

Ohne Zweifel machte sein selbstbewusstes, charmantes Auftreten Hans zum idealen Verkäufer derartiger Luxuswaren. Seine Stimme klang entschlossen, aber nicht aggressiv, auf sein Äußeres legte er viel Wert. Er kannte bereits die meisten Lokale in Wien, in denen die reiche Gesellschaft verkehrte, und bewegte sich in ihren Kreisen mit großer Sicherheit. »Viktor, ich mach damit mehr Geld, als du es dir vorstellen kannst«, prahlte er. »Mir macht nur die Geldentwertung zu schaffen. Verkaufe ich eine Schachtel Creole um neuntausend Kronen, kann es sein, dass ich mir am nächsten Tag kaum mehr ein Mittagessen darum leisten kann.« Die einzige Möglichkeit sei es, sich die Zigarren in ausländischen Währungen – am besten in Dollar – bezahlen zu lassen. »Ich verkaufe sie dann mit einem ordentlichen Rabatt, aber dafür habe ich kein Risiko. Leider wollen nicht alle ihre Dollar aus der Hand geben.«

Hans beschwerte sich über die Einrichtung des Café Prückel, in dem er jetzt oft seine Geschäfte machte. Der pompös gestaltete Raum gefiel ihm nicht. »Da merkst du, dass es vor allem Neureiche sind, irgendwelche Spekulanten, die dort verkehren. Die haben keinen Stil.« Im Café gebe es eine sprechende Uhr und andere Kuriositäten, die diese Gesellschaft für etwas Besonderes erachte.

Hans hielt sich nicht lange mit seinem Ärger auf, er begann von den Chancen des Umbruchs zu schwärmen. »Wir haben Glück, in dieser Zeit zu leben, Viktor! Jetzt werden die Karten neu gemischt.« Meine Einwände wegen der zunehmenden Armut und den tiefen ideologischen Gräben in der Bevölkerung wischte er beiseite. »Es ist die Zeit der Kreativen, nicht der Beamten.« Er habe gehört, dass im Automobilwerk von Gräf & Stift, draußen in Döbling, so viele Limousinen wie noch nie produziert würden. »Bald wird die Stadt wieder voll sein mit Automobilen. Du wirst sehen.«

Die Bar war nicht geheizt, wir saßen noch immer in unseren Mänteln vor der kleinen Kerze. Hans sah mich mit wachen Augen an. Er schien all die wunderbaren Seiten dieser Stadt in sich aufzusaugen, den Rest auszublenden. Ich erzählte ihm von meinem Turnschüler, der aus Hunger zusammengebrochen war. Er gab vor, zuzuhören, nahm das Gesagte aber nicht wahr. »Noch vor ein paar Wochen hattest du Sorge, ob du eine Arbeit findest, jetzt bist du schon wieder Lehrer in einem Gymnasium«, sagte er. »Siehst du, alles wird gut.«

Langsam füllte sich das Lokal und es wurde wärmer. Die abgestandene Luft vermischte sich mit frischem Tabakrauch und wurde erträglich. Der Wirt stellte unaufgefordert ein zweites Glas Cognac vor uns auf den Tisch. »Geht auf's Haus«, sagte er. »Heute habt ihr mir Glück gebracht. Ihr seid die Ersten gewesen. Nun habe ich so viele Gäste wie schon lange nicht.« Er lächelte: »Ich glaube, es geht endlich wieder bergauf.« Hans grinste in meine Richtung. »Siehst du!«

Der Alkohol hatte uns redselig gemacht und wohl deshalb erzählte ich ihm am Heimweg von meiner Kollegin Irmgard Schuster, die ich so gerne einmal ausführen würde. Ich wusste, dass Hans die Stadt weit besser kannte als ich. Auf meine Frage, wohin ich Irmgard denn einladen könnte, hatte er nicht nur eine Empfehlung, sondern nahm die Vorbereitung gleich selbst in die Hand. »Ich besorg dir Karten für das Apollo, das Varieté-Theater«, sagte er in einem Ton, der keine Widerrede erlaubte. »Der Chef, der alte Ben Tieber, ist einer meiner Kunden.«

Mir war klar, dass ich die Eintrittskarten nicht würde bezahlen müssen. Hans würde sie zwar günstiger bekommen, aber keine Krone dafür von mir verlangen. Er war in seiner Großzügigkeit angekommen. Als ob es noch eine Bestätigung dafür bräuchte, griff er zum Abschied in seine große Ledertasche und nahm aus einer offenen Packung drei Zigarren heraus. »Probier die einmal. Wird dir vielleicht nicht gleich schmecken, aber für deine Irmgard schaust du dann so richtig weltmännisch aus.«

3

Schon oft hatte ich Irmgards Nähe gesucht. Unsere Blicke waren einander begegnet, dann ein kurzes Gespräch, ein paar Tage später ein längeres. Sie hatte einen trockenen Humor, den ich mochte. Aber ich wusste nicht viel von ihr, wusste nicht, ob sie einen Freund hatte. Deshalb war ich unsicher, als ich sie fragte, ob sie mit mir ausgehen wolle. Statt gleich zu antworten, sah sie mich mit ihren großen Augen lange ernst an, als wollte sie prüfen, ob ich es ehrlich mit ihr meinte. Dann veränderte sich ihr Blick von einem Moment auf den anderen und sie strahlte. »Gern«, antwortet sie. Ich zeigte ihr die beiden Karten für die Vorstellung im Apollo. »Möchtest du da mit mir hingehen?« Sie nickte.

Doch am Tag danach passte sie mich nach dem Unterricht ab, sah mir erneut ins Gesicht, aber diesmal verbittert. »Ich kann nicht mitkommen.« Daheim bei ihrer Mutter habe es einen »Mordsstreit« gegeben. »Warum hast du mir nicht gesagt, dass die dort Nuditäten aufführen?«, fragte sie mit einer Stimme, die tiefe Enttäuschung verriet. Ich zuckte die Achsel: »Nudi… was?« Sie zischte mich erbost an: »Tu nicht so scheinheilig.« Auf meinen Vorschlag, ob sie vielleicht lieber in ein Kaffeehaus in der Stadt gehen wolle, schwieg sie lange, als müsste sie das abwägen. »Vielleicht später einmal.« Dann ging sie.

Ich war voll euphorischer Erwartungen auf unseren ersten gemeinsamen Abend gewesen, nun fühlte ich mich elend. Gleich nach der Arbeit suchte ich meinen Bruder in seiner Wohnung auf. Ich wusste nun, dass er meist am frühen Nachmittag daheim war, bevor er täglich zu seiner Runde durch die Kaffeehäuser aufbrach. Ich wollte wissen, was es mit dem Apollo auf sich hatte.

Über die breite Straße, die ich queren musste, rollten Pferdefuhrwerke. Sie hatten Baumaterial, Holz und Fässer geladen. Nur selten tauchte ein Automobil auf. Als ich ein paar Hundert Meter weiter bei der Wohnung meines Bruders ankam, bemerkte ich das neue Emailschild am Haustor. »Hans Schemberg«, stand in geschwungener Schrift auf weißem, glänzendem Grund. Im Gegensatz zu den anderen Schildern wirkte es frisch und einladend. Gleich nachdem er mir geöffnet hatte, sah ich, dass Hans seine Wohnung umgestaltet hatte. Die Nische im Vorraum war zu einer kleinen Küche mit einem Petroleumkocher und einer Ablage für Kochgeschirr umfunktioniert worden. Das Zimmer hatte er neu ausgemalt. Es war nun schlicht weiß, wirkte sauberer und heller als zuvor. Sogar neue Vorhänge aus Leinen mit einem feingliedrigen geometrischen Muster hatte er sich besorgt. Über dem Bett lag eine dazu farblich abgestimmte Überdecke.

Hans zeigte mir alles voll Stolz und bemerkte lange nicht meine Anspannung. Dann sah er mich an: »Was ist denn los mit dir?« Als ich ihm von Irmgards Empörung über das Apollo erzählte, bekam er nicht etwa schlechtes Gewissen, wohin er mich da vermittelt hatte, sondern fing schallend an zu lachen. »Nuditäten? Das Wort habe ich ja schon lange nicht mehr gehört. Die Mutter deines Schwarms glaubt, dort treten nackte Frauen auf?« Hans erklärte mir, dass es im Apollo vor dem Krieg tatsächlich üblich gewesen sei, dass barbusige Tänzerinnen für Unterhaltung sorgten. Doch der Eigentümer, Ben Tieber, sei längst auf Singspielstücke umgestiegen – so etwas Ähnliches wie moderne Operetten. »Das hat die Mutter deiner Irmgard wohl nicht gewusst.« Er klopfte mir aufmunternd auf die Schulter. »Die wird sich schon wieder beruhigen.«

Kurz ärgerte ich mich über seine lapidare Reaktion. Aber wir waren immer schon verschieden gewesen: Von ihm schienen solche Probleme abzuperlen, ich saugte sie auf. Er ging gerne darüber hinweg, was andere bewegte, sonnte sich in Selbstgefälligkeit. Ich hingegen grübelte darüber – vielleicht manchmal zu lange.

Obwohl Hans am Montag darauf seine Aufnahmeprüfung an der Kunstgewerbeschule hatte, gingen wir gemeinsam am Samstagabend ins Apollo – wir wollten die Karten nicht verfallen lassen. Sie spielten den »Kriegsberichterstatter«, ein leichtes, heiteres Stück über einen Reporter, der von der Front berichten sollte, dabei aber in immer neue Schwierigkeiten geriet.

Es war eigentlich zu kalt für die Jahreszeit, deshalb zog ich mir noch einmal den schönen warmen Mantel an. Auch Hans trug einen dunklen, edlen Mantel, dazu farblich abgestimmt einen breitkrempigen Hut. Auf dem Hinweg kamen wir am Parlamentsgebäude auf der Ringstraße vorbei, vor dem sich eine Masse von vielleicht zweihundert Menschen versammelt hatte. Es waren Kommunisten, auf deren Bannern stand: »Hoch die Diktatur des Proletariats«, »Nieder mit dem Schiebertum« und »Hoch Sowjetrussland«. Sie schrien und reckten ihre Fäuste in die Luft. Kaum erblickte Hans die Menge, beschleunigte er seinen Schritt.

Wir durchquerten einen kleinen Park am Rande des Parlamentsgebäudes, als zwei junge Männer auf uns zukamen. Sie umkreisten uns mehrmals, zeigten uns ihre Fäuste und grinsten. Ich hörte gerade noch, wie sie sich über unsere »teuren« Mäntel lustig machten, da rannte Hans davon. Mich traf ein Tritt auf den Unterschenkel. Als ich mich umdrehte, sah mich einer der beiden auffordernd an. »Na, du Schnösel?«, pöbelte er mich an. Ich kannte diesen Blick aus der Armee – diesen Wunsch, sich zu prügeln. Aber ich blieb ruhig, ließ mich nicht provozieren. Als ich meinem Bruder nachging, blieben die beiden stehen, schimpften mir nur noch nach.

»Mir ist dieser Fanatismus so zuwider!«, schnaufte Hans, als ich ihn bei der Bellariastraße einholte. »Sie werden uns noch alle umbringen, nur weil wir besser gekleidet sind als sie.« Ich versuchte ihn zu beruhigen, aber er war noch immer panisch. »Und warum fürchtest du dich nicht?«, schnaubte er. »Ich war im Krieg, Hans«, antwortete ich ruhig. Mein Bruder hob die Hände, als wollte er etwas sagen, doch es fehlten ihm die Worte. Erst viel später antwortete er: »Ich war nicht im Krieg, ist das ein Problem für dich?« Ich schüttelte nur den Kopf, dann gingen wir weiter zu unserer Vorstellung ins Apollo.

Es war ein seltsamer Abend. Kellner servierten uns billigen Sekt an unsere Plätze. Die erste Flasche war im Preis inbegriffen, die zweite war teuer. Auf der Bühne mühten sich mittelmäßige Schauspieler ab, das Publikum zu unterhalten. Manchmal waren ihre Späße heiter, oft nur platt. Immerhin die Musik: Sie war rhythmisch und fröhlich und trug gemeinsam mit dem Alkohol wohl zu der ausgelassenen Stimmung bei.

Zwei Tage später bestand Hans seine Aufnahmeprüfung an der Kunstgewerbeschule. Er bekam die Nachricht nicht sofort, sondern erst eine Woche später per Post. Sein Glück war, dass Josef Hoffmann eine Meisterklasse für Gürtler- und Edelmetallschmiedekunst gründen wollte. Sie sollte seine Idee der umfassenden Gestaltung von Haushaltsartikeln und Schmuck umsetzen. Als Hans von seiner Ausbildung in Brünn erzählt hatte, war Hoffmann hellhörig geworden – der mittlerweile berühmte Architekt war einst an derselben Schule ausgebildet worden. Solange die neue Meisterklasse noch nicht bestand, sollte Hans in der Vorbereitungsklasse und danach eventuell in Hoffmanns Architekturklasse unterkommen.

Wie er mir ein paar Tage später erzählte, hatte er zwei Tage lang durchgefeiert. Die Nachmittage hatte er in seinem Stammcafé am Schwedenplatz verbracht, dann war er mit einer größeren Runde weiter durch die Stadt gezogen. Dabei habe er ein paar neue Bars entdeckt, darunter die Kärntner Bar, die der Architekt Adolf Loos gestaltet habe. »Die haben dort aber wirklich hohe Preise«, stöhnte Hans. Dann lachte er. »Ich werde bei Hoffmann studieren, Viktor! Ist das nicht großartig?«

Noch am selben Tag, wir hatten gerade in der Neustiftgasse eine kleine Gastwirtschaft betreten, kippte seine Stimmung. Kaum nahmen wir Platz, fiel er plötzlich aus seiner Euphorie, starrte nur noch schweigend aus dem Fenster. Hans, der sonst so gerne erzählte, war stumm und nachdenklich. Sein Stolz über die erfolgreiche Aufnahmeprüfung war verflogen. »Ich muss aus meiner Wohnung raus«, sagte er so leise, dass ich es kaum hören konnte. Heute sei der Zins fällig gewesen, aber er habe ihn nicht gehabt. Er könne ihn auch in den nächsten Tagen nicht auftreiben, weil er Otto Semmnich für die Zigarren noch viele Tausend Kronen schulde.

Ich begriff, dass sich Hans die ausschweifenden Nächte eigentlich nicht hatte leisten können. So wie ich ihn kannte, hatte er die ganze Gruppe eingeladen. Er verlor das Gespür für Wert und Geld, wenn er ausgelassen war. »Wie hoch ist denn der Zins?«, fragte ich vorsichtig. Als er »elftausend Kronen« sagte, war ich fast erleichtert. Ich hatte bereits zum dritten Mal mein Gehalt bekommen und von meinen Ersparnissen bisher nur wenig aufgebraucht. Zwar blieb dann für diesen Monat kaum noch Geld übrig, aber ich konnte ihm die Summe leihen. »Viktor, ach Viktor!«, stammelte er, als ich ihm meine Hilfe anbot. Zum Abschied fiel er mir sogar um den Hals.

Zu meinem Glück hatte Schuldirektor Klieba eine bezahlte Extraaufgabe für mich. Ich sollte die großen Landkarten umzeichnen. Da das Kaiserreich zerfallen war und neue Grenzen durch Europa gezogen wurden, mussten sie verändert werden. Es gab eine einzige Karte als Vorlage für unser Gymnasium.

Ich verbrachte mehrere Nachmittage im großen Zeichensaal, wo ich einige Tische zusammengestellt hatte. Ich rührte jedes Mal neu rote Farbe an, nahm einen dünnen Pinsel und begann, Europa zu verändern. Es war ein seltsames Gefühl, zwischen Olmütz, meiner ursprünglichen, und Wien, meiner neuen Heimat, eine Linie zu ziehen – eine Linie zwischen meiner Mutter und mir. Ich trennte Triest von Österreich ab, im Osten Ungarn, im Südwesten Südtirol. Das Kaiserreich war zerrissen und wir ebenso.

4

Sie trug ein geblümtes Kleid und eine hellblaue Weste darüber. Ihr brünettes Haar war nicht zusammengebunden wie in der Schule, es fiel in leichten Wellen über ihre Schultern. Nach der missglückten Einladung ins Apollo führte ich Irmgard ein paar Wochen später doch noch aus. Wir verabredeten uns an einem frühen Abend, um durch die Innenstadt zu spazieren. Ich kannte noch nicht viele Gastwirtschaften oder Bars in Wien, deshalb lud ich sie ins Café am Schwedenplatz ein. Wir hatten Glück, einer der schönen Tische an der großen Fensterfront zum Donaukanal war frei. Annemarie, die Kellnerin, scherzte, als sie die Bestellung aufnahm: »Ein Charmeur wie der Bruder.« Sie brachte uns zwei Gläser Wein und ein Schälchen mit Nüssen.

Irmgard wirkte nicht so zurückhaltend wie sonst. Sie war anders als in der Arbeit. Noch nie hatte ich sie so oft lachen gehört. Manchmal grinste sie mich frech an. Dann hob sie ihre Brauen, wobei sich kleine Fältchen in den Augen- und Mundwinkeln bildeten. Nur einmal wurde sie ernst, als sie mir die Geschichte ihrer Eltern erzählte. Vom Vater, der im Krieg gefallen war, und ihrer Mutter, die keinen Beruf erlernt hatte und nun von ihr erhalten werden müsse. »Mit ihr ist es oft traurig. Sie ist so verbittert.«

Der Abend war lau, als wir hinaus auf den Schwedenplatz traten. Wir gingen ein Stück entlang des Donaukanals. An der Promenade brannten schon die Laternen. Immer wieder sah sie mich an, musterte mich. Wir gingen längere Zeit schweigend nebeneinander her. Es war das erste Mal, dass wir ganz allein waren, und so geübt war ich in diesen Situationen nicht.

»Mir fehlen die richtigen Worte«, sagte ich. Die Worte – das sprach ich nicht aus –, die sanft genug sein sollten, sie nicht zu erschrecken. Und die stark genug sein mussten, die beiden Enden unseres zarten Bandes aneinanderzuknüpfen. Der Moment, in dem diese Worte notwendig gewesen wären, ging vorbei. Ich glaubte, Irmgards Enttäuschung zu bemerken.

Weil ich sie unbedingt wiedersehen wollte, schlug ich ihr vor, dass wir in den bevorstehenden Sommerferien einen Ausflug zum Strandbad in Klosterneuburg unternehmen könnten. Bei einem meiner langen Spaziergänge von Nußdorf an der Donau entlang war ich daran vorbeigekommen – ein schöner Platz am Seitenarm des Stroms. Aber Irmgard, die eben noch so offenherzig gewesen war, reagierte kühl: »Vielleicht, ich werde es mir überlegen.«

Ich wäre an diesem Abend gerne so galant und entschlossen wie mein Bruder gewesen. Hans hätte nicht so lange geschwiegen, hätte Einfälle für Komplimente gehabt, hätte heitere Anekdoten erzählt und hätte seine Kollegin so nebenbei trotz ihres Widerstands vom nächsten gemeinsamen Ausflug überzeugt. Ich brachte Irmgard hingegen ungelenk nach Hause zu ihrer Wohnung in der Lange Gasse und war dann fast überrascht, als sie mir zum Abschied einen Kuss auf die Wange gab.

»Gehen wir bald wieder aus – wir beide?«, fragte sie. Da wusste ich, dass ich ihr Zögern falsch interpretiert hatte. Von einem Moment auf den anderen waren alle Zweifel verflogen. In dieser Nacht, auf meinem Heimweg, bemerkte ich, wie meine Beine über die Gehsteige schwebten. Kein Zertreten, kein Zermalmen mehr. Ich flog.

Hans hatte sich seit einigen Wochen nicht mehr blicken lassen. Mir kam es besonders lange vor, da ich hoffte, von ihm zumindest einen Teil des geliehenen Geldes zurückzuerhalten. Ende des Monats – es war kurz vor den Sommerferien – hatte ich keine Krone mehr. Schon sah ich mich nach weiteren Aushilfsarbeiten um, denn ich wollte zumindest den nächsten Zins für die Wohnung bezahlen können. Mein Ärger über Hans wuchs von Tag zu Tag. In Gedanken verfluchte ich ihn wegen seiner Sorglosigkeit, seinem Übermut. Doch dann stand er eines Samstagnachmittags vor meiner Tür.

Es war das erste Mal, dass er mich besuchte. Ich genierte mich sofort, wie es in meiner Wohnung aussah. Sein kleines Zuhause war mittlerweile freundlich eingerichtet, meines hatte noch immer dunkle, fleckige Wände. Es roch modrig und meine Möbel waren alt und ungepflegt. Ich ließ ihn auf einem Schemel Platz nehmen, setzte mich ihm gegenüber auf das ungemachte Bett.

In diesem Moment, als ich ihn betrachtete, fiel es mir auf: Hans hatte einen nagelneuen schwarzen Anzug und ein weißes, ebenso neues Hemd an. »Woher?«, fragte ich und wies auf sein Sakko. »Ich hab es mir vergangene Woche gekauft – war ganz günstig.«

Er war sensibel genug, meine Verärgerung zu bemerken. Auch wenn er sich ständig finanziell durchs Leben schwindelte, wusste er doch, wie sehr ich auf die Rückzahlung des Geldes angewiesen war. Er sah sich in meinem schäbigen Zimmer um, verzog dabei leicht den Mund. »Ich muss heute ein paar Schachteln Upmann-Zigarren hinaus nach Hütteldorf liefern, möchtest du mitkommen?«, fragte er. Dann könne er mir anschließend das Geld zurückzahlen, das ich ihm geliehen hatte.

Hans erzählte, dass Ben Tieber, der Chef des Apollo, dort in einer von Otto Wagner geplanten Villa wohnte und heute Abend ein Fest gebe. Für seine Gäste brauche er drei Schachteln exquisiter kubanischer Zigarren. »Wir müssen noch vor sieben Uhr dort sein, bevor die ersten Gäste eintreffen.« Er hoffe so sehr, sagte Hans, dass er sich Tiebers Haus von innen ansehen dürfe. »Es soll ein richtiger Prachtbau sein, eingerichtet mit Möbeln der Wiener Werkstätte.« Was für eine Werkstätte das sei, fragte ich ihn. »Du weißt doch, die von Hoffmann gegründete Manufaktur«, antwortete er.

Wir gingen hinunter zum Gürtel. Die Straßen waren wieder belebter. Da und dort standen kleine Gruppen zusammen, unterhielten sich und lachten. Ein junges Liebespaar lehnte an einer Hausmauer, küsste sich leidenschaftlich. Auch der Duft der Stadt hatte sich verändert. Der feuchte Kohlegeruch war verschwunden. Es roch nach Pferdemist, gelöschtem Kalk der Baustellen und frischer Farbe, mit der verwitterte Türen und Fenster einen neuen Anstrich bekommen hatten.

Hans stolzierte in seinem neuen Anzug neben mir her. In braunes Packpapier eingewickelt und mit einem Spagat zusammengehalten, trug er die Zigarrenschachteln an einer kleinen Schlaufe. Als wir beim Fahrkartenschalter der Stadtbahn in der Warteschlange standen, fiel mein Blick auf das Paket. Es war fein säuberlich gebunden, das Papier exakt gefaltet. Hans, das wurde mir in diesem Moment bewusst, war auf der Kunstgewerbeschule am richtigen Platz. Er war ein Ästhet, ein Perfektionist, selbst im kleinsten Detail.

Wir nahmen die Stadtbahn Richtung Hütteldorf. Hans erzählte mir während der Fahrt von seinem Kurs für Gestaltung und Farbenlehre, den er als Vorbereitung für die Kunstgewerbeschule belegt hatte. Ein junger Lehrer unterrichtete sie über historische und aktuelle Formgebung und das Zusammenspiel der Farben.

»Hast du gewusst, dass Goethe eine eigene Farbenlehre entwickelt hat?«, fragte er mich. Ohne meine Antwort abzuwarten, begann er zu erzählen: »Goethe hat sich mit den Nuancen des natürlichen Schattens beschäftigt. Da mischt die Natur plötzlich die Farben.« Er zeigte auf die Bäume, die im Licht der schon tiefer stehenden Sonne breite Schatten auf die nahen Zinshäuser warfen. Durch Goethe habe das Licht eine neue Dimension bekommen. Hans war nicht zu stoppen. Immer wieder fielen ihm neue Details des Vortrags ein: »Wenn wir die Farben aus dem Spektrum der Natur übernehmen, reagieren unsere Sinne viel besser darauf.« Goethe habe das erkannt und eine Zuordnung vorgenommen: »Blau steht für Sinnlichkeit, Gelb für Verstand.« Als ich fragte »Warum?«, sah er mich belustigt an. »Das ist eine Kombination aus Logik und Intuition – nicht deine Materie.«

Vom Bahnhof in Hütteldorf war es noch ein halbstündiger Weg zur Tieber-Villa. Die Wartezeit bei der Stadtbahn und der nicht eingeplante Fußweg trugen dazu bei, dass wir erst kurz vor sieben Uhr abends dort eintrafen. Der Chef des Apollo öffnete uns selbst die Tür. Er sah grinsend auf Hans: »Sie sind ja besser angezogen als meine Gäste.« Dann bat er uns einzutreten. Hans stellte mich vor. »Sind Sie nicht der mit der Freundin? Hat Ihnen unsere Vorstellung gefallen?«, fragte Tieber und musterte mich etwas abschätzig. Ich bedankte mich und kam gar nicht dazu, ihm zu erklären, dass ich letztlich gar nicht mit Irmgard in seinem Theater gewesen war. Der Hausherr unterbrach mich und lächelte spöttisch: »Sie müssen von Ihrem Bruder lernen, wie man sich kleidet. Das gefällt den Frauen.«

Die Villa war beeindruckend. Wir standen in einer hellen Vorhalle, die einen Einblick in die großen Räume links und rechts öffnete. Tieber wies uns an zu warten und verschwand in eines der hinteren Zimmer. »Schau dir diese Möbel an«, sagte Hans und strahlte. Er ging auf einen wohldimensionierten Quader zu, der an seinen Kanten mit einem feingliedrigen Muster verziert war. Für einen Kleiderschrank war das Möbelstück zu niedrig, für eine Kommode zu hoch. In der

Mitte enthielt es ein würfelförmiges Element, das herausgezogen werden konnte. »Das ist ein Schreibschrank von Koloman Moser«, belehrte mich Hans. »Du siehst, wie wunderschön der verarbeitet ist. Der Mittelteil ist ein gepolsterter Sessel, der im geschlossenen Zustand völlig im Möbelstück aufgeht.«

Ben Tieber trug einen weißen Dreiteiler. Sein runder Kopf saß auf einem kurzen Hals. Er hatte heitere, aber etwas verschlagene Augen. Bevor er uns das Geld gab, öffnete er noch grob das schön geschnürte Paket mit den Zigarren und kontrollierte den Inhalt. »Da haben Sie«, sagte er und reichte Hans ein Kuvert. »Sie müssen nicht nachzählen, es stimmt schon.«

Hans bedankte sich förmlich und starrte dann etwas abgelenkt – als ob er draußen jemanden erkannt hätte – hinaus auf den Vorplatz. Dort waren gerade die ersten Gäste eingetroffen. »Sollen wir den Seitenausgang nehmen?«, fragte er Tieber. Doch der lächelte nur. »Sie sind ja kein Dienstbote, sondern ein Geschäftspartner – noch dazu einer, den man herzeigen kann.« Er lachte etwas zu laut, fasste Hans an der Schulter und führte ihn hinaus. Ich folgte den beiden. Mit einer kleinen Verbeugung begrüßte Tieber eine kleine Gruppe von zwei Damen und vier Herren. Er bat sie einzutreten und verabschiedete sich von uns.

Wir huschten an den Ankommenden vorbei Richtung Gartentor. »Das ist also die große Gesellschaft der Stadt«, flüsterte ich gerade Hans zu. Aber der antwortete nicht. Vor ihm stand ein Mann mit leicht ergrauten Haaren, Nickelbrille und Schnurrbart. »Herr Professor Hoffmann!«, brach es aus Hans heraus. Dann fasste er sich. »Darf ich Ihnen meinen Bruder vorstellen.« Der edel gekleidete Herr nickte mir freundlich zu, sah dann aber verwundert auf Hans. »Was macht denn einer meiner Studenten hier?« Er habe nur etwas geliefert, stellte er klar. Was es war, verriet er nicht, sondern bemühte sich, das

Gespräch schnell zu beenden. »Einen schönen Abend, Herr Professor!«, sagte er und drängte von ihm weg. Doch Hoffmann hielt ihn am Arm fest, sah ihn über die Ränder seiner Brille hinweg an: »Hoffe nur, es war nichts Illegales, was Sie hierher geliefert haben.« Hans schüttelte den Kopf und wirkte unsicher. »Statt irgendwelchen seltsamen Handlangertätigkeiten sollten Sie sich um eine Gürtlerwerkstatt umsehen, in der Sie mitarbeiten und Erfahrung sammeln können. Sie wollen doch später in die Gürtlerklasse eintreten, oder?« Hans nickte und verabschiedete sich erneut.

»Was hat es mit den Zigarren auf sich?«, fragte ich meinen Bruder, der ohne ein weiteres Wort zu sagen neben mir herging. »Sind die illegal?« Hans senkte den Kopf. »Na ja, das nicht. Sagen wir, sie sind nicht ganz legal.« Es dürften seit Kurzem ausländische Zigarren in allen Trafiken verkauft werden, aber Otto habe eine eigene Quelle in der Schweiz, wo er sie günstiger bekomme. »Ohne Steuern und Zoll, du verstehst?« Das war also der Grund, warum Otto Semmnich Verkäufer wie Hans brauchte, die seine Waren direkt den Kunden verkauften. Er hatte sie ins Land geschmuggelt. Mein Bruder hielt sich nicht mit weiteren Erklärungen auf. »Mist, dass mich Hoffmann da gesehen hat. Mist! Mist! Mist!«

Die gesamte Heimfahrt über war er schweigsam. In der Stadtbahn, die entlang des Gürtels oben auf den Viadukten fuhr, sah er ständig aus dem Fenster, als wollte er seinen Ärger irgendwo auf einem der vorbeiziehenden Dächer ablegen. Als wir bei der Station Josefstädter Straße ausstiegen und uns verabschiedeten, steckte er mir noch den Umschlag mit dem gesamten Erlös zu: »Das sollte für meine Schulden reichen.« Und schon war er Richtung Innenstadt verschwunden.

Daheim öffnete ich das Kuvert und zählte das Geld. Danach zählte ich es nochmals: Es waren einundzwanzigtausend Kronen – fast doppelt so viel, wie ich ihm geliehen hatte. Zwar waren die Preise seitdem wieder gestiegen, ich hätte deshalb aber nicht mehr von ihm zurückverlangt.

Kurz träumte ich von einem neuen Anzug, so wie Hans einen hatte, von ein paar schönen Hemden – alles aus edlen Stoffen, die angenehm zu tragen wären, die sich in weiche Falten legten statt zu knittern. Keine abgewetzten Krägen mehr. Ich wünschte mir, endlich das Gefühl der Armut vom Körper zu streifen. Bei meinem letzten Treffen mit Irmgard war ich mir mit meinem zerschlissenen Jackett ungepflegt vorgekommen. Sie trat stets bescheiden, aber adrett auf. Die meisten ihrer Kleider, erzählte sie mir, seien von der Schwester ihrer Mutter, einer Schneiderin, genäht worden.

Aber dann verfingen sich meine Träume in schlechtem Gewissen. Ich konnte eine so große Summe nicht annehmen. Tieber dürfte bei der Bezahlung der Zigarren noch ein ordentliches Trinkgeld eingerechnet haben und Hans musste die Summe falsch eingeschätzt haben. Ich beschloss, meinem Bruder so bald wie möglich einen Teil des Geldes zurückzugeben. Der Rest sollte zumindest für ein neues Jackett und ein gutes Hemd reichen.

5

Der Sommer begann also mit einem Einkauf. Hans hatte trotz meines Drängens keine einzige Krone zurückgenommen. Er erinnerte mich an Tiebers abfällige Äußerung über meine Kleidung. »Es ist wichtiger, dass wir aus dir etwas machen.«

An einem Julitag ging ich bereitwillig mit ihm quer durch die Stadt bis in die Landstraßer Hauptstraße. Dort hatte ein Monat zuvor ein neues Herrenmodegeschäft eröffnet, der Teller. »Da bekommen wir feine Sachen für dich«, versprach mir Hans. Normalerweise nähere ich mich solchen Geschäften skeptisch, prüfe die Auslage, bevor ich eintrete. Mein Bruder aber zögerte nicht, öffnete entschlossen die Tür, begrüßte Herrn Teller und befahl wenig später den herbeieilenden Verkäufern, sie sollten für mich einen ordentlichen Anzug, ein leichtes Sakko und »drei oder besser vier« passende Hemden heraussuchen.

Hans war in seinem Element. Er liebte es, einzukaufen. Und er ließ meinen Einwand, ich bräuchte doch nicht so viel – ein Jackett und ein Hemd würden reichen –, nicht gelten. Ich musste also probieren. Und nicht ein, zwei Stücke, sondern viele hintereinander. Während Hans auf einem Sessel Platz nahm, eine Limonade serviert bekam, schlüpfte ich in der Umkleidekabine in Dutzende Anzüge, Sakkos, Hemden und Hosen. Ich drehte mich vor dem Spiegel. Einige passten wie angegossen, andere fühlten sich fremd an.

Einmal blieb ich kurz stehen, genoss den Blick auf meine Veränderung. Das Spiegelbild zeigte einen ganz anderen als den ausgemergelten Soldaten mit seinen struppigen Haaren, der ich vor wenigen Monaten noch gewesen war. Nun sah mich ein Mann an, dessen feste Schultern das zu schmale Jackett prall ausfüllten. Die Beine wirkten durch die modisch geschnittene Hose noch länger, als sie waren. »Sehr sportlich sehen Sie aus«, sagte Teller, als ich aus der Kabine trat.

Hans griff bei jedem Kleidungsstück zuerst den Stoff an, erkundigte sich dann nach der Herkunft. »England«, sagte Teller meist, manchmal auch »Paris«. Er sagte nicht »Frankreich«. Und jedes Mal krümmte er dabei den Rücken über das gute Stück, strich den Kragen gerade oder zupfte mit dem Finger einen Faden weg. Dann sah er wieder Richtung Hans, nicht zu mir, um dessen Urteil abzuwarten. Mein Bruder liebte es zu dominieren. Ja, das störte mich. Es störte mich manchmal sogar sehr.

Nach einer guten Stunde hatte ich einen perfekt sitzenden Anzug aus leichtem Tweed. »Der ist jetzt im Sommer günstiger«, hatte einer der jungen Verkäufer versichert. Außerdem war ich mit einem hellen Leinensakko, einer dunkelgrauen Hose sowie drei weißen Hemden ausgestattet. »Die passen zu jedem Anlass«, lachte Herr Teller und tippte anschließend alles in seine Kassa ein. »Das macht zwölftausendfünfhundert Kronen.« Ich dürfte blass geworden sein, denn Hans schlug mir aufmunternd auf den Arm. »Das ist eine gute Investition, glaube mir.«

Nachdem wir noch eine Stunde in einer nahen Gastwirtschaft warten mussten, bis die Hose des Anzugs gekürzt war, gingen wir mit dem in edles Papier und einer Schleife aus grauem Samt verpackten Einkäufen nach Hause. Hans war zufrieden. Er hatte sich die Kleidungsstücke offenbar ganz genau angesehen, denn noch auf dem Heimweg beschrieb er die Details: »Hast du die Naht am Revers des Sommersakkos gesehen?« Ich kam gar nicht zu einer Antwort, da begann er schon zu schwärmen: »Die ist etwas dunkler als der Stoff – ein ganz feiner Kontrast, der aus dem Ganzen ein edles Stück macht. Unglaublich schön!«

Diese Kleinigkeiten waren mir nicht aufgefallen. Eher war mir bange. Ich hatte unverschämt viel Geld in diesem Geschäft gelassen – weit mehr als ein Monatsgehalt. Hans hatte mich zum Luxus verführt. Einen Luxus, den ich mir nicht leisten konnte. Schon bald allerdings, das muss ich zugeben, lösten sich meine Bedenken auf. Bei unserem nächsten Rendezvous bemerkte ich ein Strahlen in Irmgards Augen. Sie fand das neue Sakko »todschick«.

Bei einem Spaziergang durch den Prater gab sie mir damals zum ersten Mal ihre Hand. Zuerst spürte ich, wie sie sachte über meine Handfläche strich, dann verschränkte sie ihre Finger in die meinen. Ganz sachte, dann etwas fester, als suchte sie Halt. Etwas später, am Heustadlwasser, hängte sie sich bei mir ein, strich mir zärtlich über den Arm und ich war so glücklich, als hätten wir uns intensiv geküsst. Es dauerte nicht mehr lange. An einem der ersten Schultage im September geschah auch das. Wir waren uns zufällig in der Kartenkammer des Gymnasiums begegnet.

Es war niemand sonst im Raum und sie begrüßte mich mit einem zarten Kuss. »Wie geht's dir?«, fragte sie, dabei kippte ihre Stimme, als wäre sie nervös. »Gut«, sagte ich und bemerkte, wie mir innerlich warm wurde. Wir drängten uns zwischen den Stellagen aneinander vorbei, berührten uns. Ganz nah. Ich spürte den weichen Stoff ihres Kleides. Sie zögerte nur einen Moment, legte ihre Arme behutsam, doch entschlossen um meine Schultern. Ihr fröhliches, freches Lächeln war Einladung und Aufforderung.

6

Es war schon Herbst, als Irmgard und ich wieder im Café am Schwedenplatz saßen, da erzählte mir die Kellnerin Annemarie, dass Hans in eine üble Geschichte verwickelt sei. Otto Semmnich, der Trafikant, war mit seinem Zigarrenschmuggel aufgeflogen. Mithilfe eines Vorarlbergers und eines Zollbeamten im Nachtzug Zürich–Wien hatte er die Rauchwaren nach Österreich geschleust – über die Jahre insgesamt hundertfünfzigtausend Zigarren der besten internationalen Marken. »Das stand sogar in der Zeitung«, erzählte Annemarie.

Mein Bruder, der an guten Tagen galant und gelassen auftrat, war für Krisen nicht geschaffen. Da verlor er seine Würde. Ich glaube, das wusste er. Deshalb verkroch er sich oder flüchtete in den anonymen Rausch des Nachtlebens. Nach Semmnichs Verhaftung war er untergetaucht. In seiner Wohnung traf ich ihn nicht an, im Café am Schwedenplatz war er in der Zwischenzeit ebenfalls nicht gewesen. Sogar Annemarie, die seine Ausflüchte mittlerweile kannte, war in Sorge. Wir wussten nicht, ob er Probleme mit der Polizei hatte oder wegen seiner Geschäfte mit den geschmuggelten Zigarren angeklagt worden war.

Annemarie erzählte mir, dass Hans das letzte Mal, als sie ihn gesehen habe, mit einer Gruppe junger Frauen zur Olympia-Bar in der Rotgasse aufgebrochen sei. »Vielleicht findest du ihn dort.« Er sei ja ein »Wiederholungstäter«, sagte sie in einem Ton, der für ihr sanftes Wesen überraschend aggressiv klang.

Wenige Tage später, an einem Samstag, brach ich spätnachmittags nochmals zu seiner Wohnung auf. Sie war versperrt. Auf der Türschwelle lagen Briefe.

Kurz entschlossen machte ich mich auf den Weg in die Innenstadt, um ihn zu suchen. Die Straßen waren voll Menschen, die den lauen Abend zum Flanieren nutzten. Kurz vor der Parlamentswahl hielten die Parteien Kundgebungen ab. Die meisten hatten am Nachmittag stattgefunden und waren schon vorüber. Nur eine der Deutschnationalen am Stephansplatz war noch im Gange. Ich drängte mich an der brüllenden Menschenmenge vorbei, sah kurz einem Redner auf der kleinen Bühne zu, der wild gestikulierend gegen Sozialisten und Kommunisten wetterte. »Nieder mit den Sowjet-Bolschewisten!« »Hoch unser deutsches Volk!«

Ich begann die Suche im Café Prückel, ging weiter in die kleine Bar in einer nahen Seitenstraße des Rings, in der mir Hans einst von seinen Zigarrengeschäften erzählt hatte. Er war nicht dort. Ich ging zur Loos-Bar bei der Kärntner Straße, die ihm so gut gefiel. Sie war weit kleiner, als ich sie mir vorgestellt hatte, gut besucht. Doch auch hier war er nicht. Es war schon gegen neun Uhr abends, als ich in die Rotgasse einbog. Die Olympia-Bar war nicht zu übersehen, ein mondänes Lokal, an dessen Eingang jeder Besucher von einem Herrn im dunklen Anzug gemustert wurde. Er sah etwas skeptisch auf meine staubigen Schuhe, nickte dann aber kurz. »Treten Sie ein.«

Das Lokal war voll. So voll, dass ich kaum an der Bar vorbeikam. Dicht gedrängt standen junge Frauen und Männer zusammen, tranken aus breiten Sekt- und kristallglitzernden Cocktailgläsern. Eine der jungen Damen – ich hatte das bis dahin nie gesehen – rauchte ihre Zigarette durch einen langen Gold verzierten Spitz. Den hielt sie zwischen zwei Fingern geklemmt schräg nach oben. Es sah extravagant, aber auch übertrieben aus.

Mich schubste ein Kellner ohne Begrüßung und ohne höfliche Floskel an: »Was zu trinken?« Ich bestellte einen Cognac.

Der Preis dafür wurde gleich nach dem Servieren kassiert und war gewaltig hoch.

Eine Weile stand ich am Rand der großen Bar und betrachtete die Gäste in der Hoffnung, ich würde Hans unter ihnen entdecken. Alle waren gut gekleidet – die Herren trugen Krawatte und einige wenige eine Fliege. Die Damen trugen moderne Kleider mit dünnen Trägern, Hals und Schultern lagen frei. Einige der Frauen tanzten ohne Partner mit übertriebenen Bewegungen zur schwungvollen Musik eines Trios, das auf einer kleinen Bühne stand – eine Klarinette, ein Piano, ein Schlagzeug.

Ich beobachtete Paare, die eng umschlungen in den dunklen Winkeln des Lokals standen. Ein junger Mann, fast noch im Alter meiner Schüler, rauchte eine dicke Zigarre. Er blies den Rauch in Wolkenringen in Richtung seiner Begleiterin, die viel älter war als er.

Da trat eine Frau im schwarzen Kleid und mit schwarz geschminkten Augen auf mich zu. Sie kam mir bis auf wenige Zentimeter nahe und blies mir Zigarettenrauch ins Gesicht. Dann lachte sie mit rauer Stimme. »Na, Kleiner, fürchtest du dich vor mir?« Ich muss wohl angewidert gegrinst haben, denn sie zog mit einem verächtlichen Blick weiter.

Noch immer drängten neue Besucher in den Raum. Ich stand eine Weile mitten in der Menge, hielt mich an meinem Cognacglas fest. Die Musik gefiel mir. Unvermittelt begannen meine Füße im Takt des Schlagzeugs zu wippen. Ein Herr neben mir schnippte mit den Fingern zum Rhythmus der Musik. Seine Begleiterin, eine anmutige, großgewachsene Frau in einem hellen kurzen Kleid, wiegte sich in der Melodie der Klarinette.

Als es mir zu eng wurde, brachte ich mich auf einem kleinen, erhöhten Podest neben der Garderobe in Sicherheit. Von dort konnte ich einen Großteil des Lokals überblicken, es war mein Logenplatz in diesem Theater, von dem aus ich das Treiben und Drängen beobachten konnte. Eine Zeit lang genoss ich es, doch nach einer guten halben Stunde entschloss ich mich zu einer letzten Runde durch das Lokal.

Ich zwängte mich gerade durch eine Gruppe von Gästen, da entdeckte ich ihn tatsächlich an einem Tisch seitlich der Bühne. Er lag mit ausgestreckten Beinen auf einem Sessel. Eine Frau in einem groß gemusterten schwarz-weißen Kleid saß auf seinem Schoß und küsste ihn. Nein, sie küsste ihn nicht bloß, sie bohrte ihre Zunge in sein Ohr, fuhr mit den Fingern über seine Lippen. Sein offener Hemdkragen war verrutscht. Hans wirkte kühl und überheblich, wie er dieses lustvolle Spiel über sich ergehen ließ. Dann kniff er die Frau in die Seite, befreite sich und setzte sich aufrecht hin. Er nahm eine Zigarette, sah über seine Gefährtin hinweg in die Runde.

Das war der Moment, in dem er mich erkannte. Diesmal war sein Blick nicht erfreut, sondern er verdunkelte sich. Er schüttelte die junge Frau lieblos ab, drängte quer durch die Menge auf mich zu. »Was machst du hier, Viktor?«, fragte er. Seine Augen hatten dunkle Schatten. Er war betrunken. »Wenn du mich gesucht hast, dann hau ab!«, zischte er. Dabei griff er nach meiner Schulter und drehte mich von sich weg. Dann wankte er ohne ein weiteres Wort zurück an seinen Platz.

Ich sah noch, wie er die Frau in ihrem groß gemusterten Kleid grob packte und auf seinen Schoß setzte. Er benahm sich unmöglich. Kurz entschlossen ging ich ihm nach, fasste seine Hände und zog ihn von seiner Begleiterin auf. »Lass mich in Ruhe!«, stammelte er, als er vor mir stand. Gleichzeitig merkte ich, wie er langsam sein Gewicht auf mich verlagerte. Er stützte sich ab, konnte kaum noch stehen. »Ich bin sein Bruder«, sagte ich zu der jungen Frau, die mich erschrocken ansah. »Wir gehen jetzt!«

Ich nahm seine Krawatte von der Lehne des Sessels und führte ihn Richtung Ausgang. Hans ließ es ohne jeden Widerstand zu. Er trottete neben mir her, versuchte, gerade zu gehen, stolperte aber immer wieder und musste bei mir Halt suchen.

Nahe der Olympia-Bar standen Autotaxis. Ich nahm einen geschlossenen Wagen, platzierte meinen Bruder auf die Rückbank und wies den Fahrer an, zu mir nach Hause zu fahren.

Daheim schleppte ich Hans das Stiegenhaus hinauf. Er war weit leichter, als ich mir gedacht hatte – ein Fliegengewicht. Hans schlief seinen Rausch in meinem Bett aus.

Als ich am Sonntagmorgen zeitig aufstand, um Irmgard zu einem Ausflug abzuholen, weckte ich ihn nicht. Ich wunderte mich nur, dass er sich trotz seiner Trunkenheit irgendwann ausgekleidet und sein Gewand säuberlich auf dem Schemel zusammengelegt hatte. »Du kannst bleiben!«, schrieb ich auf ein Stück Papier.

Als ich am späten Nachmittag zurückkam, war alles aufgeräumt, das Bett gemacht und Hans verschwunden. Ich ärgerte mich ein wenig, dass er nicht einmal einen Brief oder einen Zettel hinterlassen hatte. Aber ich musste nicht lange warten. Ich korrigierte gerade Prüfungsarbeiten meiner Schüler, da klopfte es. Als ich die Tür öffnete, stand er vor mir. Mit hängenden Schultern, zerknittertem Hemd und einem alten Koffer sah er mich an. Seine Augen wirkten müde. Von der Aggressivität des Vorabends war nichts mehr übrig. »Ich weiß nicht weiter, Viktor. Kann ich ein paar Tage bei dir bleiben?«

Hans hatte alles verloren. Für den Verkauf der geschmuggelten Zigarren war er zwar nicht vor Gericht gestellt worden. Aber die Verwaltungsstrafe für den illegalen Handel kostete ihn fast sein gesamtes Geld. Den Rest, er gab es ohne Umschweife zu, habe er in den letzten Nächten verjubelt. »Ist doch sowieso alles egal, hab ich mir gedacht.«

Seine Wohnung hatte er räumen müssen. Als er den Koffer bei mir auspackte, sah ich das schöne Emailschild mit seinem Namen, das kürzlich noch an seinem Hauseingang montiert gewesen war. In einem Extrapaket, über das er eine Schlaufe gebunden hatte, war die Zigarrenkassette von Josef Hoffmann. Trotz seiner Not hatte er sie nicht verkauft.

Nun musste meine winzige Wohnung für uns beide reichen. Ich fürchtete um meine Ruhe, erwartete neue Konflikte. Aber bald stellte sich heraus, dass der Aufenthalt meines Bruders keine Last war. Die Monate – es wurden viele Monate – waren die schönsten, die ich je mit ihm verbringen durfte. Hans war in dieser Zeit überraschend rücksichtsvoll und uneigennützig. Er entwickelte eine Bescheidenheit, die ich bei ihm nicht gekannt hatte. Mir kam vor, er fühlte sich wohl darin. Statt jede freie Minute in Gesellschaft zu verbringen, die Nächte durchzufeiern, gab er sich ganz seinem Studium hin. Und wir beide? Wir führten Gespräche, wie wir sie in dieser Intensität noch nie geführt hatten.

Gleich am ersten Wochenende nahm es mein Bruder in die Hand, unser gemeinsames Zuhause zu verschönern. Ich ließ ihm freie Hand, da mich die hässlichen, fleckigen Wände, die dumpfe Traurigkeit der wenigen Möbel schon lange gestört hatten. Wir kauften Farbe und er machte sich bereit, alles neu auszumalen. »Wenn dein Zuhause schön ist, wird auch dein Leben schöner«, kündigte er fröhlich an. »Es ist schon schön«, entgegnete ich. »Deine bescheidene Zufriedenheit ist enervierend«, antwortete er schmunzelnd.

Hans trug, wenn er arbeitete, einen weißen Arbeitsmantel, den er danach in Lauge einweichte und ausgiebig wusch. Er hatte keine Scheu, sich schmutzig zu machen, aber er wollte anschließend alles wieder rein und in Ordnung haben. Oft dauerte diese Prozedur länger als die Arbeit selbst.

Nach drei Wochen war die Wohnung nicht wiederzuerkennen. Sie strahlte hell und freundlich. Die Farbe der Wände, ein zartes Lindgrün, fand sich im Muster der neuen Vorhänge wieder. Mein bisheriges Bett war mithilfe unseres Cousins Emil zu einem Stockbett umgebaut und ebenfalls neu gestrichen worden. Nun schlief Hans direkt über mir. Und wir hatten einen neuen, großen Tisch, auf dem er die Zeichnungen für die Kunstgewerbeschule anfertigen konnte. Ich benutzte ihn für die Vorbereitungen meines Unterrichts. An den gemeinsamen Abenden diente er uns als Esstisch.

Bei einem dieser Essen tauchte sie plötzlich auf: Sidonie Zwiebelmild. Eine junge, hübsche Frau mit schwarzen kurzen Haaren und dunkelbraunen Augen. Die Studienkollegin von Hans grüßte mich freundlich, sprach mich gleich mit meinem Vornamen an und bedankte sich für eine Einladung, die ich gar nicht ausgesprochen hatte. Für mich war dieser Abend eine angenehme Überraschung, weil Hans es sich nicht nehmen ließ, auch Irmgard, mit der ich ihn erst wenige Tage zuvor bekannt gemacht hatte, einzuladen. Kurz nach Sidonie stand auch sie vor der Tür.

Hans bereitete ein Gulasch auf unserem kleinen Petroleumherd zu. Auch frisches Brot und eingelegtes Gemüse zauberte er herbei. Irmgard wirkte in dieser kleinen Runde zuerst etwas unsicher. Vielleicht hatte es damit zu tun, dass Sidonie alle Aufmerksamkeit auf sich zog. Sie tat es ohne ersichtliches Bemühen. Es war ihr intensiver, ernster Blick, mit dem sie jeden Gesprächspartner einfing, die kultivierte Sprache, mit der sie ihren Argumenten ohne große Anstrengung Bedeutung verlieh. Sie kam aus einer bürgerlichen Familie, ihr Vater war Arzt am Wilhelminenspital. Auf der Kunstgewerbeschule studierte sie Architektur. Es war schwer zu übersehen, wie verliebt Hans in sie war. Immer wieder fiel er für Momente aus seiner selbst gewählten kühlen Rolle. Dann sah er Sidonie mit kindlich-naiven Augen an.

»Ich mag ja eigentlich diesen Bubikopf bei Frauen nicht sehr«, sagte er, als wir uns spätabends in unsere Stockbetten legten und über Sidonie sprachen. »Aber er hat einen großen Vorteil. Er macht den Nacken frei – einen der schönsten Körperteile des Menschen.« Mein Bruder philosophierte: »Es gibt Elemente in der Natur, die sind perfekt geformt, wie dieser Übergang von den Schultern zum Kopf. So etwas sollte uns in der Gestaltung ein Vorbild sein. Er ist weich, schwungvoll, aber doch klar und funktional.« Auf meine wiederholte Frage, ob er in Sidonie verliebt sei, reagierte er mit immer neuen Beschreibungen ihrer Hände, Augen und Füße, ihrem selbstbewussten Auftreten und ihrer Einfühlsamkeit. Letztlich, als ich die Frage bereits zum dritten oder vierten Mal gestellt hatte, musste er selbst über seine Ausflüchte lachen und sagte nur noch: »Sie ist wunderbar, oder?«

In unserem Elternhaus in Olmütz hatten wir beide lange Zeit ein Zimmer geteilt. Unsere Gespräche waren damals meist uninteressant gewesen. Ich glaube, es lag daran, dass ich fünf Jahre älter war und ihn als Kind nie ernst genommen hatte. Nun aber gefielen mir viele seiner Gedanken und vor allem seine Erzählungen von der Vorbereitungsklasse an der Kunstgewerbeschule. Er teilte mit mir all seine Beobachtungen, seine Erkenntnisse, und mir wurde bewusst, was für eine Revolution diese Schule in Kunst und Pädagogik vollzog. Es ging weit mehr um Persönlichkeitsentwicklung als nur um Wissensvermittlung wie bei uns am Gymnasium.

Hans erzählte von Franz Čižek, der ornamentale Formenlehre unterrichtete. In seinem Zeichenunterricht ging es nicht darum, die Realität naturgetreu abzubilden, sondern darum, Gefühle bildlich auszudrücken. »Er nennt das Gefühlsabstraktion, die Projektion der Seele auf Papier«, erklärte mir Hans. »Čižek versucht, bisherige Lehrmethoden aufzubrechen und uns Schüler auf eine allumfassende künstlerische Tätigkeit vorzubereiten. Er begeistert und motiviert uns alle, lässt keinen zurück.«

Für meine Arbeit als Lehrer zeigte Hans wenig Interesse. Wenn ich das Thema anschnitt, blieb er zurückhaltend oder stumm. Hellhörig wurde er nur, als ich ihm einmal erzählte, dass ich über einen Kollegen Kontakt zur Siedlerbewegung hatte. Die setzte sich für günstiges Wohnen in Wien ein. Ich fand deren Ziele wichtig. »Du siehst ja, wie wir hier hausen. Es ist eng und kostet trotzdem jeden Monat mehr«, argumentierte ich.

Ein Lehrerkollege hatte mich zu einer Demonstration der Bewegung mitgenommen. Aus allen Bezirken zogen Menschen zum Rathaus – Frauen mit ihren Kindern, Handwerker, die noch ihre schmutzige Arbeitskleidung trugen. Sie forderten Wohnungen, die sie sich leisten konnten, und die Einführung einer Wohnbausteuer für Reiche. Ich wusste, dass auch Studenten der Kunstgewerbeschule an der Siedlerbewegung beteiligt waren. Sie traten für ein gestalterisches Gesamtkonzept ein.

Hans hörte sich meine Erzählung aufmerksam an. Als ich vom »gestalterischen Gesamtkonzept« sprach, verzog er das Gesicht. »Weißt du, ich glaube, dafür ist es zu früh«, sagte er. Noch werde sich die moderne Gestaltung bei solchen billigen Wohnbauten nicht durchsetzen. »Auch Hoffmann hat uns von der Siedlerbewegung erzählt. Aber er ist davon überzeugt, dass wir zuerst exklusive Produkte herstellen müssen – als Vorbilder für eine spätere Phase. Verstehst du, wir sind die Avantgarde.« Deshalb habe Hoffmann die Wiener Werkstätte mitbegründet. »Dort werden exquisite Haushaltsartikel, Schmuck und Einrichtungen hergestellt – aber nur in kleinen Produktionszahlen und nur für Kunden, die das bezahlen können.«

Dann wurde die Diskussion heftig. Ich verstand diesen Exklusivitätsanspruch nicht. Was wollte sein Vorbild Hoffmann damit? Wollte er die Kunst in den Alltag bringen, wie er und einige weitere Architekten behaupteten, oder ging es ihm nur darum, sich in seinem elitären Umfeld zu etablieren und Luxus für Vermögende zu produzieren? Mir waren die Ideen der Siedlerbewegung näher. Und ich argumentierte, dass es doch in erster Linie darum gehen müsse, den Menschen wieder Selbstbewusstsein zu geben und ihnen eine lebenswerte Umgebung zu schaffen – mit ausreichend großen, sauberen Wohnungen, Nutzgärten, Waschküchen, Büchereien, Kindergärten und Schulen.

»Dafür solltest du dich auch einsetzen«, forderte ich Hans auf. Die neue sozialdemokratische Stadtregierung sei da aufgeschlossen.

Kaum hatte ich das ausgesprochen, winkte er ab. »Du willst, dass ich die Roten unterstütze? Sicher nicht!« Das sei doch das Gegenteil dessen, wofür er lebe. Dann zog er wieder arrogant die Augenbrauen hoch, als wäre ihm das alles zuwider: »Die wollen einen neuen Menschen schaffen. Aber der Mensch soll nur so sein, wie sie sich das vorstellen. Ich dachte schon, wir haben unsere Korsetts von Kirche und Kaiserreich endlich aus dem Weg geräumt, da kommen die Roten daher und wollen uns schon wieder ein neues anlegen. Die wollen einen Mustermenschen in einer Musterwohnung.«

Ein paar Tage später, bei einer weiteren heftigen Diskussion zu diesem Thema, erzählte mir Hans, dass Sidonie genauso denke wie ich. »Die will sich auch bei der Siedlerbewegung engagieren, obwohl sie selbst eine große Wohnung in der Innenstadt hat.« Sie habe sich mit Margarete Lihotzky angefreundet. Die studiere Architektur und plane bereits bei solchen Siedlungsanlagen mit. Margarete sei eine radikale Kommunistin.

»Hoffentlich färbt das nicht auf Sidonie ab.« Wenn Hans etwas gegen den Strich ging, war das an seiner Körperhaltung gleich zu bemerken. Er hob den Kopf und zwischen seinen Augen entstand eine tiefe Falte. »Die wollen mit Architektur Politik machen, das muss doch schiefgehen!«

7

Als ich eines Tages nachmittags heimkam und die Tür öffnete, erblickte ich eine nackte Frau, die sich durch das Zimmer bewegte. Von hinten erkannte ich sie nicht gleich, erst als sie direkt auf mich zuging, sah ich: Es war Sidonie. Sie tänzelte über den Holzboden, während Hans mit einem Zeichenblock auf der Bettkante saß und konzentriert, etwas hektisch Striche zog.

Noch mehrmals querte Sidonie ohne jede Scham den Raum. Ich hingegen wusste nicht recht, wo ich hinschauen sollte. Sidonie drehte sich, balancierte auf den Zehenspitzen, schwang ihre Hüften. Sie sah mich an, lächelte mir freundlich zu, sagte aber kein Wort. Etwas später legte Hans den Stift weg. Ich bekam Tee, während Sidonie sich ankleidete. »Wir üben«, erklärte er mir. Sie hätten von Čižek die Aufgabe bekommen, dynamische Akte zu zeichnen. »Das ist viel schwieriger als statische Akte.« Die Übung solle die Sinne schärfen, ergänzte Sidonie, während sie in eine hellgelbe Bluse schlüpfte. Angezogen wirkte sie wieder sportlich-burschikos, wie ich sie in Erinnerung hatte. Sie strahlte Hans ständig an. Eigentlich strahlte alles an ihr.

Hans holte eine Flasche Wein, Semmeln und Schinken von der Greißlerei ums Eck. Wir aßen gemeinsam und ich durfte das Ergebnis ihrer Arbeiten begutachten. Auch Hans war nackt gewesen. Sidonie hatte ihn gezeichnet, als er Kniebeugen machte. »Er hat sich direkt zum Fenster stellen müssen, damit ich genug Licht hatte«, erklärte sie mir. Die Zeichnungen der beiden waren gut. Sie wirkten lebendig. Manchmal waren es nur wenige Striche, die den Körper erkennen ließen, seine Bewegung einfingen. »Und du bist so nackt direkt beim Fenster gestanden?«, fragte ich Hans. »Hattest du keine Angst, dass dich jemand sieht?« Beide lachten nur über meinen Einwand. »Dürfen wir dich auch zeichnen?«, witzelte Sidonie.

Während Hans Sidonie und mir Wein nachschenkte, erzählte er, dass er eine bezahlte Arbeit in einer Schilderwerkstatt angenommen habe. »Die stellen jetzt viele Hundert Metallschilder für Ministerien her.« Nach dem Ende des Kaiserreichs werde die Verwaltung umorganisiert. »Dafür brauchen sie nun neue Schilder. Das ist gerade ein riesiges Geschäft.« Außerdem habe ihm der Besitzer, Herr Sobotka, angeboten, an den Abenden und an freien Wochenenden die Werkstatt für eigene Arbeiten zu nutzen. Sidonie fragte, was er denn in der Werkstatt herstellen wolle. Hans beugte sich zu uns, hob sein Glas, als wollte er darauf anstoßen, und sagte feierlich: »Eine Tischlampe.«

»Schaut«, erklärte er uns, »in nächster Zeit werden immer mehr strombetriebene Lampen gebraucht. Bald wird jeder Haushalt elektrifiziert sein. Es sind genau solche Gebrauchsgegenstände, die wir jetzt gestalten müssen.« Sollte die Lampe schön werden, werde er sie der Wiener Werkstätte anbieten. »Wenn sie fertig ist, zeige ich sie zuerst euch beiden und anschließend Hoffmann.«

An diesem Abend schlug ich Hans und Sidonie vor, gemeinsam mit Irmgard einen Ausflug zum Strandbad in Klosterneuburg zu unternehmen. Die Badezeit war zwar schon vorbei, aber ich wollte so gerne an den malerischen Platz an der Donau zurück. Zwar bremste Irmgard auch diesmal, doch als ich erzählte, dass die beiden mitkämen, willigte sie ein. Hans versprach, Getränke mitzunehmen, Sidonie wollte für Gläser und Geschirr sorgen. Irmgard und ich kümmerten uns um das Essen für unser Picknick.

Es war ein freundlicher Herbsttag, als wir am Franz-Josefs-Bahnhof in den Zug stiegen. Wir fanden vier einander gegenüberliegende Plätze und genossen die kurze Fahrt hinaus aus der Stadt. Hans hatte es sich nicht nehmen lassen, sogar auf diesem Landausflug ein Sakko anzuziehen. Sidonie trug ein leichtes, modernes Leinenkleid. Es war einfarbig mit einer gestickten Zierleiste am Saum. Irmgard hatte wieder ihr hübsches geblümtes Kleid an.

Alle waren in bester Laune. Schon im Zug begannen die beiden Frauen zu singen. Und als wir zu Fuß den guten Kilometer vom Bahnhof hinaus zum Strandbad gingen, stimmten auch Hans und ich in ihre Lieder ein.

Ich hatte zwei Decken mitgebracht und Brot, Irmgard kalte Aufstriche und Gemüse. Hans war so gelöst wie schon lange nicht. Er nahm aus seiner Tasche eine Flasche Rotwein, die er in Sidonies Gläser goss. »Lasst uns anstoßen, weil das Leben schön ist«, sagte er und prostete uns zu.

Nach dem Essen packte ich Federballschläger und Federbälle aus. Alle lachten und hänselten mich. »Typisch Turnlehrer«, sagte Irmgard und Hans grinste amüsiert. Jetzt musste freilich auch er sein Sakko ablegen und über die Wiese laufen. Er bemühte sich sehr, den Federball zu treffen, aber meist fuchtelte er mit dem Schläger nur hilflos in der Luft herum. Beim Sport war er immer schon unbeholfen gewesen. Irmgard und Sidonie stellten sich weit geschickter an.

»So ein Federball ist doch auch ein Kunstwerk«, sagte Hans, nachdem wir alle wieder auf den Decken saßen. Er nahm den kleinen Ball mit seinem Federschweif in die Hand, betrachtete ihn von allen Seiten. »Aber er ist doch nur ein Werkstück, auch wenn er schön ist«, sagte Sidonie und lachte, weil sie schon ahnte, wohin uns das von Hans angestoßene Gespräch führen würde. Zwischen den beiden entwickelte sich eine zuerst heitere, später zunehmend ernste Diskussion über Kunst und Handwerk. Sidonie zitierte aus einem Vortrag von Alfred Roller, dem

Direktor der Kunstgewerbeschule. »Er meint, dass es einen großen Unterschied zwischen Kunstwerk und Kunsthandwerk gibt.« Bei einem Kunstwerk entstünden Form und Geist gleichzeitig. Im Kunsthandwerk hingegen gehe es immer nur um die Formerhöhung, die Veredelung bestehender Formtypen.

»Also, was ich sagen will«, setzte Sidonie fort und versicherte sich, dass alle zuhörten: »Ein Federball ist ein Federball. Dass er so schön geworden ist, ist entweder Zufall oder im besten Fall der Veredelung durch einen Gestalter wie uns zu verdanken. Er ist vielleicht ein Stück Kunsthandwerk, aber kein Kunstwerk.«

Hans diskutierte solche Fragen leidenschaftlich, aber er schaffte es nie, eine solche Leichtigkeit in seine Worte zu legen wie Sidonie. Er sagte: »Irgendwie hast du ja recht, wir arbeiten in einem Graubereich zwischen Handwerk und Kunst. Aber Kunst wird immer etwas Elitäres bleiben, etwas Einzigartiges. Sie ist nicht massentauglich.« Das sehe sie völlig anders, wandte Sidonie ein. »Wir erhöhen die Formen für alle. Schau doch, wie es das Bauhaus in Deutschland macht, die entwickeln wunderbares Geschirr, Möbel für Kinderzimmer, damit jeder etwas davon hat.«

Das war der Moment, an dem sich auch Irmgard einmischte. »Wer hat denn heute genug Geld, um sich ein Kinderzimmer einzurichten? Die meisten Familien wohnen in kleinen Wohnungen mit Zimmer, Küche, Kabinett.« Und dann fügte sie etwas hinzu, was Hans' Freundin als Zurechtweisung auffassen musste: »Es leben nicht alle so gut wie du, Sidonie. Steig von deinem hohen Ross einmal herunter.«

Ich schluckte, weil ich bemerkte, wie plötzlich Gräben aufbrachen. Sidonie sah verärgert in die Runde, fand aber rasch ihre Haltung wieder. Mit Blick auf Irmgard sagte sie: »Nein, ich möchte nicht so abgehoben sein. Es geht ja genau darum, dass wir in Zukunft diese Schönheit allen zugänglich machen müssen. Die Wohnhäuser werden nicht immer derart eng bleiben wie heute. Es wird einmal besser werden und dann haben wir schon die richtigen Konzepte dafür.«

Irmgard grübelte noch länger über die Diskussion. Sie bemühte sich allerdings ebenso wie Sidonie, den Konflikt rasch vergessen zu machen. Als sich die Sonne langsam senkte und es kälter wurde, legte Sidonie liebevoll eine Decke um ihrer beider Schultern und kuschelte sich an Irmgard.

Den Winter über verbrachte Hans viel Zeit in der Werkstatt von Herrn Sobotka. Und wenn er dort nicht gerade Schilder produzierte, zeichnete er auf dem großen Tisch in unserer Wohnung seine Entwürfe. Um sein erstes Gehalt kaufte er neues Zeichengerät: ein Reißzeug mit Tuschfedern und Zirkel in einem schmalen schwarzen Etui, bunte Zeichenstifte in einer silbernen Metallschachtel und einen schwarzen Malkasten mit Wasserfarben, dazu neue Holzlineale und zwei Dreiecke. All das fand samt einem Reißbrett in einer großen Tasche aus steifem Segelleinen Platz.

Manchmal, wenn ich nach dem Unterricht heimkam, sah ich Hans zu, wie er konzentriert über seinen Zeichnungen saß. Er konstruierte Wasserkaraffen, Zuckerdosen und natürlich Zigarrenkassetten. Die meiste Anstrengung aber widmete er der geplanten Tischlampe. Immer wieder verwarf er seine Entwürfe, immer wieder begann er von Neuem. »Die Lampe muss perfekt werden.«

Einmal, es war kurz vor Weihnachten, stand er mitten in seiner Zeichenarbeit auf und sah mich an. »Wir müssen Schuhe kaufen gehen, Viktor.« Er hatte schon länger meine ausgetretenen Schuhe kritisiert, mir immer wieder zugeredet, ich sollte mir bei einem Schuster in der Nähe neue machen lassen. Aber ich zögerte, denn die Geldentwertung war mittlerweile enorm.

Mein Gehalt reichte zu Monatsende oft nur noch knapp für die gestiegene Miete. Doch an diesem Tag im Dezember fasste mich mein Bruder an der Hand, zog mich aus der Wohnung. »Heute kommst du mir nicht aus«, sagte er.

Wir gingen die Neulerchenfelder Straße Richtung Stadtzentrum, bogen links zum Brunnenmarkt ab und fanden bald das kleine Geschäft des Schusters. Hans, der sonst immer so entschlossen in Verkaufsräume stürmte, blieb zögerlich vor der Auslage stehen, betrachtete kritisch die ausgestellten Schuhe, dann rümpfte er die Nase. »Nein, das ist nichts für uns, die sind nicht wirklich schön.«

Wir marschierten weiter zur Innenstadt, nahmen die Straßenbahn entlang der Ringstraße und stiegen bei der Oper aus. »Hier drüben wohnt Sidonie«, sagte Hans und zeigte zu einem der großen bürgerlichen Häuser. »Und hier ist unser Schuster.« Wir standen vor einem Geschäft mit einer breiten Auslage. Im Souterrain, wo der Ausstellungsraum lag, roch es nach Leder und von hinten aus der Werkstatt drang ein leises Hämmern zu uns. Ein älterer Herr in einem hellgrauen Anzug empfing uns mit diskreter Freundlichkeit.

»Wir brauchen beide neue Schuhe«, sagte Hans und sah sich die ausgestellten Modelle an. Einige Paare, die auf zwei niedrigen Tischen und einem breiten Regal säuberlich aufgereiht standen, waren zweifärbig, mit hellem und dunklem Leder, wie es gerade Mode war. Alle waren schlank geschnitten mit Gummisohlen, und auf Nachfrage erklärte der Verkäufer, er führe jetzt im Winter ausschließlich Schuhe mit Gummisohlen. »Außer sie wollen schon Ballschuhe, die haben wir natürlich auch da. Die sind unten mit Leder.«

Wir blieben eine ganze Weile im Geschäft. Hans war mit keinem der Modelle zufrieden und ich wurde von Minute zu Minute unruhiger. Denn es standen keine Preise neben den ausgestellten Paaren. Eigentlich brauchte ich ja nur feste, gute Schuhe, die mehrere Winter halten sollten. Was sollte ich in so einem vornehmen Geschäft?

Dann sah Hans in einem Regal ganz unten ein Paar schlichte schwarze Schuhe, die etwas höher geschnitten waren. Sie wirkten schlank und leicht. Die Löcher für die Schnürsenkel waren mit Metallösen verstärkt, das Leder hatte eine feine Narbung. Es waren Schuhe, die eher zu einem feierlichen Anzug als für den Alltag passten. »Die sind gut!«, sagte Hans und nickte mir beiläufig zu. »Und die machen Sie bitte sowohl für mich als auch für meinen Bruder.«

Der Verkäufer rief nach einer Mitarbeiterin, die mit Maßbrett und Maßband kam, um unsere Füße zu vermessen. Die junge Frau lachte, als sie von der Doppelbestellung hörte. »Das habe ich ja noch nie erlebt«, sagte sie, »dass sich zwei Herren die gleichen Schuhe machen lassen.« Hans scherzte, dass wir zweieiige Zwillinge seien. »Wir wollen seit Kindheit immer das Gleiche und ich darf diesmal aussuchen.« Danach mussten wir eine Anzahlung leisten. Die übernahm Hans und drängte mich dabei freundlich zur Seite. Er legte hundertzwanzigtausend Kronen auf den Verkaufstisch. »Und das war nur die Anzahlung?«, erkundigte ich mich, als wir wieder auf die Straße traten. »Ja«, sagte Hans, ohne weiter darauf einzugehen. »Die Schuhe bekommst du zu Weihnachten.« Er wohne jetzt seit Monaten bei mir, erklärte er, es sei längst Zeit, sich zu revanchieren.

Hans lächelte zufrieden, als wir ein Stück gegangen waren. Die Überraschung war ihm gelungen. Es war nicht nur seine Großzügigkeit, die uns verband, ich spürte darüber hinaus eine große Nähe wie selten zuvor. Seine Gedankenwelt war für mich offen, er ließ mich weit hineinblicken. Ich sah sein Glück, seine Hoffnungen, aber auch seine Zweifel und Ängste.

Hätte ich geahnt, was da auf uns zukommen würde, ich hätte es nicht vorgeschlagen: »Jetzt gehen wir noch auf einen Kaffee«, drängte ich ihn. Hans war sofort einverstanden. »Am besten ins Café Raimund, das liegt auf dem Weg«, sagte er und beschleunigte sofort den Schritt. Da seien um diese Zeit immer einige der Schauspieler.

Das Café gegenüber dem Volkstheater war deutlich kleiner als das Siller und das Prückel. Wir fanden einen freien Tisch neben der Eingangstür. Hans grüßte einige der Gäste, als wären es alte Bekannte. »Sidonie kennt ziemlich viele von ihnen«, flüsterte er mir zu und blickte dabei so innig vor sich hin, als erfüllte ihn allein der Gedanke an sie mit tiefer Zuneigung. »Sie liebt das Theater.« Vergangene Woche seien sie beide ins Burgtheater gegangen. »Ein tolles Stück: ›Der Graf von Charolais‹ mit Raoul Aslan in der Hauptrolle.«

Hans zeigte auf einen Herrn mit wachen Augen und dunklen lockigen Haaren, die ihm etwas zerzaust vom Kopf standen. Er saß bei einer Gruppe von vielleicht zehn jüngeren Frauen und Männern, die ihm aufmerksam zuhörten. »Das ist Max Reinhardt, ein berühmter Regisseur.«

In diesem Moment öffnete sich die Tür und ein eng umschlungenes Paar trat ein. Ein groß gewachsener Herr, der seinen modischen breiten Hut lüftete, und eine etwas kleinere, zierliche Frau in einem langen Mantel. Ihr Gesicht war zuerst von seinen breiten Schultern verdeckt. Erst als die beiden direkt an unserem Tisch vorbeigingen, erkannte ich Sidonie. Sie bemerkte uns nicht, löste sich aus der Umarmung und begrüßte überschwänglich ein paar Frauen. Ihr Begleiter folgte ihr, nahm neben ihr Platz und legte den Arm um ihre Schulter.

Als Sidonie ihm etwas ins Ohr flüsterte, drehte sie sich unabsichtlich zu uns und erstarrte. Ich sah auf Hans, der sich eine Zigarette angezündet hatte und in ihre Richtung blickte. Er versuchte, sich nichts anmerken zu lassen, zog den Rauch ein und blies eine große Wolke aus, als wollte er das Bild vor sich vernebeln. Sidonie winkte verlegen zu uns, blieb aber sitzen.

Die Situation war so eindeutig, dass ich vorschlug zu gehen. Hans schüttelte nur abwesend den Kopf. Er zündete sich wenige Minuten später eine weitere Zigarette an und nahm sich eine Zeitung, hinter der er sein Gesicht verbarg. Sidonie sah noch einmal herüber, presste ihre Lippen zusammen.

»Wollen wir nicht doch gehen?«, fragte ich. Hans antwortete nicht. Seine Augenlider zitterten. Sein Blick war so verloren, dass ich ihn kurz anstupste: »Hans, da bleiben wir nicht«, drängte ich ihn nun beharrlich. Ich rief den Kellner zum Zahlen und wir verließen rasch das Café.

»Ich habe nichts gewusst, nichts geahnt. Ich war so blind«, sagte Hans. Er ließ die Schultern und den Kopf fallen und starrte aufs Pflaster. Nichts mehr von der Würde, die er so gerne ausstrahlte, nichts mehr von der Offenheit, die uns eben noch verbunden hatte. Er sackte verschlossen in sich zusammen, als hätte er überhaupt keine Körperspannung mehr.

Nachdem wir in der Wohnung angekommen waren, verabschiedete er sich rasch. Er gehe jetzt in die Werkstatt, kündigte er an, nahm den frisch gewaschenen Arbeitsmantel vom Haken und verschwand.

8

Die Zeichnung war exakt. Die feinen Linien zeigten eine Tischlampe in Grund- und Aufriss. Sie hatte einen runden dunklen Sockel, auf dem in der Mitte ein schmaler, hoher Zylinder stand. Er trug eine elektrische Glühbirne. Rund um diesen Zylinder waren acht dünne runde Metallstäbe angeordnet, die am unteren Ansatz kurz und am oberen Ende weit aufgebogen waren. Sie trugen den gläsernen Lampenschirm. In der Mitte des Zylinders fassten zwei Ringe alle tragenden Elemente zusammen. Es war eine schlichte, saubere Konstruktion. Hans hatte die Maße und Radien angeführt, das vorgesehene Material genau beschrieben.

Er war wohl überhastet aufgebrochen. Denn normalerweise räumte er seine Sachen beiseite, damit ich den Tisch gegen Abend nutzen konnte. Als ich die Zeichnung noch einmal betrachtete, fiel mir die Beschreibung ein, die mir Hans vom menschlichen Hals gegeben hatte – seine natürliche organische Form. Der Schwung dieser Konstruktion erinnerte daran.

Erst gegen Abend des nächsten Tages kam er wieder. Er wirkte bedrückt. Diesmal war ich es, der uns zwei Paar Würstel und dazu zwei Bier aus der Gastwirtschaft gegenüber besorgte. Hans räumte einstweilen all seine Sachen weg und deckte den Tisch für das Abendessen. Während wir aßen, erzählte er, dass Sidonie bei ihm aufgetaucht sei: »Sie ist verzweifelt vor der Wohnung gestanden und hat erzählt, dass ihr Vater von Hakenkreuzlern zusammengeschlagen wurde. Wir haben ihn dann gemeinsam im Krankenhaus besucht.«

Doktor Zwiebelmild sei in einem erbärmlichen Zustand gewesen. »Ihm fehlten ein paar Schneidezähne. Wenn er den

Mund öffnete, sah man nur ein rundum geschwollenes Loch«, erzählte Hans. Über dem linken Auge hatte er eine tiefe Wunde, die habe genäht werden müssen. »Sie haben ihn nahe der Synagoge abgepasst, ihn niedergeschlagen. Alles nur, weil er ein Jude ist. Verstehst du das, Viktor?«

Er habe Sidonie danach mit dem Taxi nach Hause gebracht und sei noch bei ihr geblieben. Ich sah ihn fragend an. »Nein, es hat sich zwischen uns nichts geändert«, sagte er und strich eine Haarsträhne zurück, die ihm in die Stirn gefallen war. »Es ist vorbei.«

»Die Lampe ist schön, die du entworfen hast«, versuchte ich ihn aufzumuntern. Mir war es mit dem Lob durchaus ernst, dennoch war ich verblüfft, wie rasch es Wirkung zeigte. Von einem Moment auf den anderen bekam sein Körper wieder Spannung, sein Gesicht hellte sich auf. Er zündete sich eine Zigarette an und beschrieb mir das Konzept der Lampe in allen Details.

»Du musst mir das nicht erklären«, sagte ich, als er auf die »organische Form der Metallstäbe« zu sprechen kam und sie mit dem Hals des menschlichen Körpers verglich. Daraufhin blickte er mich überrascht an und fragte nach einer kurzen Pause: »Woher weißt du das?« »Ich habe dir nur genau zugehört«, erwiderte ich. »Und ich dir wohl zu wenig, nicht wahr?«, antwortete er.

In den kommenden Monaten arbeitete Hans fast jeden Sonntag in der Schilderwerkstatt an seiner Lampe. Es ging nur langsam voran, weil er den Rest der Woche Lehrveranstaltungen besuchte und dazwischen die Schilder herstellte. Einmal, an einem Sonntagnachmittag, besuchte ich ihn in der Werkstatt. Er war eben dabei, eine Schablone aus Holz für das Biegen der Metallstäbe herzustellen. Mit Hingabe und Genauigkeit sägte er die Bögen aus.

Hans trug seinen alten Arbeitsmantel, dessen Stoff zwar sauber, aber schon etwas abgenutzt war. Sein neuer Mantel, den ich ihm zu Weihnachten geschenkt hatte, hing daheim. Ihn benutzte er nur beim Zeichnen an unserem Tisch und für Arbeiten in der Kunstgewerbeschule.

»Schau, Viktor«, sagte er und wies auf Dutzende Schilder, die aufgereiht auf einer der vielen Werkbänke lagen. »Die werden nun emailliert.« Dann sah er mich an, als würde etwas besonders Wichtiges folgen: »Wenn ich die Lampe fertig habe, möchte ich die Oberfläche auch überziehen lassen. Aber das können wir hier nicht machen. Da muss ich sie zu einem Galvanisierer bringen.« Bei dem werde eine dünne, glänzende Chromschicht auf das Metall aufgebracht. »Zuerst muss jedoch alles fertig zusammengelötet sein.«

Hans' guter Verdienst in der Schilderwerkstatt trug dazu bei, dass er wieder öfter ausging. Wir trafen uns eines Abends im Café Siller, wo uns Annemarie empfing. Sie erzählte, dass sie bei ihrer Familie in Ungarn gewesen sei. »Mein Vater und meine Mutter haben immer größere Angst vor Admiral Horthy, unserem Reichsverweser. Der hält alle Juden für Landesverräter. Er wirft uns vor, dass wir die ungarische Kultur unterwandern.« Sie schüttelte verärgert den Kopf: »Könnt ihr euch das vorstellen? Dabei sind meine Eltern ja im Land geboren. Sie haben sich immer als Ungarn gefühlt.«

Annemarie brachte uns zwei Tassen Kaffee und fragte, was wir davon hielten, wenn sie ihren Vater und ihre Mutter nach Wien holen würde. Hans schüttelte sofort den Kopf. Vorerst würde er das nicht tun, antwortete er. Derzeit gebe es auch hier einen starken Antisemitismus. Vielleicht später, wenn das wieder vorbei wäre. »Das wird es nicht«, fiel ich ihm ins Wort und war verärgert, wie sich mein Bruder trotz seiner jüngsten Erlebnisse schon wieder alles schönredete. »Radikalismus und Rassismus nehmen immer mehr zu. Sag, merkst du das nicht?«

Hans antwortete nicht, wich dem Konflikt aus. In solchen Momenten zog er eine Zigarette aus der Schachtel, zündete sie an. Zwischen seinen Augen entstand diese Ärgerfalte. Kein Blickkontakt. Und dann wechselte er das Thema: »Im Apollo spielen sie jetzt Jazz, hast du das gehört?« Ich hasste diese Ignoranz. Es gelang Hans immer wieder mit solchen Tricks, meine Argumente beiseitezuschieben.

Annemarie, die uns aufmerksam zugehört hatte, sah uns verstört an. »Ich glaube, ich lass es einstweilen mit dem Umzug«, sagte sie und widmete sich anderen Gästen.

Kurz vor Beginn des neuen Studienjahrs war die Tischlampe fertig. Sie stand plötzlich in unserer Wohnung, eingehüllt in ein weißes Tuch. Hans hatte sogar eine passende hölzerne Kiste getischlert, um sie für den Transport sicher zu verstauen. Die letzten Wochen vor der Fertigstellung hatte er damit verbracht, einen Glasbläser zu suchen, der den Lampenschirm genau nach seinen Vorstellungen anfertigen konnte. In Wien war keiner zu aufzutreiben, deshalb fuhr er für eine Woche in die Tschechoslowakei, wo er einen geeigneten Betrieb fand und unsere Mutter besuchte.

Feierlich nahm Hans das Tuch ab. »Wie gefällt sie dir?«

Ich war überwältigt. Die verchromte Konstruktion auf dem dunkelgrauen Sockel wirkte edel. Der Lampenschirm aus weiß überzogenem Glas komplettierte die schlichte Schönheit. Es gab keine Halbheiten. Die Verarbeitung war perfekt, die Lötstellen waren beinahe unsichtbar, die beiden Ringe, die alles in der Mitte zusammenhielten, passten exakt über die tragenden Teile. Sie wirkten wie zwei große Eheringe.

Nur Licht konnten wir damit nicht machen, denn in meiner

Wohnung gab es noch keine Elektrizität. Hans versprach mir, dass er mir die Lampe bald in der Werkstatt vorführen werde. »Dann siehst du, was für ein stimmungsvolles Licht sie gibt.«

Dazu kam es aber nicht. Schon in der Woche darauf nahm Hans sein Werkstück mit in die Kunstgewerbeschule. Er wollte die Lampe Josef Hoffmann präsentieren. Ich bemerkte seine Nervosität, die er zu überspielen versuchte, als er am Morgen aufbrach.

Tagsüber war ich beschäftigt, dachte nicht an seinen wichtigen Tag. Aber als ich gegen Abend nach Hause ging, fiel es mir wieder ein. Ich fragte mich, wie Hoffmann wohl reagiert haben mochte? Ob er ihn nun eingeladen habe, in der Wiener Werkstätte mitzuarbeiten, so wie er sich das erträumt hatte? Ich war sicher, Hans würde Erfolg haben. Doch die Wohnung war leer, Hans war nicht zurückgekehrt. Auch am Abend blieb ich alleine. Als ich am nächsten Morgen aufwachte und sein Bett unbenutzt war, begann ich mir Sorgen zu machen.

»Nein, nicht schon wieder«, sagte Irmgard, als ich ihr in der Schule vom Verschwinden meines Bruders erzählte. »Aber vielleicht hat er auch die Nacht durchgefeiert«, warf sie ein. Dieser Gedanke ließ mich hoffen. Ja, vielleicht war Hoffmann von der Lampe begeistert gewesen, hatte sie sogar gleich in seine Manufaktur mitgenommen. Denn wo sollte sie sonst sein? Hans hätte sie daheim abgestellt, bevor er zum Feiern in die Nacht aufgebrochen war.

Es dauerte einen weiteren Tag, bis Hans endlich auftauchte – ohne Lampe. Als er die Tür öffnete und vor mir stand, wusste ich gleich, dass seine Präsentation enttäuschend verlaufen war. Er sah matt aus und begrüßte mich kühl. Dann nahm er – ganz gegen seine Gewohnheit – einen Tee und setzte sich auf den kleinen Schemel in die Küche. Mir kam vor, er wollte mir nichts erzählen, schob es so lange wie möglich hinaus.

Er putzte sogar noch seine Schuhe, um das Gespräch nicht beginnen zu müssen.

»Was ist los?«, fragte ich. »Er hat sie nicht haben wollen«, sagte er mit düsterer Stimme. »Sie gefällt ihm nicht. Ist zu verspielt.« Hoffmann habe gemeint, er solle seine Energie nicht gleich in so großen Projekten verschwenden. »›Kommt der gleich mit einer Lampe daher‹, hat er gesagt.« Und von der Mitarbeit in der Wiener Werkstätte wollte er auch nichts wissen. »Die Gründung der Klasse für Metallbearbeitung und Gürtlerei – das noch obendrauf – ist aufs nächste Studienjahr verschoben.«

Hans stöhnte. Dann schweifte er ab, erzählte, dass er die beiden letzten Nächte bei seiner Studienkollegin Dolores Feuerbach verbracht habe. »Wir waren gemeinsam etwas trinken, dann hat sie mich zu sich nach Hause eingeladen.« »Und?«, fragte ich. »Sie hat mich getröstet. Auf ihre Art.«

Viel wichtiger erschien mir, wo die Lampe verblieben war. Hans sah mich aus müden Augen an. Er habe die Assistentin von Hoffmann gebeten, die Lampe wegzuwerfen. »Ich hab ihr gesagt, ich will das Stück nicht mehr sehen.« Das schockierte mich. Die Lampe war wertvoll, er hätte sie doch zu einem guten Preis verkaufen können. Vielleicht war seine Reaktion konsequent, aber ebenso war sie störrisch, kurzsichtig, selbstzerstörerisch. »Du bist völlig verrückt«, brach es aus mir heraus. »Du hast monatelang daran gearbeitet. Nur weil Hoffmann nicht Beifall klatscht, wirfst du alles hin.« Hans antwortete nicht, stand wortlos auf und ging ohne Abschied. Erst irgendwann in der Nacht kam er zurück.

Wie labil er doch war, mein Bruder. Auch ich kannte Selbstzweifel, die zu überwinden auch mich Kraft kostete. Aber danach ging es mir stets besser, meine Sicherheit kehrte zurück und blieb meist stärker und unverrückbarer als zuvor. Hans strahlte seine Selbstsicherheit an vielen Tagen unverhohlen aus, dann brach sie von einem Moment auf den anderen völlig in sich zusammen. Ein Häufchen Elend. Er war nicht bereit, von diesen Erfahrungen etwas mitzunehmen. Jedes Mal dieses Auf und Ab. Wenn es so etwas wie die Sturheit der Unsicherheit gab, Hans verkörperte sie.

Doch seine Sturheit hatte in diesem Fall auch ihr Gutes. Zwei Wochen später sprach ihn Hoffmann noch einmal auf die Lampe an. Hans erzählte mir, dass er ihn in sein Büro gebeten habe. Dort stand auf einem Ablagetisch die zurückgelassene Lampe. Hoffmann sei diesmal deutlich freundlicher gewesen. »Ich möchte Ihnen das erklären. Sie haben sich viel Arbeit gemacht und ein Recht darauf«, sagte er. Er sei von der Qualität der Verarbeitung beeindruckt. Die Form sei nicht schlecht, aber eben viel zu verspielt. Dann, erzählte er, wurde Hoffmann konkreter: »Diese beiden Ringe, die alles zusammenhalten – wie zwei Eheringe: Das ist vielleicht romantisch, aber das ist übertrieben, das braucht es nicht.« Da wäre ein breiter Ring besser gewesen, eine klare Konstruktionsform – reiner Funktionalismus.

Hoffmann schlug Hans vor, ein paar Monate in der Metallwerkstatt des Bauhauses in Weimar mitzuarbeiten. Er habe mit dessen Direktor, Walter Gropius, bereits Kontakt aufgenommen. »Die vollziehen dort eine noch puristischere Sachlichkeit als wir. Vielleicht ist das genau das, was Sie brauchen.« Außerdem könne damit auch die Zeit bis zur verspäteten Gründung der Gürtler- und Metallbearbeitungsklasse gut überbrückt werden. Das Problem, so erklärte ihm Hoffmann, sei allerdings, dass das Bauhaus weder für die Kosten der Reise noch für die Unterkunft aufkomme. Hans war aber von der Idee so begeistert, dass er ihm versicherte, er werde all das selbst bezahlen.

»Hast du so viel gespart?«, fragte ich Hans ungläubig, als er mir die Geschichte erzählte. »Nein«, sagte er. »Noch weiß ich nicht, woher ich so viel Geld nehme.« Die Arbeit in der Schilderwerkstatt habe das noch nicht eingebracht. »Aber in den nächsten Monaten werde ich eben ein paar Sonderschichten einlegen.«

Wochenlang bekam ich ihn kaum zu sehen. Er setzte alles daran, sich ausreichend Geld für das halbe Jahr zu beschaffen. Er sprach nur noch von Weimar, wusste bald alles über das Bauhaus. Letztlich schaffte er es nicht ganz, die nötige Summe zusammenzubringen. Von seinem Ziel rückte er aber nicht ab. »Ich werde versuchen, in Weimar etwas dazuzuverdienen. Dann wird es sich schon irgendwie ausgehen.«

Ende 1922 feierte Hans seinen Abschied aus Wien. Wir trafen uns am späten Nachmittag im Café Siller gemeinsam mit acht seiner Studienkolleginnen und -kollegen – auch Sidonie war dabei. Sie erzählten von der Kunstgewerbeschule, von heftigen Debatten in der Architekturklasse, erfreuten sich an Anekdoten über Josef Hoffmann. »Wusstet ihr von diesem Streit mit Adolf Loos?«, fragte Harald, ein dicklicher junger Mann mit Hosenträgern. Die beiden berühmten Architekten seien seit Jahren zerstritten. Loos schimpfe sogar öffentlich auf die Wiener Werkstätte und die Ausbildung an der Kunstgewerbeschule. Hoffmann sei zurückhaltender. »Wir haben ihn auf Loos angesprochen, aber er hat nur eine abfällige Handbewegung gemacht.«

Im Grunde würden doch beide eine ähnlich puristische Formenlehre vertreten, mischte sich Sidonie ein. »Das ist doch nur ein Wettbewerb der Eitelkeiten. Typisch Männer!« Die Runde lachte und nickte zustimmend, nur Hans verteidigte Hoffmann. »Loos hat die Architektur revolutioniert, aber Hoffmann ist vielfältiger. Habt ihr schon einmal das Essbesteck gesehen, das er entworfen hat? Das ist so schlicht, so genial.«

Am Rande des Tisches saß Dolores, die Hans nach der enttäuschend verlaufenen Präsentation seiner Lampe getröstet hatte. Sie sagte lange kein Wort, sah nur immer wieder zu ihm, der von der Schilderwerkstatt erzählte und von seinem peinlichen Zusammentreffen mit dem Direktor der Kunstgewerbeschule, Alfred Roller. »Stellt euch vor, ich habe ihn gefragt, wo er hinwolle. Ich dachte, das ist irgendein alter Herr, der sich in der Schule verlaufen hat.«

Gegen Abend beschloss Hans, dass wir nun alle ins Kino gehen sollten. Alle waren einverstanden, nur Sidonie verließ uns. »Ich muss noch woandershin«, sagte sie, küsste Hans auf die Wange und verschwand. Kurz sah ich wieder seinen verlorenen, enttäuschten Blick. Doch es war nur ein Moment.

Im Atlantis-Kino spielten sie den Film »Sodom und Gomorrha«, der am Laaer Berg in Wien gedreht worden war. Irmgard war noch nie in einem Lichtspiel gewesen. Sie saß gebannt neben mir, nahm manchmal meine Hand, ließ sie wieder aus, nahm sie wieder. Dann vergaß sie alles um sich, starrte nur noch auf die Leinwand. Es ging um das lasterhafte Leben einer jungen Frau, die mit einem reichen alten Börsenspekulanten verheiratet werden sollte. Ihre Faszination für den Luxus wechselte sich mit Albträumen ab. Letztlich besann sie sich auf das Wesentliche und alles mündete in ein gutes Ende.

Es war ein Stummfilm – und Irmgard war sprachlos. Als wir auf die Straße traten, sah sie verwirrt um sich. Sie stand ein Stück abseits der Gruppe, rieb sich nur die Augen. Dann kam sie zu mir: »Ich bin noch immer ein bisschen im Film.« Die große Leinwand, der dunkle Raum, all die aktivierten Sinne. Das sei normal, versichert ich ihr. Doch wir konnten uns nicht lange unterhalten, Hans drängte schon Richtung Pompadour-Bar.

Die Gruppe war nach dem Kinobesuch kleiner geworden. Nur noch zu fünft saßen wir an einem runden Tisch in der

Bar. Ein Pianist spielte romantische Stücke. Mir kam vor, auch die anderen fanden nur langsam aus den Bildern des Films heraus. Dolores war die Erste, die wieder laut über eine Anekdote von Hans lachte. Dann erzählte Hans von seinen Plänen in Weimar. »Ich möchte dort unbedingt in der Werkstatt eine Deckenlampe entwickeln.« Alle grinsten, als Dolores einwarf: »Mach sie nur nicht zu groß, damit du sie heimtransportieren kannst.«

In der Bar wurde Irmgard, die bis dahin schweigsam gewesen war, lebendiger. Ihr gefiel die Musik und langsam fand sie wohl auch Gefallen am Wermut, dem Lieblingsgetränk meines Bruders. Sie beteiligte sich an der Diskussion, scherzte mit der ganzen Runde.

»Und jetzt trinken wir auf meinen Bruder«, forderte Hans plötzlich alle auf. »Er hat mich jetzt schon fast zwei Jahre in seiner Wohnung ertragen müssen. Danke, Viktor!« Er warf mir einen ernsten Blick zu. Dann flüsterte er mir ins Ohr. »Und danke, dass du mir das fehlende Geld geliehen hast.«

9

Weimar, 3. April 1923

Lieber Viktor!

Sei mir nicht gram, weil ich mich so lange nicht gemeldet habe. Aber seit ich in Weimar bin, steht mein Leben kopf. Es ist wunderbar hier. Allein die Stadt würde Dir gefallen. Sie ist nicht groß, aber in eine schöne Parklandschaft eingebunden. Vom Bauhaus aus sind es nur wenige Schritte zu den Wiesen und kleinen Wäldern an der Ilm, wo sich schon Goethe wohlgefühlt hat. Viele Stunden verbringen wir im Freien. Die Atmosphäre ist großartig anregend. Noch stärker als an der Kunstgewerbeschule in Wien wird hier am Bauhaus auf eine praktische Ausbildung gesetzt. Es gibt eine gut ausgestattete Metallwerkstatt, in der ich jederzeit arbeiten darf. Auf den Werktischen stehen Schalen, Teekannen, Leuchten oder Vasen, die von Studenten gerade hergestellt werden. Gleichzeitig ist alles auch ein wenig chaotisch. Vieles organisieren sich die Studenten deshalb selbst. Sie arbeiten derzeit alle an einem Musterhaus und an einer Ausstellung über die bisher produzierten Werke. Direktor Walter Gropius möchte damit der Weimarer Bevölkerung beweisen, welche Bedeutung die Schule für ihre Stadt hat. Ob das gelingen mag, muss ich bezweifeln, denn das Kleinbürgertum ist hier noch spießiger als in Wien. Manchmal werden wir auf offener Straße beschimpft, nur weil wir am Bauhaus unterrichtet werden. Sie haben überhaupt kein Verständnis für unsere Arbeit.

Freilich gibt es viele verrückte Studenten und Lehrende hier. So wie in Wien hat auch das Bauhaus einen Vorbereitungskurs, der von Johannes Itten geleitet wird. Stell Dir vor, der läuft den ganzen Tag in einer Kutte herum und predigt etwas von einer selt-

samen Mazdaznan-Lehre. Einige der Studenten sind ihm völlig verfallen und rennen genauso gekleidet wie er durch die Schule. Sie stehen mit der Sonne auf, essen nur Gemüse und machen ganz seltsame Dinge.

In der Metallwerkstatt habe ich Wilhelm Wagenfeld und Carl Jacob Jucker kennengelernt. Sie sind schon einige Jahre am Bauhaus und haben eine Tischlampe entworfen. Ich sag Dir, so etwas Schönes, Klares, Funktionales wie diese Lampe habe ich noch nie gesehen. Hoffmann hätte seine Freude damit. Nun verstehe ich auch etwas besser, was es für den Erfolg einer Formgebung braucht. Das sieht alles so leicht aus, aber in Wirklichkeit ist es ein unheimlich harter Weg, diese Klarheit zu erreichen. Vielleicht helfen mir die beiden Kollegen dabei, eine Hängelampe zu entwerfen. Ich habe schon Ideen dazu entwickelt. Ich stelle mir eine leichte Metallkonstruktion vor mit einer runden Glasscheibe, die von oben beleuchtet wird. Wir müssen weg von diesen fürchterlichen Kristalllustern, die jetzt statt mit Kerzen mit Glühbirnen ausgestattet werden. Sie kopieren eine Ära, die längst vorüber ist.

In Weimar passt einfach alles: das Umfeld, die Menschen und auch Gropius, der Direktor. Kurz nach meiner Ankunft hat er mich in seinem Büro empfangen. Er hat den Raum extra für die Ausstellung im Sommer funktional, schlicht, ganz famos eingerichtet. Allein diese Farben! Er war sehr freundlich zu mir, hat sich sogar für meine Ideen interessiert. Aber dann wollte er mich über Hoffmann und dessen Streit mit Loos aushorchen. Das fand ich etwas deplatziert.

Zuletzt gab es ein großes Fest im nahen Ilmschlösschen. Alle waren dort, Gropius, Itten und auch der Meister der Metall-Klasse, Christian Dell. Viele der Schüler kamen verkleidet. Bei diesem Fest habe ich Sonja Kupfer kennengelernt. Sie ist noch im Vorbereitungskurs bei Itten und will später in die Tischlerei eintreten. Wir reden nun oft, wie eine ideale Wohnung eingerichtet sein sollte. In zwei Wochen will Sonja ihre Familie in Berlin besuchen und mich mitnehmen. Ich werde Dir dann schreiben, wie es in dieser Stadt war.

Ich danke Dir noch einmal, dass Du mir das restliche Geld für diesen Aufenthalt geliehen hast. Wenn ich Glück habe, werde ich in der Werkstatt ein paar Produkte herstellen, die ich anschließend verkaufen kann. Am liebsten freilich würde ich länger als nur das halbe Jahr bleiben. Ich weiß, ich könnte hier noch viel lernen.

Wie geht es Dir und Irmgard? Ich habe nachgedacht, Ihr solltet Euch bei der Stadtregierung für ein Siedlungshaus bewerben. Das wäre genau das Richtige für euch. Du kannst ja nicht immer in dieser winzigen, teuren Wohnung bleiben. Gerne helfe ich Dir dann mit der Einrichtung.

Bis bald, Bruderherz!

Hans

Der Brief kam vier Monate nach seinem Abschied. Hans hatte in Wien eine Lücke hinterlassen – eine, die viel größer war als erwartet. Als ich mit Irmgard in diesem Winter das Café Siller am Schwedenplatz besuchte, trafen wir auf eine betrübte Annemarie. Der sonst so stolzen Kellnerin standen für einen Moment Tränen in den Augen, als wir auf Hans zu sprechen kamen. »Ich vermisse ihn sehr. Er ist ein so besonderer Mensch«, sagte sie. Dann fasste sie sich wieder und fragte mich über alle Details seines letzten Briefes aus.

Durch einen Zufall begegnete ich auch Sidonie. Irmgard hatte uns tatsächlich für ein Siedlungshaus angemeldet. Mittlerweile wurden all diese städtischen Bauten über die Gemeinwirtschaftliche Siedlungs- und Baustoffanstalt abgewickelt. Bei einem Termin in diesem GESIBA-Büro stand Sidonie plötzlich vor mir. Sie arbeite hier neben dem Studium, erklärte sie mir.

Ihre Begrüßung war herzlich. Sie nahm mich zur Seite und sagte mit einer unsicheren Stimme, die ich so nicht an ihr kannte: »Hans geht mir ab.« Sie holte tief Luft und begann ohne Aufforderung zu erzählen. Es sei ihr bewusst, dass sie ihm Schmerzen bereitet habe. »Mir ist es einfach zu viel geworden.« Hans habe ihr ein teures Schmuckstück von der Wiener Werkstätte geschenkt, eine Brosche aus Silber mit Opalen und Rubinen. »Mit einer ganz klaren Form, unheimlich edel und sicher sehr teuer.« Das Geschenk habe sie unter Druck gesetzt. »Bis dahin war unsere Freundschaft so leicht und offen. Verstehst du? Ich wollte keine feste Bindung, aber durch die Brosche habe ich Panik bekommen.«

Als sie zu Ende gesprochen hatte, sah sie mich erwartungsvoll an. Erwartete sie wirklich, dass ich ihr beipflichtete? Das war zu viel verlangt, so rasch wie sie sich einen neuen Liebhaber gesucht hatte. »Hans hat dich wirklich gemocht«, erwiderte ich schließlich. »Ich habe ihn noch nie so glücklich und dann so unglücklich gesehen.«

Sidonie schluckte, um mich nach ein paar Sekunden zu fragen, ob ich da sei, um mich wegen einer freien Siedlungswohnung zu erkundigen. Sie erwähnte ein Projekt am Heuberg am Rand des Wienerwalds, an dessen Fertigstellung sie nun mitarbeiten dürfe. Die Siedlung sei von Adolf Loos und Hugo Mayer geplant worden. Margarete Lihotzky, ihre Freundin, sei auch beteiligt gewesen. »Die Reihenhäuser werden famos.« Sie bot an, sich zu erkundigen, ob vielleicht noch eines der Häuser frei sei.

Am Ende bat sie mich, ihr bei meinem nächsten Besuch im GESIBA-Büro Hans' Adresse in Weimar mitzubringen, sie wolle ihm gerne schreiben.

Als ich auf dem Heimweg darüber grübelte, wie sehr Hans uns allen abging, wie sehr sein Optimismus und seine Begeisterungsfähigkeit auch mir fehlten, trat die äußere Realität in der Stadt wieder mit aller Heftigkeit in mein Bewusstsein. Ich geriet in eine Demonstration von Hakenkreuzlern, die in ihren braunen Hemden und Dreiviertelhosen aufmarschierten. Unter lauten Schmährufen von Passanten zogen sie wie die Karikatur von Soldaten durch die Stadt.

Erst wenige Tagen zuvor hatte mir Irmgard von Straßenkämpfen im Arbeiterbezirk Favoriten erzählt. Sie konnte die Auseinandersetzungen von der Wohnung ihrer Tante aus beobachten. Die Arbeiterordner vom nahen Arbeiterheim und die Hakenkreuzler seien mit Fäusten und Steinen aufeinander losgegangen. Berittene Polizisten hätten versucht, die beiden Gruppen auseinanderzutreiben. Dann fielen Schüsse. Am nächsten Tag lasen wir in der Zeitung vom ersten Toten dieser Auseinandersetzungen.

Wohin war die Leichtigkeit entschwunden, die Hans und seine Kollegen ausgestrahlt hatten? Die Lebensfreude, die Pläne, die Offenheit?

10

Ein Gewitter zog auf. Die dunklen Wolken schoben sich vom Westen her über die Stadt. Ich war gerade auf dem Weg zu meiner Wohnung und hatte noch hundert Meter zu gehen, da begann es zu regnen. Der Sturm peitschte die Tropfen gegen mein Gesicht. Ich rettete mich in eine offene Hauseinfahrt. Der Wolkenbruch schwemmte braunes Wasser aus dem Gemüsegarten im Hof an mir vorbei Richtung Straße.

Ich sah aus der schützenden Hauseinfahrt hinauf zu meiner Wohnung. Ich wollte eigentlich nur die Entfernung abschätzen, doch dann bemerkte ich direkt vor meinem Haus eine Frauengestalt. Der Regen war noch immer stark, ich konnte sie durch den dichten Wasserschleier nicht erkennen, ihre Haltung erinnerte mich aber an Irmgard. Ich sah, dass sie sich unter den kleinen Mauervorsprung an die verschlossene Tür drückte. Aber sie schaffte es nicht, dem Regen zu entkommen. Ohne weiter nachzudenken, rannte ich los, überquerte die Straße. Der Sturm blies mich fast um, dann stand ich vor ihr. Es war Irmgard.

Sie sah mich verzweifelt an. Ihr Gesicht war nass, die Haare hingen wirr über die Augen. Ihr Mantel hatte all den Regen aufgesogen, klebte schlaff und schwer an ihrem Körper. Tränen vermischten sich mit der Nässe. »Meine Mutter ist gestorben«, sagte sie leise, nachdem ich das Haustor aufgesperrt hatte.

Noch im Stiegenhaus erzählte sie mir die ganze Geschichte – von den plötzlich auftretenden Lähmungen, der Ohnmacht, der Fahrt ins Spital und dem raschen Tod. Ich nahm sie fest in die Arme. »Es ging so schnell. Gestern war noch alles ganz normal«, flüsterte sie. In der Wohnung wickelte sie sich in meine Wolldecke. Ich kochte Tee, während draußen das Unwetter noch einmal all seine unbändige Kraft entlud.

Irmgard machte den Eindruck, als kämpfte sie mit ihrem Stolz. Immer wieder versuchte sie sich zu fassen, die Tränen zu unterdrücken, ihre Ratlosigkeit nicht preiszugeben. Dann aber überwältigte sie die Verzweiflung von Neuem.

Zu all dem Schmerz kam einige Tage später ein weiteres Problem hinzu: Die angekündigten Begräbniskosten waren so hoch, dass Irmgards Ersparnisse nicht dafür reichten. »Wenn ich mir die Kosten stunden lasse, kann ich mir die Wohnung nicht weiter leisten«, sagte sie. Sie werde sich wohl ein Zimmer nehmen müssen, vielleicht könnte sie auch einige Zeit bei ihrer Tante in Favoriten unterkommen.

Sie war ruhig, gefasst, aber allein der Ton ihrer Stimme ließ ihre Ratlosigkeit erahnen. Ich versuchte sie zu trösten, schlug ihr vor, vorerst bei mir einzuziehen. »Die Wohnung ist klein, aber es wird dennoch schön sein.« Mich traf ein Blick tiefer Dankbarkeit, aus dem gleichzeitig all ihr natürliches Selbstbewusstsein gewichen schien. »Das ist lieb von dir«, sagte sie. Sie sah sich in dem kleinen Raum um und ließ die Schultern hängen. »Aber dann müssen wir wegen der Siedlungswohnung wirklich rasch etwas unternehmen.«

Irmgard zog wenige Tage später bei mir ein. Sie hatte nicht viel Hausrat und Kleidung mitgebracht und bemühte sich, die Dinge so zu verstauen, dass sie nicht störten. Bald stellte sich heraus, dass sie weit ordnungsliebender war als ich. Sie räumte ständig herum, versuchte für Kisten und Bücher, die bisher in Ecken, unter dem Bett oder auf dem Kasten gelegen waren, einen geeigneteren Platz zu finden. Dabei stieß sie auf die verpackte Zigarrenkassette meines Bruders. »Was ist das?«, fragte sie. »Das ist der Traum von einem besseren Leben«, antwortete ich und erzählte ihr von meinem ersten Treffen mit Hans nach dem Krieg im

Café Siller, von seiner Begeisterung für Josef Hoffmann und wie er gleich sein ganzes Geld für diese Kassette ausgegeben hatte. Irmgard lächelte: »Er ist schon ein wenig verrückt, dein Bruder.«

Es war die erste gemeinsame Jause in der Wohnung. Wir räumten gerade den Tisch ab, da hörten wir einen dumpfen Ton von draußen, so als wäre etwas umgefallen. Direkt vor unserem Haus war ein Pferd gestürzt. Der große, breithüftige Gaul lag mit angewinkelten Beinen auf dem Pflaster, sein Bauch hatte ein ungewöhnlich helles Fell. Ein Bierkutscher von der nahen Ottakringer Brauerei stand daneben und zog an den Zügeln, doch das Tier richtete sich nicht auf. Rasch bildete sich eine Menschentraube, alle gafften auf das Pferd. Wir schlossen das Fenster, aber immer wieder sahen wir doch hinaus. »Es liegt noch immer da«, sagte Irmgard.

Nach einer halben Stunde kamen zwei weitere Wagen der Brauerei. Sie standen eine Weile vor und hinter dem gestürzten Pferd. Als ich eben wieder einen Blick hinauswarf, sah ich das Gewehr in der Hand eines der Männer. Er richtete es auf den Kopf des Tieres. Der Wasserkessel, den Irmgard kurz zuvor aufgestellt hatte, pfiff so laut, dass er den Knall übertönte. Der Körper des Gauls zuckte zusammen. »Sie haben das Pferd aufgeladen und bringen es weg«, sagte ich und war froh, dass sie nicht aus dem Fenster gesehen hatte.

So oft hatten wir im Krieg Pferde verloren. Sie waren auf den steilen Wegen im Gebirge gestürzt oder durch die schwere Last in den Abgrund gerutscht. »Du darfst nicht wegsehen, wenn wir ihnen den Schuss geben«, sagte mir damals einer unserer Offiziere. »Wenn du es beim Tier nicht erträgst, wirst du es beim Menschen nie durchhalten. Du bist aber Soldat.«

Heiß, kalt, kalt, heiß. Unser Schicksal war in Bewegung geraten. Sorgen wechselten sich mit Hoffnungen ab, Hoffnungen mit Überraschungen. Es war noch im selben Monat, da kam Irmgard eines Tages etwas später als sonst nach Hause. Sie schien mir verändert. Ihre zähe Traurigkeit war endlich gewichen. Sie lächelte, gab ihren kleinen lustigen Spalt zwischen den Vorderzähnen preis. Auf dem Heimweg hatte sie Blumen gekauft, die nun auf dem Tisch standen. Auch ein neues Tischtuch war aufgebreitet – aus hellgrünem Leinen. Es passte gut zu der Farbe der Vorhänge, die Hans einst ausgesucht hatte.

»Der eine geht, der andere kommt«, sagte Irmgard, als wir kurz später beim Abendessen saßen. Ich wusste zuerst nicht, was sie mit diesem feierlich ausgesprochenen Satz meinte. Aber dann grinste sie über ihr ganzes Gesicht. Keine zusammengepressten Lippen mehr, kein verzweifelter Blick ins Leere wie so oft in den vergangenen Wochen. »Ich bin schwanger.«

Wenige Tage später gingen wir gemeinsam zum Büro der GESIBA, um nun offiziell für eine neue Wohnung anzusuchen. Erneut trafen wir dort auf Sidonie. Als ich ihr Hans' Adresse in Weimar gab, bedankte sie sich überschwänglich und nahm uns zur Seite. »Irmgard, Viktor«, sagte sie, »ich habe gehört, dass in der Heubergsiedlung ein Bewerber abgesprungen ist. Macht euch kundig. Wenn es euch dort gefällt, müsst ihr aber schnell entscheiden.«

Der Referent bestätigte uns, dass es den freien Platz in der Siedlung gebe, allerdings hätten sich auch bereits andere dafür beworben. »Es muss schon einen triftigen Grund geben, damit ich Sie nach vorne reihen kann, eine Schwangerschaft zum Beispiel«, sagte er. Irmgard wurde in diesem Moment so rot, dass es der Referent bemerkte. Er musste lachen und meinte: »Na, da habe ich ja etwas erraten.« Dann notierte er unsere Namen und riet uns, die Siedlung gleich einmal zu besichtigen, ob sie für uns infrage käme. »Über das Finanzielle reden wir danach.«

Noch am selben Abend spazierten wir hinaus Richtung Dornbach, wo die Siedlung gerade gebaut wurde. Von meiner Wohnung in der Thaliastraße aus war es zu Fuß nicht besonders weit. Wir gingen an einem Heurigenlokal vorbei, in dem lautstark gesungen wurde, dann durch hübsche Gassen am Stadtrand mit Bürgerhäusern. Danach ging es steil hinauf zum Siedlungsgelände. Nach vierzig Minuten waren wir angekommen.

Entlang der geschwungenen steilen Röntgengasse, die direkt unterhalb des Wienerwalds endet, entstanden die neuen Reihenhäuser. Es roch nach frischem Zement und feuchtem Verputz. Ein einziges Gebäude war fertiggestellt – zweistöckig mit Flachdach und kleinem Garten. Das Obergeschoß war mit Holzschindeln verkleidet. »So viel Platz«, sagte Irmgard, als wir davorstanden. »Das können wir uns doch sicher nicht leisten.« Sie sah mich an. »Aber es wäre wunderschön, hier zu wohnen und viel ruhiger als unten in der Stadt.«

Auch ich hatte meine Zweifel, ob wir das angesichts der galoppierenden Geldentwertung finanziell schaffen könnten. Die Architektur freilich fand auch ich großartig. Hand in Hand gingen wir eine gute Stunde später wieder zurück. Allein der Traum von einem gemeinsamen Haus machte uns für diesen Moment glücklich. »Ich könnte im Garten Gemüse anbauen und einen Apfelbaum pflanzen«, sagte Irmgard. »Und ich könnte darauf eine Schaukel für unser Kind montieren«, setzte ich fort. »Im Sommer könnten wir abends draußen sitzen und Wein trinken.«

Zwei Tage später war der Vertrag unterzeichnet. Es stellte sich heraus, dass der Beitrag für das Siedlungshaus nicht sehr hoch war, da sich jeder künftige Bewohner verpflichten musste, selbst am Bau mitzuarbeiten. Das verkleinerte das finanzielle Problem, lag mir aber dennoch im Magen. Im Gegensatz zu meinem Bruder war ich für handwerkliche Tätigkeiten völlig ungeeignet. Meine Finger wollten die Gegenstände nicht halten, nicht bearbeiten und nicht einmal im geeigneten Moment loslassen. In meiner Kindheit hatte das zu zahlreichen Verletzungen geführt. »Ihr Sohn hat wohl eher Kanzleihände«, hatte damals unser Nachbar über mein Unvermögen gespaßt.

Weimar, 21. Mai 1923

Lieber Viktor!

Deine Entscheidung für das Siedlungshaus ist vernünftig. Du bist ja immer der Vernünftigere von uns beiden gewesen. Es wird Irmgard, Dir und eurem Kind, zu dem ich Dir gratuliere, viel Freude bereiten. Da es Loos mitgeplant hat, ist es sicher einwandfrei und solide. Er ist zwar ein Scheusal, aber seine Arbeiten sind wirklich gut. Ich habe mich entschieden, für euch hier in der Werkstatt eine Deckenleuchte für das Wohnzimmer herzustellen. Sonja wird in der Tischlerwerkstatt eine Wiege für das Kinderzimmer bauen. Das bringe ich dann beides mit, wenn ich wieder nach Wien komme.

Berlin war großartig. Als Geografielehrer würde Dir die Stadt sicher gefallen. Du kannst es Dir nicht vorstellen, wie viel Leben sich da abspielt. Tag und Nacht sind die Straßen voll mit Autos und Menschen, alles pulsiert. Da gibt es eine U-Bahn, mit der man rasch unterirdisch von einem Teil der Stadt zu einem anderen fährt.

An einem der Abende waren Sonja und ich im Café Moka Efti. Dort treffen sich Schriftsteller, Künstler und Architekten. Stell Dir vor, plötzlich kam Max Reinhardt herein, mit ein paar Schauspielern, die ich aus Wien kenne. Wir haben geredet und diskutiert. Danach nahm mich Sonja noch mit in den Admiralspalast, wo wir eine Revue ansahen. Bis tief in die Nacht gab es Musik, es wurde getanzt und gefeiert.

Nun bin ich wieder in Weimar. Ich möchte zumindest so lange bleiben, bis hier im Sommer das Musterhaus präsentiert wird. Vielleicht kann ich sogar etwas daran mitarbeiten. Mittlerweile habe ich in der Werkstatt schon zwei Lampen und mehrere Schalen und Tabletts hergestellt. Unser Formmeister László Moholy-Nagy hat mir ein paar gute Ratschläge gegeben. Ich habe das Gefühl, dass ich hier wirklich viel lerne.

Das Leben am Bauhaus ist so befreiend, heiter und kreativ. Hier wird alles durchbrochen, was uns noch immer beengt: die allzu strengen Sitten, die verkorksten Traditionen, die völlig überholten Geschlechterbilder. Um das zu verstehen, müsstest Du unsere selbstbewussten Frauen hier sehen, die jede Arbeit angreifen, sich alles zutrauen. Sie wollen Architektinnen, Tischlerinnen und Regisseurinnen werden. Die warten nicht auf Komplimente und Avancen von uns Männern, sondern nehmen alles selbst in die Hand. Nach meiner Rückkehr erzähle ich Dir von all dem noch viel mehr.

Lass bitte auch Irmgard von mir grüßen!

Hans

Kurz vor dem Sommer kam noch ein Brief. Darin bat er mich, ihm Geld zu schicken. Er habe leider zu wenig für die Rückfahrkarte nach Wien. Ich war fassungslos, dass er mich schon wieder anpumpte. Sein Brief war kurz, er schrieb nur, dass er Probleme mit seiner neuen Freundin Sonja habe und deshalb früher als erwartet heimreisen müsse.

Ich konnte mich nicht überwinden, ihm zu antworten, schob das Briefschreiben von Tag zu Tag auf. Und das war gut so. Noch in derselben Woche kam ein Telegramm von ihm. »Vergiss das Geld, ich schaff es allein.« Wie er mir in seinem nächsten Brief erzählte, hatte ihn Sonja, die wegen einer anderen Studentin eifersüchtig gewesen war, aus ihrer Wohnung geworfen. Er hatte keine Unterkunft mehr, ließ sich nachts in der Schule einsperren, um dort zu übernachten. Schon ein paar Tage später versöhnte er sich aber mit Sonja und durfte wieder bei ihr einziehen. »Sie ist großartig, wir verstehen uns nun besser als zuvor«, schrieb er.

Wie verschieden wir doch waren, wir Brüder. Dieses Aufwallen und Abkühlen der Gefühle, dieses Sich-gehen-Lassen, dann sich Zurückkämpfen. Hans durchlebte immer und immer wieder sein Wechselbad der Gefühle aus Niedergeschlagenheit und Euphorie. Mir war das fremd. Er kam mir vor wie mancher meiner Schüler, die das Leben mit all seinen Mühen und Freuden als ihre persönliche Theateraufführung erachteten. Ich selbst habe mich nie als Zentrum des Weltgeschehens gesehen. Euphorie war mir fremd. Ich fand sie gefährlich. Aber ich war nicht verbittert, wie Hans manchmal behauptete, ich war bloß Realist.

11

Etwas aufbauen, Ziegel um Ziegel, ein Dach über dem Kopf errichten, auf Höhen achten, auf Installationsschächte, auf die richtige Anschlagseite der Türen: Ich hatte bis dahin nie darüber nachgedacht, wie verschlungen die Wege zu einem eigenen Haus sind. Aber ich hätte auch nie geahnt, wie befriedigend das Ergebnis eigener körperlicher Arbeit am Ende ist.

Es war ein heißer Sommer mit gleißendem Licht. Jeden Tag arbeitete ich auf der Baustelle, errichtete Mauern, rührte Mörtel an, trug Material herbei. Anspruchsvolle Arbeiten wie Wände verputzen, Fenster einpassen oder Dächer isolieren übernahmen andere, Geschicktere als ich. In dieser Gemeinschaft war es egal, was jeder tat, Hauptsache, er tat, brachte seinen Teil ein. Alle bauten überall mit, jeder am Siedlungshaus der anderen.

Irmgard wurde aufgrund ihrer Schwangerschaft zu leichteren Arbeiten eingeteilt. Sie organisierte den Nachschub an Baumaterialien und führte die Listen der Ausgaben. Die gemeinsame Arbeit trug dazu bei, dass sich alle künftigen Bewohner der Heubergsiedlung kennenlernten. Es waren weitere Lehrer darunter, wenige Beamte und viele Fabrikarbeiter. Manchmal blieben wir abends länger auf der Baustelle, tranken etwas zusammen und träumten vom Einzug in unsere Häuser.

Aber es gab auch Streit, es gab Verletzungen. Einmal prügelten sich ein Beamter und ein Fabrikarbeiter mitten auf einem der flachen Dächer. Mehrere von uns eilten herbei, um sie auseinanderzubringen. Einmal flog ein kleiner, schmächtiger Mann beim Verputzen vom Gerüst und brach sich das Schlüsselbein. Ein anderes Mal fing der Rock einer jungen Frau beim

Flämmen der Teerpappe Feuer. Es wurde gerade noch gelöscht, bevor die Flammen ihr Haut und Haare versengt hätten.

An einem schwülen Tag im August kam Architekt Loos vorbei und begutachtete die Baufortschritte. Er war mit manchen Details, die mir nicht aufgefallen wären, unzufrieden. Da stimmte die Breite des Dachvorsprungs nicht, dort die Dimension einer Tür oder sogar das Pflaster in einem der Vorgärten war ihm nicht exakt genug verlegt worden. Mehrmals rief er einen der Vorarbeiter herbei, beschwerte sich über die kleinen Fehler. Als sich einige der Siedler um ihn scharten, wurde er freundlicher und genoss die Aufmerksamkeit. Es gab Apfelsaft und eine kurze Pause für uns alle.

Loos rieb sich immer wieder mit einem weißen Taschentuch, das in seiner Brusttasche steckte, den Schweiß von der Stirn. Dann erhob er die Stimme, sprach von einem Aufbruch in Wien, der durch solche Siedlungen offenkundig werde. Er redete allen ins Gewissen, sich in den Innenräumen genau an seine Entwürfe zu halten. »Bitte achten Sie dabei auf klare Formen und Farben.« Und dann scherzte er: »Wenn Sie eine Kuckucksuhr aufhängen, werde ich die eigenhändig entfernen.« Alle lachten.

Als der Sommer zu Ende ging, die Häuser waren noch immer nicht fertig, stand plötzlich Hans vor unserer Wohnungstür. Er sah prächtig aus, trug ein neues Sakko, einen modernen Hut und frisch geputzte Sommerschuhe. Schön verpackt schleppte er zwei große Geschenke mit sich. Wir mussten Platz nehmen, dann präsentierte er die beiden Stücke. Die Deckenlampe war puristisch einfach geformt, mit einem Ring aus verchromtem Metall und darauf sechs Fassungen für elektrische Glühlampen, die jeweils von kugelrundem Glas ummantelt waren. Die Kinderwiege war gelb und rot in einer geometrischen Form mit zwei großen schwarzen Metallringen auf beiden Seiten, über die sie hin und her gewippt werden konnte. Hans strahlte: »Nun habt ihr zwei original Bauhausstücke für euer neues Haus. Die Lampe habe ich entworfen, die Wiege stammt von Peter Keler.« Entschuldigend fügte er hinzu, dass Sonja sie nicht selbst gebaut habe. Sie sei zu sehr mit dem Studium beschäftigt gewesen.

»Du siehst gut aus«, sagte er plötzlich zu mir. »So sonnengebräunt und muskulös.« Lächelnd wandte er sich an Irmgard. »Du tust dem Viktor gut, der ist ja richtig aufgeblüht.«

Hans zelebrierte seine Rückkehr. Ich bemerkte bald, dass er in Wien bereits wieder Fuß gefasst hatte, diesmal nichts mehr dem Zufall überließ. Er sei bereits seit einigen Tagen in der Stadt, habe sich zuerst ein Zimmer gesucht, erzählte er. »Ich wohne jetzt in einem Palais bei einer Gräfin.« Ein befreundeter Schauspieler, Otto Lammersdorf, habe ihm die kleine Wohnung vermittelt. »Als Erstes habe ich mir einen großen Zeichentisch besorgt.«

Ich fragte ihn, ob er schon im Café Siller bei Annemarie gewesen sei. Sie habe ihn sehr vermisst, fügte ich hinzu. Er verneinte, ging nicht darauf ein. »Jetzt lasst uns doch zum Heurigen gehen«, schlug er stattdessen vor. Irmgard war sofort einverstanden. »Das ist eine gute Idee.«

Gemütlich saßen wir eine Stunde später im Hof eines Weinlokals am äußeren Ende der Ottakringer Straße. Zum fruchtigen Most und Wein gab es riesige Schmalz- und Liptauerbrote. Hans erzählte in einem schier endlosen Redefluss von seinen Erlebnissen in Weimar, vom Bauhaus, von seinem Formmeister Moholy-Nagy, der ihm das »Maß aller Dinge« beigebracht habe. »Er hat mir gezeigt, dass es letztlich auf die Dimensionen ankommt. Die Form muss klar, aber vor allem die gewählte Dimension absolut stimmig sein.« Auch die Lampe für unser Reihenhaus habe er mit ihm besprochen. Die Baupläne, die ich ihm mit einem der Briefe mitgeschickt hatte, seien wichtig gewesen, um die optimale Größe einzuschätzen.

Er sei von der Planung der Siedlungshäuser begeistert. »Die sind so gut durchdacht, bis ins letzte Detail.« Loos sei ja noch extremer als Hoffmann. Er lehne jede Art von Verzierung oder Ornament ab. Alles müsse einfach, ehrlich und gediegen sein. Das Äußere der Häuser sollte schon erahnen lassen, wie das Innere gestaltet ist. Dann erklärte er uns den Unterschied zu seinem Professor an der Kunstgewerbeschule: »Hoffmann will ebenso ein Gesamtkunstwerk schaffen, aber er hält Ornamente, oder sagen wir besser Verzierungen, nicht für störend. Bei der Sachlichkeit, dem Funktionalismus und der Ehrlichkeit ist Hoffmann ebenso radikal wie Loos.« Eigentlich glaube er, sagte Hans, dass der Streit der beiden nur auf Hoffmanns Erfolg beruhe und auf der Tatsache, dass Hoffmann – nicht Loos – die Architekturklasse an der Kunstgewerbeschule leite.

Hans kam in Fahrt, gestikulierte mit seinen Händen, als säße er vor einem großen Publikum. Er erzählte von seinem ersten Planungsauftrag. »Sonja Kupfers Onkel hat ein kleines Hotel in der Grunewaldstraße in Berlin. Er hat sich gewünscht, dass wir für ihn den Speisesaal neu gestalten.« Nach der Präsentation des Musterhauses in Weimar seien sie zu diesem Zweck gemeinsam in die Hauptstadt aufgebrochen.

»Sonja hat die Einrichtung und ich die Raumgestaltung sowie die Lampen übernommen. Wir haben all die schweren, alten Möbel ausgemistet und durch leichte Bugholzmöbel und moderne runde Tische ersetzt. Die Wände wurden von den dunklen Stofftapeten befreit, alles weiß ausgemalt. Statt der alten Laternen habe ich einfache, runde Wandlampen montiert. Plötzlich wirkte der Speisesaal viel größer, luftiger.« Sonjas Onkel, ein begeisterter Anhänger des Bauhauses, sei zufrieden gewesen. Er habe ihnen beiden als Dank ein großzügiges Honorar bezahlt. »Noch in Berlin habe ich mir endlich ein paar gute Zigarren für Hoffmanns Zigarrenkassette geleistet«, sagte Hans und lachte zufrieden.

Wir bestellten noch mehr Most und Wein, denn Hans war nicht zu stoppen. Immer wieder setzte er mit neuen Geschichten fort. Mit glänzenden Augen beschrieb er das Nachtleben in Berlin. »Das könnt ihr euch nicht vorstellen. Da ist am Kurfürstendamm um Mitternacht so viel los wie bei uns zu Mittag auf der Kärntner Straße.« Es gebe so viele Lokale, in denen Musik gespielt und getanzt werde. »Und da sind jede Menge Nutten, Gleichgeschlechtliche und Transvestiten unterwegs. Die Berliner pfeifen sich gar nichts. Die sind nicht so borniert wie die Wiener«, sagte Hans – und Irmgard verzog irritiert das Gesicht.

»Und die Frauen sind schick angezogen, wahrlich phänomenal«, ergänzte er.

Irmgard presste die Lippen zusammen. Nun würde gleich der Ärger aus ihr herausbrechen. »Möchtest du damit sagen, dass wir in Wien nicht fortschrittlich sind? Hans, du hast keine Ahnung, was in der Stadt derzeit alles passiert, was hier gerade für Volksbildung, für Frauenrechte, für Kunst und Kultur entsteht«, pfauchte sie ihn an. Er hob abwehrend die Hände, als wollte er sie beschwichtigen. Doch dann ließ er sie reden, nahm wieder seinen überheblichen Gesichtsausdruck an.

»Na ja, ihr müsst es selbst einmal ansehen, Berlin ist eine wirkliche Metropole«, schloss er die Diskussion ab, ohne auf Irmgards Argumente einzugehen.

Eine Woche später trat Hans in die neu gegründete Gürtler- und Metallbearbeitungsklasse an der Kunstgewerbeschule ein. »Hoffmann hat mich gleich über das Bauhaus ausgefragt und über einen angeblichen Streit zwischen Gropius und Itten«, erzählte er mir noch am selben Tag. »Diese Architekten haben offenbar nichts anderes im Sinn, als sich ständig an irgendwelchen Konflikten ihrer Kollegen zu ergötzen.«

Es war an jenem Abend, an dem Hans erstmals wieder sein Stammcafé am Schwedenplatz besuchte. »Schön, dass du wieder da bist, Hans!«, rief ihm gleich nach dem Eintreten eine junge Frau quer durch den Raum zu. Ein älterer Herr gab ihm herzlich die Hand. »Du bist uns abgegangen.«

Nur Annemarie blieb lange abseits. Sie sah zu, wie Hans von einem Tisch zum anderen ging, Hände schüttelte, wie er von Damen abgebusselt wurde. Mein Bruder ließ alles mit geduldiger Freundlichkeit über sich ergehen. Aber dann blickte er sich um, suchte Annemarie. Als er sie gefunden hatte, ging er auf sie zu und nahm sie liebevoll in die Arme. »Jetzt bin ich wieder zu Hause.« Ich sah das aufleuchtende Glück in Annemaries Augen.

Wir blieben viele Stunden im Café. Hans holte immer neue Leute an seinen Tisch, erzählte von Weimar und Berlin. Auch ich erfuhr Geschichten, die ich noch nicht kannte. Von einer gescheiterten Ehe zwischen Gropius und der Wienerin Alma Mahler, von Aufnahmeritualen in den Kreis der Itten-Jünger und von nächtlichen Eskapaden inklusive Nacktbaden und rauschenden Festen der Bauhaus-Studenten.

Hans schwärmte von der Aufbruchsstimmung in Berlin und steckte bald wieder alle mit seinem Optimismus an. »Ich werde jetzt eigene Lampen produzieren«, erzählte er. Einen Auftrag seiner neuen Vermieterin, der Gräfin Liebowitz, habe er schon in der Tasche. »Nun brauche ich nur noch eine geeignete Werkstatt, die mir die Sachen herstellt.«

Erst kurz vor der Sperrstunde wurde es ruhiger. Als nur noch wir beide am Tisch saßen, rauchte Hans eine seiner Zigarren. Er erzählte von Sonja, die in Weimar seine Geliebte gewesen war, später aber seine kreative Arbeitskollegin wurde. »Das war dort alles ein wenig freier, ungezwungener«, sagte er mit einem Schmunzeln. »Manche am Bauhaus haben drei Beziehungen gleichzeitig gehabt.«

Zuletzt wurde er aber doch noch ernst, kam auf Sidonie zu sprechen, die er zwei Tage zuvor getroffen habe. Er erzählte mir von einem langen Brief, den sie ihm nach Weimar geschickt hatte. Hans schob das Kinn nach vorne wie ein trotziges Kind. Er habe sie nie einschränken, irgendwelche Besitzansprüche erheben oder sie völlig in einer Beziehung okkupieren wollen. »Wie kann sie mir so etwas vorwerfen.« Er sah mich mit traurigen Augen an: »Ich hatte sie nur einfach unheimlich gern. Wenn wir zusammen waren, war alles gut.«

Dass sie ausgerechnet sein sorgfältig ausgewähltes Geschenk, die Brosche, vor den Kopf gestoßen hatte, ärgerte ihn besonders. »Viktor, was ist mit den Menschen los?«, fragte er. »Sie wollen nichts entgegennehmen und nichts von sich hergeben. Jeder lebt nur so für sich allein.« Das sei die Schattenseite des neuen liberalen Denkens, war ich überzeugt. Aber das ließ Hans nicht gelten, er ließ sich auch auf keine Diskussion darüber ein. Eben noch hatte er Optimismus verbreitet, hatte den herzlichen Empfang in seinem Stammcafé genossen. Nun senkte er den Kopf, sah mich betrübt an. »Wenn ich an Sidonie denke, fühle ich mich immer elend. Vielleicht muss ich einfach aufhören, an sie zu denken?«

So war er manchmal, wenn er mit Menschen, die ihm wichtig waren, nicht klarkam, flüchtete er vor ihnen, statt sich noch stärker um sie zu bemühen.

Kurz blieb er nachdenklich. Dann bemerkte ich, wie er all seine Kraft darauf konzentrierte, ein anderes Thema zu finden. Er habe vorher von Annemarie erfahren, dass gleich hier ums Eck ein neues Café eröffne – ein großes, modernes Lokal mit

Billardtischen und Veranstaltungsräumen. »An so einem Café würde ich gerne mitplanen.«

Zum Abschied schob mir Hans ein Kuvert mit Geld zu. »Das waren meine Schulden bei dir.« Wie das letzte Mal zahlte er mir weit mehr zurück, als ich ihm geliehen hatte. Und auch diesmal nahm er trotz meiner Aufforderung keine einzige Krone zurück. »Viktor, lass es!«, sagte er. »Aber steck es bitte nicht nur in das Haus, kauf dir etwas Schönes darum – ein paar gute Zigarren, einen neuen Hut. Einen Fedora vielleicht aus leichtem Filz, der würde dir gut passen.«

Ich musste lachen. Mein Bruder war trotz all seiner Erfahrungen der Gleiche geblieben. Schon wieder versuchte er, mich zum Luxus zu verführen. Zu einem Luxus, den er sich selbst so gerne leistete.

12

Manchmal explodiert die Zeit. Was eben noch seinen gewohnten Lauf nimmt, beschleunigt sich plötzlich. Ereignisse überschlagen sich, statt sich aneinanderzureihen. Es war natürlich ein Zufall, aber nachdem Hans wieder in Wien aufgetaucht war, erlebte die Stadt eine rasante Veränderung. Trägheit, Mühsal und Last, die nach dem verlorenen Krieg so lange dominiert hatten, wichen zusehends einem neuen Optimismus. Die Not verwandelte sich in diesem Winter 1923/24 in einen spürbaren Aufschwung.

An den Fassaden wurden Leuchtreklamen montiert, neue Geschäfte eröffneten. Überall wurden Waren angeboten, die es zuvor nicht gegeben hatte. Die Straßen füllten sich mit Automobilen. An allen Ecken und Enden der Stadt wurde gebaut. Zu alldem hatte die angekündigte und bald danach durchgeführte Währungsreform beigetragen. Sie gab den Menschen wieder Hoffnung auf Stabilität. Für zehntausend Kronen erhielten wir einen Schilling.

Hans fühlte sich bestätigt. Er schwamm ganz oben auf dieser Welle. Mit der Gräfin Liebowitz hatte er eine Förderin gefunden, die seine Arbeiten schätzte und ihm Aufträge vermittelte. Neben dem Studium entwarf er immer öfter Lampen und Metallprodukte, die er in unterschiedlichen Werkstätten herstellen ließ und die ihm gutes Geld einbrachten.

Einmal bat er mich, ihm dabei zu helfen, eine von ihm entworfene Hängelampe bei seiner Vermieterin zu montieren. Ihr kleines Palais am Alsergrund war eben renoviert worden. Hans bewohnte im Erdgeschoß eine winzige Wohnung mit Zugang zum Garten. Die Gräfin wollte einige Innenräume in der Beletage umgestalten und hatte ihn dafür um Ideen und Hilfe gebeten. In ihrem Auftrag bestellte er Möbel der Wiener Werkstätte, darunter einen Liegesessel von Josef Hoffmann und eine Vitrinenkommode von Koloman Moser. An den Wänden der großteils noch leeren Räume hingen bereits Gemälde, die Gräfin Liebowitz ausgewählt hatte. Es waren Porträts und Akte – grob in der Strichführung, intensiv in den Farben.

Wir mussten eine große Leiter holen, um die riesige Hängeleuchte an der Decke des Salons zu montieren. Hans stellte sich dabei geschickt an. Ich übernahm die Hilfstätigkeiten, reichte ihm die Teile der Leuchtenkonstruktion, das Werkzeug und die Glühbirnen, die er zuletzt einschraubte.

Als die neue Deckenleuchte angeschaltet wurde, schenkte sie dem Raum einen hellen, noblen Glanz. Sie war exakt verarbeitet, grazil mit einer leichten Konstruktion aus einem großen verchromten Metallring, in den eine transparente Scheibe aus mehreren tortenförmigen Elementen eingepasst worden war. Sie wurde von oben durch zwölf Glühbirnen beleuchtet.

Die Gräfin kam hinzu und bewunderte ihr neues Stück. Sie war eine groß gewachsene schlanke Frau mit schmalen Schultern, die selbstbewusst auftrat, aber zerbrechlich wirkte. Ihr Alter war schwer zu schätzen. Sie war jedenfalls deutlich älter als wir.

»Genau so ein Licht habe ich mir vorgestellt«, sagte sie zu Hans gewandt und gab mir beiläufig, ohne mich anzusehen, die Hand. Sie hielt mich wohl für eine Hilfskraft. Dann aber stellte mich Hans als seinen Bruder vor und sie zeigte plötzlich Aufmerksamkeit. »Sind sie auch im Kunstgewerbe tätig?«, fragte sie. »Nein«, erwiderte ich. »Meine Kunst ist es, Kindern etwas beizubringen.« Es folgte ein etwas enttäuschtes »Ah, ein Lehrer«.

Hans bot mir noch ein Glas Wein an. Da das Wetter warm war, setzten wir uns hinaus in den Garten. »Endlich kann ich neben dem Studium meine eigene Produktion aufbauen«, begann er. Hans erzählte, dass er in der Hasnerstraße, ganz in der Nähe meiner Wohnung, eine Werkstatt gefunden habe, die bereit sei, künftig all seine Leuchten und Lampen herzustellen. »Die haben bisher nur Kristallluster produziert. Aber es sind feine Leute, die eine gute Qualität liefern.« Als Nächstes wollte er mehrere Wandleuchten entwerfen.

Förmlich fragte er mich nach Irmgard, hielt sich mit dem Gespräch über ihre Schwangerschaft und unsere geplante Hochzeit aber nicht lange auf. Mit sarkastischem Unterton fügte er lediglich hinzu: »Mutter wird sich freuen, dass zumindest du ein normales Leben einschlägst.«

Zu unserer Hochzeit am Standesamt kam Hans nicht. Er habe eine wichtige Prüfung an der Kunstgewerbeschule, entschuldigte er sich. Auch nach der Geburt unseres Sohnes Jakob ließ er sich lange nicht blicken. Erst Wochen später kam er mit einem großen Baukasten als Geschenk, sah das Baby lächelnd an und verzog sich nach einer knappen Stunde wieder. Mit Kleinkindern fange er wenig an, entschuldigte er sich.

Hans war nun ständig unterwegs, um Kontakte zu knüpfen und Käufer für seine Produkte zu finden. Bei all seiner euphorischen Geschäftigkeit hatte er freilich mit seiner Einschätzung recht behalten: In den meisten Wohnungen, Gastwirtschaften und Cafés wurde nun Strom eingeleitet. Alle brauchten Leuchten und Lampen. Es war eine Chance, die er nutzen musste.

Auch die Siedlungshäuser waren mit elektrischem Strom, sogar mit Fließwasser und eigenen Toiletten ausgestattet worden. Wir bekamen einen elektrischen Herd von AEG, eine eingebaute Küche mit ausreichend Stauraum für Geschirr und Töpfe, ja sogar ein eigenes Bad mit einer kleinen Wanne. Das für uns bestimmte Reihenhaus lag rechter Hand an der

Röntgengasse. Von unserem Garten aus hatten wir einen guten Blick über den Osten der Stadt.

Um den Einzug zu feiern, luden wir meine Mutter aus Olmütz, meinen Cousin Emil, Irmgards Tante, zwei Kollegen aus der Schule sowie Hans und Sidonie ein. Ich freute mich auf die ehemalige Freundin meines Bruders besonders. Sie hatte uns mit ihrer Empfehlung den Einzug in der Siedlung ermöglicht. Jeder brachte etwas für die kleine Feier mit. Mutter hatte mehrere Bleche Kuchen gebacken und Hans kam gleich mit einer ganzen Kiste Sektflaschen an.

Dieser Tag gab Irmgard und mir das Gefühl, ein neues Leben zu beginnen. Während Jakob schon lange in seiner Bauhaus-Wiege schlief, feierten wir bis tief in die Nacht.

Hans war in seinem Element, dominierte die Gespräche, verfiel dazwischen aber immer wieder in Nachdenklichkeit. Ich war sicher, er liebte Sidonie noch immer. Das verrieten seine verstohlenen Blicke, sein diskretes Bemühen um sie.

Irmgard und Sidonie verstanden sich prächtig. Hans' Studienkollegin war wieder ganz in ihre Rolle zurückgekehrt. Sie hörte zu, fand selbst immer Gehör, wenn sie etwas zu sagen hatte. Einmal führte sie unsere Mutter durch das Haus, um ihr die Planung von Loos genau zu erklären. Mama war begeistert von ihr. Obwohl Sidonie immer ein wenig ernst wirkte, verbreitete sie eine warme Herzlichkeit. Damals ahnten wir nicht, dass der Kontakt zu ihr bald abbrechen würde.

Nur einmal sahen Irmgard und ich Sidonie noch aus der Ferne. Das war viele Monate später, 1925, bei einer Demonstration gegen den sich ausbreitenden Antisemitismus. Irmgard hatte mich gedrängt, daran teilzunehmen. In der Lange Gasse, in der Nähe ihrer ehemaligen Wohnung, war der Schriftsteller und Journalist Hugo Bettauer von einem Sympathisanten der Nationalsozialisten erschossen worden. Bettauer, den Irmgard aus der Nachbarschaft kannte, hatte den Roman »Die Stadt ohne Juden« geschrieben, dessen Verfilmung erst kürzlich in den Kinos angelaufen war.

Als ich Hans vom Bettauer-Mord und der Demonstration erzählte, reagierte er nicht so ignorant wie sonst auf politische Ereignisse. Er war aufgebracht, ließ sich alles genau erzählen. Dann sagte er: »Dieser Hass auf Juden lässt mich an der Intelligenz der Menschheit zweifeln.« Hätte er keine Probleme mit solchen Ansammlungen, wäre er gerne selbst zur Demonstration gekommen.

Von dieser politischen Eskalation ahnten wir noch nichts, als ich ihn im Herbst 1924 wiedersah. Ich besuchte ihn erneut in seiner Wohnung im Palais. Hans war an diesem Tag über eine andere Nachricht erregt. Sie betraf das Bauhaus in Weimar, an dem er einige Monate zuvor seine Formgebung perfektionieren hatte dürfen. Nach dem Wahlerfolg eines Bündnisses aus rechten und bürgerlichen Parteien in Thüringen sollte der Lehreinrichtung die Finanzierung entzogen werden. »Stell dir das vor, die drehen einer Schule den Geldhahn zu, nur weil sie den modernen Aufbruch fördert!« Direktor Gropius werde aber nicht aufgeben, wusste Hans.

Als ich zu hoffen begann, Hans könnte Interesse an politischen Ereignissen finden, schweifte er schon wieder ab. Er zeigte auf einen neuen Sessel aus gebogenem Holz, der in einem Eck seines Zimmers stand. »Schau dir dieses großartige Stück an, das habe ich gestern abgeholt, ist von Josef Frank.«

Ich nahm auf dem neuen Sitzmöbel Platz. Es war bequem – die Rückenlehne geschwungen, die Armlehnen etwas verbreitert, die Sitzfläche geflochten. Der Sessel war ideal auf den menschlichen Körper abgestimmt. »Die Form ist aber nicht so streng wie bei den Möbeln, die du mir bisher gezeigt hast«, sagte ich und Hans lächelte anerkennend. »Du bist ein guter Beobachter geworden. Frank lehnt den Purismus ab. Er will Häuser und Möbel produzieren, die den Menschen entgegenkommen, ihnen Spaß machen.«

Mein Bruder, das wurde mir bei diesem Gespräch bewusst, hatte seinen Platz im Kunsthandwerk gefunden. Seine ersten Erfolge gaben ihm die Sicherheit, seinen eigenen gestalterischen Weg einzuschlagen. Und mir wurde auch klar, dass sein langjähriges Vorbild Josef Hoffmann für ihn langsam in den Hintergrund trat.

»Ich glaube, die Zukunft liegt eher bei einer Form, die auf den Menschen abgestimmt ist, als bei einer, die allein für sich selbst steht, so wie bei Hoffmann«, sagte er. Dann zeigte er mir Zeichnungen von neuen Tischlampen, die so wie bei seinem ersten Entwurf wieder geschwungen waren, etwas weicher und dennoch klar in ihrer Form.

Nachdem wir eine gute Stunde in seiner Wohnung verbracht und viel geredet hatten, drängte er mich zum Aufbruch. »Ich gehe mit zwei Studienkollegen heute zu einer Revue. Komm doch mit, wir haben noch eine Karte frei.« Normalerweise war ich nicht so spontan wie Hans, aber diesmal willigte ich ein. Schon kurz später spazierten wir vom Alsergrund quer durch die Stadt ins Raimund-Theater, an dessen Eingängen große Plakate der Chocolate Kiddies hingen. Hans traf vor dem Theater seine Studienkollegen, Moriz und Herbert, die uns gleich in den Saal drängten.

Als wir unsere Plätze einnahmen, ging schon das Licht aus. Ein Mann begrüßte das Publikum auf Englisch. Er stellte die einzelnen Musiker vor, die ihre Instrumente spielend auf die Bühne liefen. Zuerst die Trompeter, die Saxofonisten, dann die Posaunisten. Ganz zum Schluss liefen ein Schlagzeuger und zuletzt ein Pianist herein, um sich in den immer volleren Klang einzugliedern. »And now we present the Chocolate Kiddies«, rief der Mann. Zwölf dunkelhäutige Frauen erschienen auf der Bühne und stimmten mit ihrem Gesang in die Musik ein. Das Publikum klatschte begeistert.

Hans grinste uns an, rollte die Augen und schrie durch das Getöse: »Ist das nicht fantastisch?« Auf der Bühne wechselten sich Tanz, Spiel und Gesang ab. So einen Rhythmus und so einen vollen Klang hatte ich noch nie gehört. Die Band verführte uns zum Mitwippen und Mitklatschen. Die Frauen auf der Bühne warfen ihre Beine in die Luft, wirbelten beim Tanz um die eigene Achse. Ihr Gesang war frech, betörend, temporeich.

Die Vorstellung ging viel zu rasch zu Ende. Als wir mit Moriz und Herbert vor dem Theater standen, wippten wir noch immer mit den Füßen. Der Rhythmus wollte nicht aus unseren Körpern. Hans war überdreht, er stieß mich in die Seite. »War das nicht phänomenal?« Er sah auffordernd Richtung seiner beiden Kollegen: »Kommt, wir gehen noch etwas trinken.«

In einer schummrigen Bar gleich ums Eck lud er uns auf einen Cognac ein. Moriz und Herbert hörten seinen Erzählungen aus Weimar gespannt zu. Als er ihnen das quadratische Musterhaus beschrieb, das während seines Aufenthalts errichtet worden war, wurden sie fast andächtig. In der Mitte des Hauses, beschrieb Hans, befinde sich ein Wohnzimmer mit Oberlichte, um das herum seien die restlichen Zimmer angeordnet. »Dadurch gibt es keinen verlorenen Platz für Gänge. Das Haus ist puristisch, aber wohl auch deshalb außergewöhnlich effizient in der Raumnutzung.«

Er schweifte immer wieder ab, erzählte uns von seinem ersten Besuch einer Revue in Berlin. Moriz und Herbert hatten eben erst an der Kunstgewerbeschule angefangen und machten einen ehrgeizigen Eindruck. Sie wollten etwas vom Bauhaus und dem dortigen Unterricht erfahren. Sie fragten immer wieder nach, aber Hans erzählte nur noch von den Nächten in Berlin, den wilden Festen in Weimar, von der ausgelassenen Stimmung und den vielen Liebesbeziehungen unter den Studierenden. »Glaubt mir«, sagte er und zwinkerte seinen Zuhörern zu, »Sex fördert die Kreativität.«

Verantwortung ist ein großes Wort. Kann jemand, dessen Gedankenwelt so dicht ist wie die meines Bruders, ein guter Vater sein? Heute zweifle ich daran. Es gibt Menschen, die ohne Absicht einen Schatten werfen, in dem es kühl ist. Im Jahr 1925 begann deine Geschichte, Marie. Du bist Teil seines Lebens geworden.

13

Durch das Tor gelangten wir in den Innenhof. Es war eines dieser einstöckigen Vorstadthäuser mit einem schmalen Straßen- und dahinter einem etwas größeren Hoftrakt. Hans hatte mich erneut gebeten, bei der Lieferung einer Deckenleuchte zu helfen. Sie war erst am selben Tag fertiggestellt worden, deshalb mussten wir sie direkt in der Luster-Werkstatt in der Hasnerstraße abholen.

Wir mussten vor der Werkstatt warten, bis die Leuchte in eine Transportkiste verpackt wurde. Einmal schlich ein Mann vorbei, der ärmlich aussah. Er ging leicht gebückt, trug einen alten, schäbigen Pullover. Seine dunklen, tief sitzenden Augen lächelten mich an, als wären wir alte Bekannte. Hans gab ihm die Hand. »Wie geht es heute, Waukerle?«, fragte er und der Mann nickte dankbar. Es war ein Obdachloser, den Frau Trauner, die Besitzerin des Betriebs, in ihrem Haus aufgenommen hatte. Er durfte im ersten Stock ein Zimmer bewohnen. Seine einzige Gegenleistung war, einmal am Tag den Hof und das Stiegenhaus zu kehren.

Im ganzen Haus lebten sonst nur Verwandte. Die Werkstatt wurde von Adalbert geleitet, Theresa Trauners Schwager. Bei unserer ersten Begegnung war er mir gleich sympathisch. Er war ein zurückhaltender Mann mit einer seltsam rauen Stimme. Vielleicht waren die vielen Zigaretten schuld daran, die er so gerne im Hof neben dem Werkstatteingang rauchte. Adalbert war deutlich jünger als seine Schwägerin und alleinstehend – ein kräftiger Mann mit einem feingliedrigen Gesicht und etwas abstehenden Ohren.

Viel später erst erfuhr ich, dass die alte Frau Trauner wenige Jahre zuvor ihren Mann verloren hatte. Der ehemalige Chef der Werkstatt war an Tuberkulose erkrankt. Alle im Haus hatten zusammengelegt, um ihm einen Aufenthalt in Ägypten zu ermöglichen, wo er sich erholen sollte. Aber nach seiner Rückkehr war die Krankheit weiter fortgeschritten. Wenige Wochen später starb er.

Bei einem der nächsten Besuche in der Hasnerstraße – Hans holte mich damals öfter bei der Montage zu Hilfe – lernte ich Paulina kennen. Eine hübsche junge Frau mit einer modernen brünetten Wasserwellen-Frisur, die stets akkurat gekleidet war. Sie wirkte lebenslustig und unbekümmert. »Bist du der Viktor?«, rief sie vom Obergeschoß herunter in den Hof, als hätte sie schon lange darauf gewartet, mich kennenzulernen. »Komm herauf, bis dein Bruder in der Werkstatt fertig ist«, schlug sie vor. Ich trat kurz später in eine gemütliche, altmodisch eingerichtete Wohnung ein. In feinem Porzellan bekam ich Kaffee serviert. Paulina plauderte gleich los. Sie wusste, dass ich als Lehrer arbeitete, erkundigte sich nach unserem Sohn Jakob und lud mich ein, bald einmal mit meiner Frau und unserem Kind vorbeizukommen.

Zuerst wirkten diese überschwänglichen Freundlichkeiten befremdlich auf mich. Aber Paulina war eine offenherzige Frau, die sich für alle Menschen in ihrer Umgebung interessierte. Manchmal wirkte sie ein wenig verträumt. Vielleicht lag das auch an ihren großen, etwas hervorstehenden Augen, die schräg abfallend von den Lidern bedeckt waren. Hans war galant zu ihr. Er küsste ihr zu jeder Begrüßung die Hand. Eine Geste, die vor allem bei ihrer Mutter, Frau Trauner, Eindruck machte.

Einige Wochen später führte Hans Paulina zum ersten Mal aus. Er hatte sie in Anwesenheit ihrer Mutter gefragt, ob sie mit ihm ein neues Café in der Innenstadt besuchen wolle. Gleich neben dem Siller am Schwedenplatz hatte eben erst das Schweden-Café eröffnet. Als er mir von ihr erzählte, wurde mir klar, dass er sich ernsthaft für Paulina interessierte. Und es war nicht zu übersehen, dass er mittlerweile ein neues Stammcafé bezogen hatte. Von Besuchen im Schweden-Café sprach er nun immer wieder.

Selbst unsere Kellnerin Annemarie war von der Konkurrenz abgeworben worden und servierte nun im neuen Kaffeehaus am Schwedenplatz. Leider habe ich nie erfragt, wer von den beiden zuerst gewechselt hat. War es Annemarie oder Hans? Sollte sich Hans als Erster für das neue Stammcafé entschieden haben, hätte er sicher alles unternommen, um auch einen Wechsel seiner Lieblingskellnerin herbeizuführen. Sollte es Annemarie gewesen sein, war es nur logisch, dass sie Hans dazu gedrängt hätte, an ihrem neuen Arbeitsplatz Stammgast zu werden. Die beiden konnten nicht ohne einander.

Noch im selben Frühling wurden Irmgard und ich zu einer Hausfeier in die Hasnerstraße eingeladen. Im Hof standen Tische. Paulinas Onkel Adalbert hatte ein Fass Bier angeschlagen und alle saßen auf einfachen Bänken in der Sonne.

Auch Waukerle war eingeladen. Er saß am Rand mit den Arbeitern der Werkstatt und grinste über das ganze Gesicht. Hans setzte sich zu Adalbert, der ein blaues Hemd mit Hosenträgern trug. Ich konnte hören, wie er versuchte, ihn von modernen Leuchten und Lustern zu überzeugen. »Es braucht keine Kerzen mehr, die vor allem nach oben abstrahlen, nun können die neuen Glühbirnen in jede beliebige Richtung ihr Licht abgeben. Das eröffnet uns neue Möglichkeiten.« Er sagte »uns«. Hans bezog die Werkstatt schon damals in all seine Pläne ein.

Adalbert freilich war altmodisch. Er war mit der Luster-Manufaktur seines verstorbenen Bruders aufgewachsen. Er hing an den geschwungenen Kandelabern mit dem Kristallbehang.

»Also, ich weiß nicht«, sagte er. »Du musst das verstehen«, redete Hans auf ihn ein, »es ist eine neue, großartige Zeit angebrochen.« Und er schlug enthusiastisch vor, noch mehr Modelle zu entwerfen, die zu den Einrichtungen moderner Wohnungen und Lokalitäten passten.

Paulina lächelte, als Hans etwas später seinen Arm um sie legte. Sie wirkte manchmal fast zerbrechlich schlank, aber in seiner Nähe blühte sie zu einer kraftvollen Frau auf. Auch ihrer Mutter entging das nicht. Wenn sie ihre Tochter so strahlen sah, veränderte sich ihr Gesichtsausdruck. Die Bitterkeit der meist in Schwarz gekleideten Frau wich einer sanften Zufriedenheit, ihre schmalen Lippen öffneten sich zu einem Lächeln.

Frau Trauner war eine Matriarchin. Das war mir rasch bewusst geworden. Die Arbeiter der Werkstatt begegneten ihr mit Respekt. Selbst ihr Schwager Adalbert und dessen Schwester Erika, die mit ihrer Familie im gleichen Haus wohnte, wirkten in ihrer Nähe unsicher. Nur Paulina zeigte keine Furcht oder Unterwürfigkeit. Sie witzelte mit ihrer Mutter, forderte sie mit spitzen Äußerungen heraus. Und bei ihr ließ Frau Trauner das alles durchgehen.

Gegen Abend griff Adalbert zur Ziehharmonika und spielte Wiener Heurigenlieder. Jakob, der den ganzen Nachmittag in seinem Kinderwagen geschlafen hatte, wachte durch die Musik auf. Irmgard trug ihn am Arm durch den Hof. Da stand Frau Trauner mit einem Mal auf, bat, den kleinen Buben kurz halten zu dürfen. Liebevoll und mit einer Vorsicht, die ich ihr nicht zugetraut hätte, nahm sie das Kind an sich. Es war das einzige Mal, dass ich sah, wie sie Späße machte. Als wir aufbrachen, drängte sie uns, noch ein Stück Schweinsbraten mitzunehmen und etwas von der übergebliebenen Mehlspeise.

Hans war von der Familie Trauner mit offenen Armen aufgenommen worden. Alle setzten Hoffnungen in ihn. Selbst

Adalbert, dem die modernen Licht-Konzepte nicht ganz behagten, bemühte sich, auf ihn einzugehen. Mir fiel nicht zum ersten Mal auf, wie leicht sich Hans dabei tat, Menschen von seinen Ideen zu begeistern. Er war leidenschaftlich und überzeugend.

Paulina war Hans bald ganz und gar verfallen. Sie begleitete ihn immer öfter ins Theater, ins Kino und an den Wochenenden zu ausgiebigen Spaziergängen an die Alte Donau oder durch den Prater. Einmal mieteten sie ein Ruderboot, das andere Mal besuchten sie die Pferderennbahn.

An einem Samstag brachen wir von der Heubergsiedlung mit den beiden zu einem Picknick im Wienerwald auf. Mir fiel auf, dass Paulina und Hans dafür viel zu elegant gekleidet waren. Er mit einem frisch gebügelten weißen Hemd, sie mit hellem Kleid und einem dunkelroten samtenen Band im Haar. Die Waldwege gingen sie überaus vorsichtig entlang, denn sie trugen leichte Straßenschuhe.

Oben auf der Wiese wurde das Picknick säuberlich auf einer großen Decke aufgebreitet. Es gab Kaffee aus der Thermoskanne und Kuchen, den Paulinas Mutter gebacken hatte. Sogar eine silberne Zuckerdose befand sich im Korb. Dieses Picknick sah wie ein Stillleben aus – nicht echt. Als wir damals mit Sidonie und Hans den Ausflug ins Strandbad von Klosterneuburg unternommen hatten, war alles weit improvisierter gewesen.

Hans war in Paulinas Gesellschaft noch eloquenter als sonst. Manchmal erzählte er ihr von heiteren Erlebnissen während seiner ersten Jahre in Wien, von seinen Bekanntschaften mit Künstlern und Schauspielern. Die dunklen Zeiten ließ er in seinen Schilderungen aus. Ich denke, er konstruierte nicht nur für Paulina, sondern auch für sich selbst eine leichte, wunderbare Lebensgeschichte, in der es keine Krisen gegeben hatte. Seine Freundin war nicht anders. Sie war einfühlsam, wenn es um andere ging, aber über ihre eigenen Schicksalsschläge erzählte sie nichts. Über den Tod ihres Vaters, der nur wenige Jahre zurücklag, verlor sie kein Wort. Wenn sie von Erlebnissen mit ihrer Familie berichtete, waren es ausschließlich heitere Schwänke.

Hand in Hand gingen die beiden ihren verträumten Weg. Sie waren zuvorkommend zueinander, charmant zu allen Freunden. Paulina verstärkte den Hang meines Bruders zu kleinem Alltagsluxus. Gerne gingen sie gemeinsam Kleider, Schuhe und Hüte einkaufen. Sie trafen sich zum Fünf-Uhr-Tee in schicken Lokalen oder leisteten sich außergewöhnliche Spezialitäten in einem der vornehmen Delikatessengeschäfte.

Für Paulina, so vermute ich, war Hans eine Gelegenheit, aus der Enge ihrer Familie auszubrechen. Denn die Bewohner der Hasnerstraße waren eine äußerst abgeschlossene Gemeinschaft. Frau Trauner mischte sich in alles ein, ebenso tat es ihre Schwägerin Erika – eine korpulente Frau, die meist in knielangem Rock und dicken Kniestrümpfen auftrat. Adalbert war der Einzige, der sich zurückhielt. Wenn ihm das Gerede der Familie zu viel wurde, zog er davon, um abseits der erregten Debatte eine Zigarette zu rauchen.

14

Die Piccolos in weißen Arbeitsmänteln aus feinem Zwirn, darunter steifen Krägen mit Krawatte, servierten den Kaffee zu den Logen und Tischen. Das Schweden-Café war gediegen modern eingerichtet. Eine breite Treppe führte hinauf in den ersten Stock zu den Billardtischen und Veranstaltungsräumen. Unter der Stiege war die Garderobe untergebracht. Alles war durchgestaltet, vom Bezug der Bänke über die Vorhänge bis zu einer eingebauten Theke.

In einem edlen dunkelgrauen Anzug saß Hans an einem Fenstertisch Richtung Franz-Josefs-Kai und rauchte eine Zigarre. Noch hatte ich sie nicht entdeckt, aber kaum nahm ich ihm gegenüber Platz, stand sie schon vor uns: Annemarie hatte sich für ihre neue Arbeitsstelle herausgeputzt. Sie trug einen nicht mehr so knallroten, sondern diskreten himbeerroten Lippenstift, eine Seidenbluse und eine zarte Goldkette. »Hallo mein Viktor!«, begrüßte sie mich und ließ mir ohne Aufforderung von einem Piccolo eine Melange holen. Als sie zum Tisch zurückkam, wies sie auf Hans und scherzte. »Der Herr Architekt hat sich aber heute fein gemacht.«

Neben Hans lag eine Mappe, die er für seine Zeichnungen und Entwürfe nutzte. Er erzählte mir von einem großen Auftrag für die Neugestaltung des Café Prückel. »Gräfin Liebowitz hat für mich ein gutes Wort eingelegt.« Er werde die Lampen und sämtliche Metallarbeiten entwerfen und ausführen. Heute habe er an der ersten Besprechung mit dem Architekten und den Eigentümern teilgenommen. »Du weißt doch, wie schrecklich die opulente Einrichtung dort ist – die Kolossalwandgemälde im Makartstil, die protzigen Einrichtungsgegenstände und Kuriositäten. Jetzt machen wir ein schönes, modernes Café daraus.«

Er öffnete seine Mappe. Mit feinen Linien gezeichnet, mit Wasserfarbe koloriert, kamen mir die Entwürfe wie Kunstwerke vor. Sie zeigten ein Café mit frei stehenden Tischen und niedrigen Sitznischen, die den Blick durch den Gastraum freigaben. Über jedem Tisch waren Lampen an den Wänden angebracht, moderne Luster hingen von der Decke. In der Zeichnung war das Lichtspiel erkennbar, das sich Hans mit dem neuen Beleuchtungskonzept ausgedacht hatte. Das nach oben strahlende Licht der großen Luster sollte die Wirkung des hohen Raumes noch verstärken.

»Das wird mein erster großer Auftrag«, freute sich Hans. Und sollten weitere folgen, wäre das auch die Rettung für die Luster-Werkstatt. Denn die Geschäfte dort gingen schlecht. Adalbert habe überhaupt keinen Sinn für die neuen Wünsche der Kunden und kein Gefühl für das Geschäftliche. Er sei ein guter Handwerker und ausgezeichneter Leiter der Werkstatt, aber er gehe nie aus, kenne keine Leute, habe kein Gespür für zeitgemäße Gestaltung. Neulich habe er ihm das Bild einer verchromten Deckenleuchte von Josef Hoffmann gezeigt. »Ein klar geformtes Stück, mit eng anliegenden Armen und darauf sechs kleine leuchtende Kugeln.« Adalbert habe gemeint, die passe vielleicht in den Wartesaal eines Ambulatoriums, aber doch nicht in eine Wohnung oder in eine gemütliche Lokalität.

Hans bestellte zwei Wermut. Als Annemarie sie gebracht hatte, schob er mir etwas verstohlen einen Umschlag aus Büttenpapier zu. »Was ist das?«, fragte ich erstaunt. Ich solle ihn öffnen, dann würde ich es schon sehen, antwortete er. Vorsichtig bog ich die Karte auf. In serifenloser Schrift, wie sie für technische Zeichnungen genutzt wird, wurde die Vermählung von Hans Schemberg und Paulina Trauner in der Piaristenkirche bekannt gegeben.

Ich war so erschrocken, dass ich erst kein Wort herausbrachte. »Du kennst sie doch erst seit ein paar Monaten«, stammelte ich dann. Diese überstürzte Hochzeit irritierte mich. Doch Hans hob nur das Glas, lächelte und sagte: »Wir waren zu stürmisch.« Er habe vergangene Woche um Paulinas Hand angehalten. Auch ihrer Mutter sei das zu schnell gegangen, aber als sie ihr erzählten, dass Paulina schwanger war, habe sie sich gefreut und eingewilligt. »Stell dir vor, wir bekommen ein Kind!«

Hans träumte bereits von einer großen Wohnung, von einem Automobil und von einer gemeinsamen Reise seiner Familie nach Italien. Vorerst könnten Paulina und er im Haus der Frau Trauner in der Hasnerstraße unterkommen, in dessen vorderen Trakt eine Wohnung frei sei. Die müsse noch renoviert werden, aber danach könnten sie dort mit ihrem Kind einziehen.

Er lachte über meine skeptische Reaktion. Den Einwand, dass er, ein Mensch mit ausgeprägtem Freiheitsdrang, es in der Hasnerstraße kaum aushalten werde, wischte er beiseite. »Es wird großartig werden, du wirst sehen.«

»Und wie soll das Kind heißen?«, fragte ich. Hans zuckte die Achseln. Das werde sich weisen. Stattdessen gefiel ihm mein Angebot, die Bauhaus-Wiege, aus der Jakob längst herausgewachsen war, zu übernehmen. Er habe in Weimar viel über die Einrichtung von Kinderzimmern gelernt. »Da braucht es andere Dimensionen, aber auch viel klarere Farben und Formen.«

Ein Stück des Heimwegs gingen wir an diesem frühen Abend gemeinsam. Wir spazierten vorbei am Stephansdom, den Graben entlang, über den Kohlmarkt zur Herrengasse. Hans machte mich auf all die neuen Geschäfte aufmerksam. »Schau, wie ich es dir gesagt habe, alles ist aufgeblüht, wir haben eine wunderbare Zukunft vor uns.«

Ich war nicht so optimistisch wie er. Wenige Tage vor unserem Treffen hatte mich ein früherer Offizier von der Italienfront vor der Schule angesprochen. Mir kam vor, er hat mir dort aufgelauert. Er lud mich auf ein Bier ein und kam bald zum Punkt: Die Heimwehr, sagte er, brauche Männer wie mich, mit Kriegserfahrung. Denn es gehe um die Verteidigung unserer Heimat vor den Bolschewiken. Immer wieder wies er auf die Gefahren hin, die vom roten Wien ausgingen. Und er ließ auch keinen Zweifel daran, dass die Heimwehr einen straff geführten Staat anstrebe, ein Ende von Demokratie und Parlamentarismus. »Es geht um den Schutz unserer christlich-deutschen Kultur.«

Ich konnte mit diesen Verbänden und ihrer Militarisierung nichts anfangen. Sie waren mir allesamt unsympathisch, denn sie bedrohten unsere junge Demokratie und den Frieden. Aber ehrlich gesagt, redete ich mich in diesem Gespräch nur umständlich heraus. Ich erzählte, dass ich kürzlich Vater geworden sei und keine Zeit für so etwas habe. Gerade als Vater, argumentierte er, hätte ich Verantwortung für unser Land. Aber ich winkte ab, das sei nichts für mich. Nach einer guten Stunde gab er endlich auf und meldete sich zum Glück nie wieder.

Zur Hochzeit von Hans und Paulina konnten Irmgard und ich nicht kommen. Eine Woche zuvor war Jakob schwer erkrankt. Am Tag der Trauung mussten wir ihn mit Atemnot ins Krankenhaus bringen. Es war eine schwere Lungenentzündung. Ich schickte mit einem Dienstmann eine Nachricht an meinen Bruder, in der ich mich für unser Fernbleiben entschuldigte.

Ich erinnere mich: Der Blick des kleinen Buben war so unschuldig und traurig zugleich. Er sah über die Schulter der

Krankenschwester noch einmal zu uns. Danach verschwand er hinter der Glastür. Jakob wusste nicht, wie ihm geschah. Mit trüben Augen ließ er die Trennung über sich ergehen. Ich winkte ihm zu. Er sah es nicht mehr.

Die Lage war ernst und unsere Sorgen unerträglich. Nachdem wir in der Kinderabteilung des Spitals von Jakob getrennt worden waren, konnte ich mich nicht mehr halten. All die Verzweiflung brach aus mir heraus. Es schüttelte mich am ganzen Körper. Irmgard war gefasster, sie bemühte sich, mich zu beruhigen. Aber ich sah, dass die Sorgen um unseren Sohn auch in ihr wüteten, sie konnte sie bloß besser verbergen.

»Stark sein, nicht aufgeben«, sagte ich mir in diesen Stunden einer langen, schlaflosen Nacht immer und immer wieder vor. Aber diesmal half mein Spruch von der Kriegsfront nicht. Machtlos waren wir dem Können der Ärzte ausgeliefert.

Erst am Abend des nächsten Tages durften wir Jakob wiedersehen. Er schlief in seinem kleinen Bettchen und ein Arzt erklärte uns, dass die beiden kommenden Tage entscheidend sein würden. Sollte es keine Komplikationen geben, werde er es schaffen. Wie Irmgard und ich diese zwei Tage überstanden, weiß ich heute nicht mehr. Ich ging wie gewohnt zur Arbeit in die Schule und sie blieb daheim. Als ich am ersten Nachmittag nach Hause kam, war die gesamte Wohnung geputzt, die Wäsche gewaschen und sogar der Boden gewachst. Sie habe sich abzulenken versucht, erklärte mir Irmgard.

Jeden Abend besuchten wir Jakob. Erst am dritten Tag war sein Zustand endlich besser. Er lächelte wieder, als er uns sah, und wir durften ihn in den Arm nehmen. Nach drei weiteren Tagen wurde er entlassen und konnte daheim gesund gepflegt werden. Ich trug ihn hinauf in sein Kinderzimmer, legte ihn in sein Bett und war glücklich, dass er wieder bei uns war. Sein Zustand verbesserte sich nun rasch.

Am Abend seiner Heimkehr setzte ich mich in den Garten. Mit einem Mal sah ich all die Schönheit rund um mich. Die Wolkenformationen über mir, die bunten Vögel auf den Bäumen, die aufgeblühten Sonnenblumen, die Irmgard gepflanzt hatte, den Lavendel im kleinen Blumenbeet. Alles duftete, leuchtete mir entgegen.

Hans, so kam mir der Gedanke, versuchte immer und immer wieder Schönes künstlich zu erschaffen. Er ging dabei allein vom Menschen, dessen Bedürfnissen und Träumen aus. Aber war es nicht in Wirklichkeit ganz anders, als er dachte: Sein Kunstgewerbe korrigierte lediglich, was der Mensch auf dieser Welt an Hässlichkeiten angerichtet hatte.

Eine Woche nach Jakobs Entlassung aus dem Spital stand Paulina vor der Tür. Sie erkundigte sich nach seinem Zustand und brachte ein selbst genähtes Stofftier – einen Hasen – für ihn mit. Allein dass sie sich rund um ihr Hochzeitsfest Zeit genommen hatte, es zu nähen, berührte mich. Sie war ernst und erzählte, dass Hans ihr erst von Jakobs schwerer Krankheit berichtet hatte, als ihr aufgefallen war, dass wir nicht an der Hochzeitstafel saßen. Da habe er den Zettel mit der kurzen Nachricht aus der Tasche gezogen und ihr zugeschoben. »Ich glaube, er wollte, dass zumindest ich ein schönes Fest habe. Denn er war sehr beunruhigt.«

Paulina trug eine Perlenkette, die sie von Hans nach der Hochzeitsnacht geschenkt bekommen hatte. Sie erzählte voll Stolz von der Trauung in der Piaristenkirche, von all den Freunden und Verwandten, die mit ihnen in einem großen Saal in Albrechts Restaurant gefeiert hätten. Fast entschuldigend fügte sie hinzu, dass Hans nun mit der Renovierung der Wohnung beschäftigt sei. Er lasse uns aber grüßen.

Paulina brachte Hans Bewunderung und Respekt entgegen. Mir wurde bei diesem Besuch aber klar, dass sie ihn nicht wirklich kannte. Es war ihm gelungen, mit seinem galanten Auftreten, seiner Großzügigkeit all seine Schwächen zu überdecken. Hans sehnte sich nach einem unbeschwerten Leben und blendete dafür das Störende aus. Paulina war zumindest in einer Charaktereigenschaft anders. Das Schicksal ihrer Mitmenschen bewegte sie, sie ging auf andere auch in schwierigen Situationen zu. In solchen Momenten nahm sie sich selbst völlig zurück. Ich hatte keinen Zweifel, dass sie eine wunderbare Mutter sein würde.

An diesem Nachmittag erfuhr ich, dass Hans die Trauners dazu überredet hatte, ihm eine Reise zur internationalen Kunstgewerbeausstellung nach Paris zu finanzieren. Er wolle dort, wie uns Paulina erklärte, Kontakte zu Architekten knüpfen und sich um Aufträge für die Luster-Werkstatt bemühen.

Schon wenige Wochen nach der Hochzeit brach er auf. »Ich werde nach Paris fahren«, erzählte er mir, als wir noch einmal eine Deckenleuchte gemeinsam auslieferten. Auf die Krankheit unseres Kindes ging er auch nachträglich mit keinem Wort ein. Er war in seinen Gedanken schon weit weg. »Den Österreich-Pavillon auf der Ausstellung hat Hoffmann entworfen. Wir sind dort mit zweihundertzwanzig Ausstellern vertreten«, begeisterte er sich. Das werde der bisher größte Auftritt des österreichischen Kunstgewerbes.

Hans erzählte von einem neuen Konflikt zwischen Hoffmann und Loos rund um diese Pariser Ausstellung. Loos, der nach wie vor zu den berühmtesten Architekten des Landes zählte, habe seine Teilnahme verweigert. Er fühle sich nicht mehr als Österreicher, sondern als Tscheche, behauptete er. Hoffmann wollte allen renommierten Architekten des Landes die Möglichkeit bieten, sich bei der Ausstellung zu präsentieren. Die meisten – von Strnad über Frank bis Haerdtl – hätten seine Einladung angenommen, »nur der eitle Loos hat sie zurückgewiesen«.

Hans war über diese neuerliche Attacke auf Hoffmann außer sich. Er behauptete, dass er sich allein deshalb verpflichtet fühle, nach Paris zu fahren: »Hoffmann hat da etwas Großes auf die Beine gestellt, das muss jeder unterstützten, der kann.«

Was er der Familie Trauner und mir da vorspielte, fand ich beschämend. Er witterte die Gelegenheit, sich ein paar schöne Tage in Paris zu machen, in die Kreise des Kunstgewerbes einzutauchen. Er hatte immer ein Teil dieser Gruppe junger Aufstrebender sein wollen, die das Schöne über alles stellten. Genuss und Luxus standen für diese Menschen über allem – nicht nur in ihrem Schaffen, sondern auch in ihrem Leben.

»Soll ich Irmgard und dir etwas aus Paris mitbringen?«, fragte er, als er meine Zurückhaltung registrierte. Es gebe dort großartige Stoffe für Vorhänge. Ich ging nicht darauf ein, sondern erinnerte ihn daran, dass er mir kürzlich erst erzählt hatte, wie schlecht es der Luster-Werkstatt finanziell gehe. Da sei es doch unverantwortlich, aus diesem Betrieb Geld für eine solche Reise herauszuschlagen. Hans sah mich irritiert an, schüttelte den Kopf. Das sei eine Investition in die Zukunft. Paulinas Mutter habe ihn gebeten, nach der Hochzeit die Geschäftsführung der Werkstatt zu übernehmen. »Dafür muss ich mir jetzt Verbindungen zu Architekten und anderen Kunden im In- und Ausland aufbauen.« An seinem Blick bemerkte ich, dass er wegen meiner Kritik innerlich kochte. Nur mit Mühe überspielte er seinen Zorn. Statt den Konflikt auszutragen, stand er auf und ging. Er müsse noch etwas erledigen, sagte er.

Ganze drei Wochen war Hans unterwegs. Als er zurückkehrte, war er euphorisch wie so oft, wenn er viel erlebt und gesehen hatte.

Als wir uns alle am Wochenende darauf in der Hasnerstraße trafen, erzählte Paulina, dass Hans mit einem zusätzlichen großen Koffer angereist sei. Er war voll mit Geschenken aus

Paris. Hans lachte. »Ich konnte doch nicht mit leeren Händen zurückkommen.« Paulina bekam ein Kleid – eines dieser modischen, mit einer etwas nach unten versetzten Taille – aus einem weichen, zart gemusterten Stoff. Und dazu einen schicken glockenförmigen Hut, wie er gerade modern war. Irmgard und ich erhielten – wie Hans schon angekündigt hatte – einen Stoff für unsere Vorhänge. Er war in Seidenpapier eingepackt, das nach Lavendel duftete. »Der passt sicher toll in euer Haus«, sagte Hans. Der fest gewebte Stoff war schlicht, mit einem Muster aus geschwungenen Linien, die sich stetig überkreuzten. Selbst das Lindgrün unserer Küche fand sich in den zart gehaltenen Farben wieder.

Hans begann zu erzählen. Von der riesigen Kunstgewerbeausstellung, den vielen Pavillons mit Präsentationen aus der ganzen Welt. Er beschrieb die dänische Keramik, die italienischen Stoffe, die französischen Architekturentwürfe. »Josef Hoffmann hat eines der schönsten Ausstellungsgebäude entworfen.« Davor, auf der Terrasse, habe Josef Frank ein Wiener Kaffeehaus installiert.

Paris sei die schönste Stadt, die er je gesehen habe. Sie sei pulsierend wie Berlin, aber noch viel stilvoller. Einmal sei er mit einem befreundeten Architekten aus Wien, Theodor Mayer, im Café du Dôme in Montparnasse gesessen. Da habe Maurice Chevalier zwei Tische weiter Platz genommen. »Kennt ihr sein neues Lied?«, fragte Hans und wir alle schüttelten den Kopf. »Gestern habe ich mir ein Grammofon gekauft, um die mitgebrachte Schallplatte abspielen zu können.«

Hans drängte uns ins Nebenzimmer, wo das neue Gerät stand. Er legte die Schellackplatte auf den Teller, schaltete ein und wir lauschten dem französischen Lied. Mit kräftiger Stimme sang Chevalier »Valentine«. Paulina begann zu tanzen und Irmgard hängte sich bei ihr ein. Wieder einmal hatte Hans es geschafft, seine ausgelassene Stimmung auf uns alle zu übertragen. Freilich, ich war viel verschlossener als er. Aber solchen Momenten konnte ich mich nicht entziehen, wenn er uns in seine schillernde Welt entführte.

Hans hatte sich in Paris prächtig amüsiert. Daran ließ er keinen Zweifel. In einem Varietétheater auf den Champs-Élysées habe er eine »schwarze Sängerin« gesehen, Josephine Baker. Ihr sei es gelungen, das Publikum so zu begeistern, dass innerhalb von Minuten alle aufstanden und bis zum Ende des Konzerts mittanzten. »So etwas haben wir in Wien nicht«, sagte Hans und sah keck zu Irmgard, die er damit wohl provozieren wollte. Aber meine Frau blieb diesmal gelassen und ließ sich von Paulina ihr neues Kleid zeigen.

Nun waren wir beide allein. Er goss mir Rotwein ein, den er ebenfalls aus Paris mitgebracht hatte – einen schweren, intensiven Wein, nicht vergleichbar mit den leichten österreichischen Weinen. Unser bis dahin freundliches Gespräch änderte sich, als ich ihm erzählte, dass Irmgard in der Zwischenzeit der Sozialdemokratischen Arbeiterpartei beigetreten sei. Ich dachte, die Nachricht würde ihn nicht besonders interessieren. Politik war ihm ja meist gleichgültig.

»Was!«, schrie er. Das sei ein großer Fehler, wir dürften uns nicht von einer Partei einnehmen lassen. »Nur weil ihr in Häusern wohnt, die von dieser roten Stadtregierung erbauten wurden, braucht ihr doch nicht gleich beitreten. Die vereinnahmen euch, lassen euch nicht mehr los.« Als ich ihm erzählte, dass Irmgard in der Siedlung nun einen regelmäßigen Büchertisch organisiere, fühlte er sich bestätigt. »Wahrscheinlich nur mit ausgewählter Arbeiterliteratur«, ätzte er. »Siehst du, die haben euch schon vereinnahmt.«

Ich hielt ihm entgegen, dass jeder etwas beitragen müsse, damit Bildung und auch der Wohlstand für alle stiegen. Er habe kein Recht, jemanden zu kritisieren, der sich für die Gesellschaft engagiere. Das möge schon sein, erwiderte er. »Aber vor allem braucht es in unserer Zeit Unternehmer, eine Elite, damit überhaupt etwas weitergeht. Ein Lehrer mit sicherem Gehalt kann das nicht verstehen.« Würden alle wie ich denken, gäbe es keinen Wirtschaftsaufschwung, sondern Depression.

Das war zu viel für mich. Ich warf ihm vor, abgehoben zu sein und egoistisch, ohne jede gesellschaftliche Verantwortung. Einer, der immer nur im Hier und Jetzt lebe, keine Weitsicht habe. Es war unser erster offener Streit seit Jahren.

Seine Augen bekamen einen starren Ausdruck wie damals, als wir uns als Kinder balgten. Stets hatte er mit voller Kraft zugeschlagen und ich – als großer Bruder – nur mit halber. Das führte dazu, dass ich meist mehr abbekam als er. Und es trug dazu bei, dass ihm in solchen Konflikten keine Grenzen bewusst wurden.

So geschah es: Er beugte sich vor, sah mir ins Gesicht und holte zu einem verbalen Schlag aus, der kein anders Ziel hatte, als mich so schmerzhaft wie nur möglich zu treffen. »Der Krieg hat dir nicht gutgetan, Viktor«, sagte er. »Du hast aufgegeben, dich weiterzuentwickeln, zu leben, zu genießen. Und jetzt bist du so verbittert, dass du nicht einmal mehr den anderen ein schönes Leben gönnst. Ein unerträglicher Moralist bist du geworden.« Er trank den Rest des Rotweins in einem Zug aus, stand auf und stellte sich von mir abgewandt ans Fenster.

Während sich die beiden Frauen im Nebenzimmer heiter unterhielten, wechselten Hans und ich kein Wort mehr.

15

Die Umgestaltung des Café Prückel verzögerte sich. Hans plagte sich mit kleinen Aufträgen herum. Auch an der Kunstgewerbeschule verlor er den Anschluss. Er war dem Unterricht zu oft ferngeblieben. Als er kurz vor der Jahreswende 1925/26 mit der hochschwangeren Paulina zu uns kam, wirkte er aufgekratzt. Er rauchte fast ständig Zigaretten, aß kaum etwas. Ihm war alles über den Kopf gewachsen: die rasche Hochzeit, das Studium, die Geschäftsleitung in der Luster-Werkstatt und wohl auch das familiäre Zusammenleben.

Fahrig erzählte Hans von einem Gespräch mit Josef Hoffmann, der ihn zur Rede gestellt hatte, warum er so wenig an der Schule sei. »Ich habe ihm meine neuesten Entwürfe gezeigt – klar geformte Lampen. Aber er hat mich nur düster angesehen und mich gefragt, was das soll. Es sei notwendig, dass ich meine handwerklichen Fähigkeiten perfektioniere, das Gefühl für Formen schärfe, statt dauernd neue Leuchten zu entwerfen.«

Paulina sah uns während seiner Erzählungen verzweifelt an. Hans' Traum vom raschen Erfolg und Luxus schien zusammenzubrechen. Seine eigene Unrast und Ungeduld waren ihm in die Quere gekommen. Plötzlich hatte er Angst zu versagen. Verflogen war die Aufbruchsstimmung von Paris, getrübt die Aussicht auf große Aufträge, Pläne von einem eigenen Automobil und einem Urlaub in Italien musste er aufschieben. Es ging ihm alles zu langsam.

In dieser Zeit beschwerte sich Paulina einmal, dass Hans oft bis in die Nacht ausgehe, sich mit allen möglichen Leuten treffe, während sie schwanger daheim liege. Doch im gleichen

Atemzug versuchte sie, sein Verhalten zu entschuldigen. Er habe sich einfach zu viel aufgelastet und brauche seinen Ausgleich. Ich wusste hingegen: Die nächtlichen Ausflüge waren eine Flucht. Hans ertrug es nicht, dass etwas nicht so lief, wie er wollte. Statt sich zu besinnen, ein Stück geduldiger an die Sache heranzugehen, suchte er Ablenkung.

Erst die Geburt von Marie brachte Hans auf eine gerade Bahn zurück. Sie war ein hübsches Baby mit wachen braunen Augen, dem alle Herzen – auch seines – zuflogen. Sogar die alte Frau Trauner lächelte wieder öfter. Ich bemerkte, dass sie nicht mehr so oft in Schwarz gekleidet war. Hans wirkte unbeholfen, wenn er seine kleine Marie umhertrug. Irmgard und Paulina planten schon Urlaube, in denen unsere Kinder gemeinsam spielen würden. Auch ich überwand den Gram über meinen Bruder. Seit Marie auf die Welt gekommen war, sahen wir uns wieder öfter. Gemeinsam mit Jakob machten wir Ausflüge in den Wienerwald und wurden an fast jedem Wochenende in die Hasnerstraße eingeladen. Paulina, die nach der Geburt sehr geschwächt gewesen war, erholte sich bald und genoss das neue Familienleben.

Hans hatte neben der Werkstatt ein eigenes kleines Büro eingerichtet. Bei einem unserer Besuche zeigte er mir den Raum, in dem nun sein großer Zeichentisch stand. Sein Reißzeug und die Lineale lagen geordnet auf einem Kästchen daneben. Er erzählte mir, dass er an einem Katalog seiner elektrischen Lampen arbeite. Einer seiner neuesten Entwürfe lag vor ihm. Es war eine Deckenleuchte, wie ich sie in dieser Art noch nie gesehen hatte. Sie bestand aus mehreren stehenden Glaszylindern, die kreisrund angeordnet und mit Metall eingefasst waren.

Nachdem er meine Begeisterung für die Lampe bemerkt hatte, begann er von Theorien zur umfassenden Lichtgestaltung zu erzählen. Es gehe nicht mehr allein um das Aufhellen von

Räumen, sondern um die Wirkung eines Raumes. Mit Licht könnten architektonische Akzente gesetzt werden. »Wir können heute damit etwas betonen, hervorheben und die Blickrichtung der Betrachter beeinflussen«, erklärte er. Ja, es sei sogar möglich, damit eigene Räume zu schaffen, die nur durch Licht und Schatten entstünden.

Wenig später holte er aus dem kleinen Kästchen neben seinem Schreibtisch eine Flasche Wermut hervor. Er bot mir zu trinken an. Nach so vielen Monaten fanden wir endlich wieder Zeit für ein ruhiges Gespräch. Auf unseren Streit gingen wir nicht mehr ein. Hans sprach nett über Irmgard, ihm war nicht entgangen, wie sehr Paulina die Freundschaft mit meiner Frau genoss. Er zeigte mir Fotos von Marie, die Adalbert mit einem neuen Fotoapparat angefertigt hatte. Die Bilder seien in einer großen hölzernen Transportkiste – einer Dunkelkammer – entwickelt worden, die er mit Adalbert gemeinsam neben dem Lager der Werkstatt eingerichtet hatte. Künftig sollten dort Fotos von allen fertigen Leuchten hergestellt werden, damit sich die Kunden die Modelle besser vorstellen könnten. Auch ein Telefon war in der Werkstatt installiert und ein paar neue elektrische Maschinen angeschafft worden. »Jetzt brauchen wir nur noch ein Automobil für die Auslieferungen.«

Und dann erzählte er mir über die neuen Entwicklungen im Kunstgewerbe. Über Josef Frank, bei dem er nun seine Inspiration fand. »Er spielt viel mehr mit Emotionen, ohne auf klare Formen zu verzichten. Und er ist vielfältiger als Hoffmann, geht auf die Kundenwünsche besser ein.« Kürzlich habe Frank in der Bösendorferstraße ein eigenes Geschäft eröffnet, erzählte Hans. Es heiße »Haus und Garten«, mit wunderschönen Einrichtungsgegenständen. Vielleicht, überlegte er laut, sollte die Luster-Werkstatt auch ein eigenes Geschäftslokal in der Innenstadt anmieten, mit einem ausreichend großen Ausstellungsraum. »Hier in der Vorstadt können wir uns nicht etablieren.«

Ich habe meinem Bruder einiges vorzuwerfen, etwa dass er für die tiefen Täler des Lebens nicht geschaffen war. Da suchte er Ausflüchte, betrog sich selbst und jene, die ihm nahestanden. Wenn sich aber etwas zum Besseren entwickelte, es bergauf ging, freute er sich wie ein Kind daran und ließ alle ringsum teilhaben. In solchen Momenten war er nicht bloß mit Geld, sondern auch mit seiner Freundschaft großzügig.

Schon wenige Tage später trafen wir uns zu viert wieder, um abends in eine Bar tanzen zu gehen. Paulina hatte darauf gedrängt. Nachdem sie sich von ihrer Schwangerschaft erholt hatte und Marie nun regelmäßig schlief, wollte sie endlich wieder ausgehen. Frau Trauner war einverstanden, auf unsere beiden Kinder aufzupassen.

Mit einem Autotaxi ging es in die Innenstadt. Hans führte uns in die Femina, ein Lokal in der Johannesgasse, in dem man nach der Aufführung einer kleinen Revue tanzen konnte. Es war ein elegantes Etablissement im Souterrain, die ehemalige Fledermaus. Erst viel später erfuhr ich, dass es einst von Josef Hoffmann gestaltet worden war. Deshalb hatte es Hans wohl ausgewählt.

Irmgard hatte sich für diesen Abend ein neues Kleid gekauft. Sie sah darin ausgesprochen hübsch aus. Noch nie hatte ich sie mit freien Schultern und einem so kurzen Rock gesehen. Paulina trug ihr schönes Kleid aus Paris.

Ich beobachtete Hans, wie er schon kurz nach Betreten des Lokals aufblühte. Seine Schritte bekamen eine elegante Geschmeidigkeit, aufmerksam blickte er in die Runde der Gäste. Er war dürr und schmalschultrig, ich neben ihm sportlich und breitschultrig. Aber hier tat das nichts zu Sache. Ihn trafen die Blicke, nicht mich. Das war ganz und gar sein Terrain.

Wir nahmen an einem der viereckigen Tische Platz und er bestellte Cocktails. Mir kam vor, er hatte schon zuvor überlegt, für wen er welches Getränk bestellen wird. Paulina bekam einen Gin-Daisy, Irmgard einen White Lady und für uns beide bestellte er Brandy-Smash.

Vorne auf einem kleinen Podium spielte eine Jazz-Band beschwingte Rhythmen, zu denen bald einige Paare tanzten. Paulina sah aufmerksam durch den Raum. Er war voll von gut gekleideten Besuchern. Einige schnippten mit den Fingern zum Takt der Band. Eine Frau, die neben der von bunten Fliesen geschmückten Bar stand, drehte sich aus Begeisterung, fiel schwungvoll in die Arme ihres Partners.

Als die Band ein langsameres Stück spielte, nahm Hans Paulina in die Arme und die beiden tanzten gekonnt und graziös im sanften Takt. Hans drehte Paulina zart im Kreis, schwang ein Stück zurück und legte seine Hand wieder um ihre Taille. Paulina genoss es, strich Hans bei jeder Drehung liebevoll über den Arm.

Irmgard stieß mich an und drängte auch auf die Tanzfläche. Wir bemühten uns vergeblich, so wie die beiden den Takt zu finden. Etwas später begann ein schneller Charleston, den Irmgard und ich nur noch frei interpretieren konnten. Paulina und Hans tänzelten hingegen gekonnt spielerisch über das Parkett.

Als wir alle wieder am Tisch saßen, erzählte Paulina, dass Hans Schallplatten mit Shimmy und Charleston mit nach Hause gebracht habe. Wenn Marie schlafe, würden sie abends die neuen Tänze probieren. So hätten sie sich schon einiges selbst beigebracht.

Während die beiden kurz später wieder auf der Tanzfläche waren, fragte mich Irmgard, woher wohl Hans all diese Musik und die Tänze kenne. »Ist er noch immer so oft in den Nächten unterwegs?«

16

Es war ein Freitag im Juli 1927. Hätte Hans die Zeitungen gelesen, sich über die politischen Spannungen informiert, wäre er an diesem Tag nicht in die Stadt aufgebrochen – schon gar nicht ins Café Raimund nahe dem Parlament und dem Justizpalast. Aber vielleicht war es ihm ja daheim wieder einmal zu eng geworden. Die kleine Marie war leicht erkrankt und hatte die ganze Nacht geschrien.

Paulina warnte ihn, als sie den Demonstrationszug vom nahen Arbeiterheim Richtung Stadtzentrum marschieren sah. Er solle nicht gehen, die Menschen seien heute aufgebracht. Doch Hans hörte nicht auf sie, ging in leichtem Sommersakko und heller Hose seiner Wege.

Bei uns in der Heubergsiedlung war schon seit Tagen über das erwartete Urteil zu den Todesschüssen von Schattendorf diskutiert worden. Vor einem halben Jahr waren in der burgenländischen Ortschaft ein Kriegsinvalide und ein Kind von Mitgliedern der rechten Frontkämpfervereinigung auf offener Straße erschossen worden. Den Schüssen waren Auseinandersetzungen zwischen dem roten Schutzbund und den Frontkämpfern vorausgegangen.

Nach dem überraschenden Freispruch für die Schützen am Vorabend zogen an diesem Freitagvormittag Protestzüge Richtung Stadtzentrum. Ich konnte Irmgard nur schwer davon abhalten, teilzunehmen. Sie war wie viele andere Sozialdemokraten über das Urteil erzürnt. Nachbarn aus unserer Siedlung brachen auf. Einer, der bei den Wiener E-Werken beschäftigt war, kündigte im Vorbeigehen an, dass es heute keinen Strom geben werde, alle Arbeiter seines Werkes würden in Streik treten. »Das Urteil ist eine riesige Sauerei!«, rief er uns zu, seine Hand zur Faust geballt.

Hans war an diesem warmen Sommertag gegen zehn Uhr Richtung Stadt spaziert. Er wich, wie er später erzählte, den Demonstranten so gut es ging aus, ärgerte sich über deren Fanatismus und schenkte ihren Parolen keine Aufmerksamkeit. Im Café Raimund traf er ein paar seiner Bekannten – unter ihnen den Schauspieler Otto Lammersdorf, der ihm einst die Wohnung bei Gräfin Liebowitz vermittelt hatte.

Während sie gemütlich bei einem Kaffee saßen, marschierten immer mehr Arbeiter aus den Außenbezirken ins Stadtzentrum. Sie trugen selbst angefertigte Schilder, auf denen meist nur ein Wort stand: »Schandurteil« oder »Arbeitermörder«.

Hans und seine Bekannten beschäftigten sich mit anderen Themen. Lammersdorf und seine junge Frau Evelin wollten für ihre Wohnung moderne Möbel kaufen und holten sich dafür seine Ratschläge ein. Erst gegen Mittag bemerkten sie, dass sich auf der Straße direkt vor dem Café eine große Menschenmenge versammelt hatte. Es wurden immer mehr. Sie schrien, waren wütend. »Als ich ihnen vom Fenster aus zugesehen habe, ist mir klar geworden: Die sind zu allem fähig«, erzählte er später.

Dann tauchte vor ihren Augen die berittene Polizei auf, prügelte auf die Demonstranten ein. Diese wiederum wehrten sich mit Steinen und Stöcken, errichteten Barrikaden. »Oh Gott, das ist Bürgerkrieg«, hallte Lammersdorfs sonore Bühnenstimme durch das Lokal.

Hans und seine Bekannten waren für Stunden im Café eingeschlossen. Vor dem Lokal waren Straßenkämpfe im Gange. Als einige Demonstranten in den Gastraum einzudringen versuchten, seien sie vom Wirt und den Kellnern daran gehindert worden, erinnerte sich Hans. »Ferdinand, der Oberkellner, hat daraufhin die Eingangstür versperrt.« Erst als Rauchschwaden über der Straße hingen und im Inneren des Cafés der Brandgeruch stärker wurde, sei die Tür wieder geöffnet worden.

Ich weiß, welche Angst aufgebrachte Menschenmassen bei ihm auslösen. Im Café war er nicht allein, da fühlte er sich sicher. Doch als er später auf die Straße trat, jeder in eine andere Richtung davonlief, erfasste ihn wohl Panik. Er drückte sich, wie er uns erzählte, an den Häuserwänden entlang. Rauchschwaden hingen über der Straße. Er sah, wie ein Stück weiter der Justizpalast brannte. Vor ihm behinderten Demonstranten einen Feuerwehrwagen an der Weiterfahrt. Hans war noch lange danach außer sich: »Die waren völlig verrückt, die wollten keine Rettung. Es ging ihnen nur noch darum, alles zu zerstören.«

Innerhalb weniger Minuten wurde es noch schlimmer: Nach der berittenen Polizei kamen mit Gewehren bewaffnete Sicherheitsbeamte. Sie marschierten die Lastenstraße entlang auf die Menge zu. Dann knieten sie nieder, legten ihre Waffen in den Anschlag. Als Hans die ersten Schüsse hörte, lief er um sein Leben. Ich sehe ihn vor mir, wie er sich durch die Menschenmenge drängte. Er wurde gestoßen, kam zu Sturz, raffte sich wieder auf, lief weiter. Er sah, wie Demonstranten, darunter eine junge Frau, vom Kugelhagel getroffen zusammenbrachen.

Irgendwie sei es ihm dennoch gelungen, die Straße zu überqueren und gegenüber in die Neustiftgasse zu flüchten. Das Weiterkommen, so erzählte er, sei allerdings auch dort schwer gewesen. Ständig kamen ihm Gruppen entgegen. Alle waren aufgebracht, schrien ihre Parolen. Einmal, noch in der Nähe der Straßenkämpfe, wurde ein Schwerverletzter auf einer Trage an ihm vorbeigetragen. »Sein Blut tropfte auf den Gehsteig.«

Was dann geschah, hat mir einige Tage später Adalbert erzählt. Hans war bei seiner Rückkehr in die Hasnerstraße noch immer in Panik. Er zitterte am ganzen Leib. Ein Knie war vom

Sturz aufgeschürft, die Hose zerrissen. Er saß wie ein Häufchen Elend im Hof und erzählte mit stockender Stimme etwas von Schüssen und Toten. Die alte Frau Trauner holte rasch einen scharfen Schnaps. Paulina reinigte damit seine Wunde. »Nimm gleich auch einen Schluck, damit du dich beruhigst«, empfahl ihm Adalbert. Aber erst eine Zigarette, die Hans hektisch in sich hineinzog, half ihm ein wenig.

Zwei Tage später, am Sonntag, waren Hans und Paulina bei uns zur Jause eingeladen. Meinem Bruder war nichts anzumerken. Er kam in einem sportlichen Anzug, die Schuhe frisch geputzt, in der Hand einen kleinen Blumenstrauß für Irmgard. Aufrecht, die Schultern nach hinten gedrückt, saß er an unserem runden Esstisch. Zwar lächelte er kaum, aber er wirkte wieder ruhig. Erst auf mein Drängen erzählte er uns von seinen Erlebnissen, von der Stimmung im Café Raimund, von den Schüssen. Zuerst blieb er zurückhaltend, aber kurz später schilderte er den ganzen Tag in spannenden, lebendigen Worten. Seinen Zusammenbruch ließ er aus. Die Stunden, die er hilflos auf einem Sessel im Hof gesessen war, strich er aus der Geschichte.

Als er fertig war, nahm er einen Schluck Kaffee und sah in die Runde: »Das ist die Folge dieser fanatischen Politik«, sagte er anklagend. Irmgard entgegnete ihm, dass es den Arbeiterinnen und Arbeitern nur um Gerechtigkeit gegangen sei. Doch Hans erwiderte: »Denen ging es doch um gar nichts, die wollten nur ihre Wut abladen.«

Irmgard versucht es noch einmal. Ohne Emotionen erklärte sie ihm die Vorgeschichte. Doch Hans wollte davon nichts wissen. Er, der eben noch ganz ruhig dagesessen war, erhob die Stimme. »Du musst aus dieser Partei austreten, Irmgard! Das sind Verrückte, verantwortungslose Hitzköpfe und nicht besser als die Bolschewiken.«

Meine Frau schüttelte den Kopf, wurde zornig. Für sie war das Schattendorf-Urteil ein Beleg dafür, dass es in unserem Staat zwei Klassen gab: »Die, die es sich richten und die, die gerichtet werden«, sagte sie. Es sei höchste Zeit für jeden von uns, sich zu deklarieren, auf welcher Seite er stehe. »Auch du, Hans, musst einmal Farbe bekennen!«

Hans stand auf, ging im Raum auf und ab. Dann erst antwortete er: Er werde sich sicher nicht deklarieren, denn er wolle mit dem Ganzen nichts zu tun haben. »Endlich haben wir es geschafft, dass es aufwärtsgeht, und dann gehen diese Verrückten auf die Straße und zünden Häuser an.«

Mit dem lapidaren Schlusssatz »Warum sind denn alle immer so unzufrieden?« beendete er die Debatte. Als ich noch einmal versuchte, ihm meine Sicht darzulegen, ging er nicht mehr darauf ein. »Lassen wir es«, sagte er mit einer abfälligen Handbewegung.

Mir ging seine Art schrecklich auf die Nerven. Ja sicher, ich war nicht politisch aktiv wie meine Frau. Das lag am Krieg. Ich wollte nie wieder einer Seite so sehr verpflichtet sein, dass ich auf die andere schießen musste. Aber ich hatte das Gefühl, es komme auf jeden von uns an, einen neuen Gewaltausbruch zu verhindern. Die Augen zu verschließen, war keine Lösung. Hans hat das nie verstanden.

17

In der Werkstatt trugen alle blaue Arbeitsmäntel, bloß der von meinem Bruder war weiß. Hans hob sich im Kreis seiner Mitarbeiter aber nicht nur durch die Farbe, sondern auch durch seine Gestalt ab. Zwischen all den schmächtigen Männern wirkte er schlanker und größer, als er eigentlich war.

Als ich eintrat, begutachtete er gerade einen riesigen Kristallluster, an dem einer der Handwerker beschäftigt war. Ich hatte ihn nie als streng empfunden, aber sein Auftreten im Betrieb wirkte respekteinflößend. Dass die Geschäfte wieder besser liefen, war nicht zu übersehen, überall im großen Raum wurde gearbeitet, gefeilt, geschnitten, gebogen und gelötet. Es war so viel Lärm, dass ich laut rufen musste, um mich bemerkbar zu machen.

Hans lächelte, als er mich sah, streckte mir die Hand entgegen. »Komm«, sagte er und zeigte auf einen kleinen Arbeitstisch. Dort standen die gläserne Bodenplatte eines Tabletts und ein gerillter Glaszylinder einer Wasserkaraffe, die er für seine Abschlussarbeit an der Kunstgewerbeschule vorbereitet hatte. Er erklärte mir, wie er als nächsten Arbeitsschritt versilberte Einfassungen und Griffe herstellen werde. »Jetzt machen wir aber zuerst einmal eine Pause – wir beide«, sagte er und klopfte mir auf die Schulter.

Wir gingen hinauf in die Wohnung, die mittlerweile fertig eingerichtet war. Sie war bescheidener geworden, als ich es erwartet hatte. Nur ein paar Möbel standen in den Zimmern – schlichte Sessel um einen großen Esstisch, ein Sofa neben einem gemütlichen Lesesessel. Die Räume wirkten durch die reduzierte Einrichtung luftig.

Als wir im Esszimmer saßen, krabbelte Marie uns entgegen. Hans hob sie vorsichtig auf, trug sie durch den Raum. Er war ein liebevoller Vater geworden, der alle Scheu verloren hatte, sein Kind an sich zu nehmen.

Eben setzte er sich an den Tisch, nahm Marie auf den Schoß, da drang das Geräusch einer Menschengruppe durch das Fenster herein, die im Gleichschritt durch die Straße lief. Ich sah hinaus. Es waren Hakenkreuzler, die in diesen unruhigen Zeiten versuchten, die Stadt aufzumischen.

Der monotone Takt ihrer Schritte hallte zwischen den Häuserfronten. »Ich ertrage das nicht mehr«, sagte Hans ganz leise zu mir, als wollte er sein Kind damit nicht erschrecken. Seine Augen waren aufgerissen, verrieten eine aufkeimende Panik. Erst jetzt wurde mir klar, welche Angstzustände die Erlebnisse bei den Protesten in ihm ausgelöst hatten. Er hatte vor uns seine Gefühle nicht offengelegt. Seine dramatischen Erzählungen vom Tag des Justizpalastbrands waren ein reines Schauspiel gewesen. Die politischen Unruhen hatten ihn zutiefst verunsichert.

Hans sah ängstlich aus seinen dunklen Augen. Er konnte so manches Gefühl, manche Sentimentalität beiseiteschieben, doch diese Erfahrung nicht. Sie bestätigte seine Urangst vor Menschenmassen, vor der Dynamik einer aufgebrachten Menge. Ich suchte solche Situationen nicht, aber ich konnte gut damit umgehen.

Es war besser, ihn rasch abzulenken. Ich kann mich noch genau an dieses Gespräch – wenige Wochen nach den Unruhen – erinnern. Mir war bewusst, dass es bei ihm nur ein Thema gab, das so stark war, ihn alles ringsum vergessen zu lassen: sein Kunsthandwerk. Ich sprach ihn darauf an, dass er unten in der Werkstatt angekündigt hatte, jeden Handgriff seiner Abschlussarbeit an der Kunstgewerbeschule selbst auszuführen.

»Du könntest dir doch von den Mitarbeitern helfen lassen.« Hans schüttelte den Kopf. »Das geht nicht. Das wäre Verrat.« Viele glaubten, dass es im Kunsthandwerk nur um die Veredelung von Formen gehe. »Du kannst dich sicher erinnern, auch Sidonie hatte das behauptet. Es ist aber das Handwerk und die Kraft seiner Einzigartigkeit, die es ausmacht.« Das sei auch der Unterschied zur industriellen Produktion, auf die nun das Bauhaus setze. »Im Handwerk ist jedes Stück exquisit.« Das sei wie bei einem Kunstobjekt. »Würde ein Maler sein Gemälde einem anderen überlassen, um es fertigzustellen? Sicher nicht«, erklärte mir Hans.

Viele wollten derzeit auf Masse setzen, das habe er auch bei der Ausstellung in Paris erkannt. Da wurden Möbel aus Sperrholz präsentiert – schön in der Form, aber billig produziert. »Das ist nicht mein Weg. Ich will etwas anderes hervorbringen – einen unverwechselbaren, qualitätsvollen Stil in jedem Stück.« Für seine Abschlussarbeit werde er deshalb jede Lötstelle, jede Krümmung, jede Einfassung selbst herstellen. »Das wird meine Art von Kunst.«

Hans zeigte auf eine neue Stehlampe, die neben dem Lesesessel im Wohnzimmer stand. Sie hatte einen weißen Lampenschirm aus gestärktem Stoff und eine Konstruktion aus Messingstangen. Sie ermöglichten, das elektrische Licht je nach Bedarf über den Sessel zu lenken. »So eine Lampe möchte ich auch einmal für dich herstellen. Sie würde gut in euer Siedlungshaus passen.« Aber dafür müssten ihre Dimensionen angepasst werden, individuell und einzigartig. »So eine hohe Stange wäre falsch, weil der Raum bei euch niedriger ist als hier. Auch dürfte sie nicht aus Messing sein, sondern verchromt, damit sie zum Rest eurer Einrichtung passt.«

Sein Schock über den politischen Fanatismus hatten zur Folge, dass Hans vorübergehend weniger in der Stadt unterwegs war. Er gönnte sich allerdings nach wie vor jede Woche einen Ausflug mit dem Autotaxi ins Schweden-Café. Dort saß er nun jeden Freitag vom Vormittag bis zum Nachmittag an immer dem gleichen Tisch mit Ausblick auf den Kai. Freunde und Bekannte kamen vorbei, weil sie wussten, dass sie ihn dort antreffen konnten. Und wenn einmal keiner kam, nahm er seinen Skizzenblock heraus und entwarf neue Werkstücke.

Annemarie hielt jeden Freitag den Tisch für ihn frei. Sie erzählte mir, dass er manchmal verzweifelt wirkte, wenn er morgens eintraf. Doch von Stunde zu Stunde lebte er auf. Mittags aß er meistens mit dem einen oder anderen Studenten von der Kunstgewerbeschule oder mir Theodor Mayer, dem Architekten, den er in Paris kennengelernt hatte. Einige Male kamen auch junge Frauen zu ihm. Bei weiblichen Gästen, so Annemarie, übernahm er stets die Rechnung. »Manche von denen himmeln ihn richtig an.«

Obwohl wir unseren politischen Streit begraben hatten, sahen wir uns in dieser Zeit selten. Hie und da kamen wir bei Paulina und Hans auf einen Kaffee vorbei. Einmal, zu Beginn des Jahres 1928, zeigte er uns das Tablett und die Wasserkaraffe aus Glas und Silber, die er für seine Abschlussarbeit fertiggestellt hatte.

Irmgard, die sich bisher nie für Hans' Arbeiten interessiert hatte, war beeindruckt. Selten habe sie so schöne Stücke gesehen, sagte sie. Tatsächlich waren alle Details präzise ausgeführt, die Formen, die Dimensionen perfekt. Die Karaffe hatte einen in Rillen geschwungenen Glaskörper und war mit einem dünnen silbernen Deckel ausgestattet. Er ließ sich mit dem Daumen leicht öffnen, damit das Wasser herausfließen konnte. Das Tablett bestand aus einem eingefassten Glasboden mit einem Rand aus zwei dünnen, exakt gebogenen Silberstangen. »Warum hast du keine Leuchte gemacht?«, fragte meine Frau.

»Weil ich Hoffmann beweisen möchte, dass ich noch viel mehr kann«, antwortete er.

Paulina erzählte, dass ihr eine Stelle im Rathaus angeboten worden sei. Sie könne nun ihr eigenes Geld verdienen. Ein Argument, das Hans nicht gelten ließ. Es war ihm nicht recht, dass seine Frau arbeiten gehen wollte. »Und was ist mit Marie?«, fragte er. Zwischen seinen Augen entstand wieder diese vom Ärger geformte Falte. Paulina antwortete zuerst noch ruhig, dass ihre Mutter untertags auf Marie aufpassen werde, aber er schüttelte nur verständnislos den Kopf. Wortlos zündete er sich eine Zigarre an und starrte arrogant an die Decke. »Ich werde die Arbeit annehmen, Hans, auch wenn es dir überhaupt nicht in den Kram passt«, wurde Paulina laut. Es war der erste Konflikt, den wir zwischen den beiden erlebten.

Paulina, das wurde immer deutlicher, fühlte sich als moderne, unabhängige Frau. Die Arbeit im Rathaus war ihr nicht nur Gelegenheit, finanziell unabhängig zu werden, sondern auch der Hasnerstraße und ihren Verwandten ein Stück weit zu entkommen. »Ich will das unbedingt«, sagte sie zu Irmgard, als Hans kurz den Raum verließ. »Ich war mein ganzes Leben von anderen abhängig. Das darf nicht immer so bleiben.«

Wenn Paulina etwas von Hans gelernt hatte, so war es der Drang nach Freiheit. Er erkämpfte sich diese Freiheit oft rücksichtslos. Das war immer schon so gewesen – schon als Kind und auch während seiner ersten Jahre in Wien. Aber es war eigenartig, wie wenig er dieses Bedürfnis bei anderen akzeptierte.

Paulina nahm die Stelle einige Wochen später an. Obwohl es eine einfache Sekretariatsarbeit im Bauamt war, fand sie darin ihr Glück, sie wirkte selbstbewusster und zufriedener. Als wir uns alle wieder im Schweden-Café trafen, wollte sie sogar die Rechnung bezahlen. Eine Geste, die Hans zu weit ging, fast hätte er deswegen den nächsten Streit begonnen. Doch dann lächelte er verschmitzt. Er habe heute einen weit besseren Grund, die Runde einzuladen, denn er habe gestern endlich die Abschlussprüfung an der Kunstgewerbeschule bestanden. Hans bestellte eine Flasche Sekt und wir stießen mit ihm an.

Bei der Präsentation seiner Arbeit vor der Prüfungskommission war der nun oft kränkliche Hoffmann schlecht aufgelegt gewesen, erzählte Hans. Er habe an vielen Details herumgenörgelt. Einzig die Verarbeitung lobte er in höchsten Tönen. »Er hat immer von der notwendigen Sachlichkeit gesprochen.« Mehrfach habe Hoffmann kritisiert, dass die beiden Werkstücke nicht den gleichen Stil hätten. »Die könne man nicht einmal zusammen auf einen Tisch stellen, behauptete er.«

Ich bemerkte, dass sich mein Bruder von seinem einstigen Idol abgewandt hatte. Lange noch hatte er ihn verteidigt, seine Arbeiten bewundert. Selbst zu einem Zeitpunkt, als er bereits für sich selbst einen anderen gestalterischen Weg eingeschlagen hatte. Aber nun war er der Ansicht, der berühmte Architekt sei verbittert und eitel geworden, entwickle sich nicht weiter. Enttäuscht ätzte er: »Es ist traurig, wenn sich die Leidenschaft eines Genies in Selbstherrlichkeit verwandelt.«

Auf dem Heimweg kündigte Hans an, dass Paulina und er demnächst ein Konzert von Josephine Baker besuchen würden. Die Sängerin, die er bei einem Auftritt in Paris gesehen hatte, komme nämlich nach Wien. Paulina erzählte, dass sie das in der Hasnerstraße geheim halten müsse. »Wir werden sagen, wir gehen ins Theater.« Ihre Mutter sei nämlich entsetzt gewesen, als sie in der Zeitung gelesen habe, dass Baker barbusig auftrete. Tante Erika habe sogar von »widerwärtiger Negermusik« gesprochen und vom »Verfall der Sitten«.

Irmgard erzählte, dass die Deutschnationalen und die Kirchenführung den Auftritt verbieten wollten. Paulina lachte nur darüber: »Ist mir egal, ich will da hin.« Hans verzog hingegen verärgert das Gesicht. »Mischt sich die Politik jetzt sogar schon in die Musik ein?«

Zwei Wochen später sahen wir uns alle wieder. Hans war noch aufgebrachter. »Verbitterte Menschen ohne Vision und Lebensfreude richten über Kultur«, pfauchte er. Das Konzert von Josephine Baker im Ronacher-Theater war in letzter Minute abgesagt worden. Die Stadtregierung hatte vor dem massiven Widerstand kapituliert und die Genehmigung für die Vorstellung zurückgezogen. Als Kompromiss durfte die Amerikanerin im deutlich kleineren Johann-Strauß-Theater in der Favoritenstraße auftreten. Dafür habe er, ärgerte sich Hans, aber keine Karten mehr bekommen.

18

Vom Konflikt mit Adalbert erfuhr ich erst einige Wochen danach. Hans hatte nach langer Verzögerung doch noch den Auftrag für die Neugestaltung des Café Prückel erhalten. Noch einmal hatte er alle Skizzen überarbeitet. Die Eigentümerfamilie wünschte sich einen klassizistischeren Stil. Er hatte sich bemüht, einen Kompromiss zwischen den Kundenwünschen und seinem ursprünglichen Konzept zu finden.

An einem Freitag, als Hans wieder einmal in seinem Stammcafé am Schwedenplatz saß, suchten die Auftraggeber unangemeldet die Werkstatt in der Hasnerstraße auf und trafen dort auf Adalbert. Der wollte sich zuerst nicht in die Gestaltung einmischen, aber irgendwann, bei einem Rundgang durch die Werkstatt, gab er zu, dass ihm klassische Kristallluster weit besser gefielen als die modernen, unverzierten Leuchten. Ihm sei nicht klar gewesen, dass er Hans damit in den Rücken gefallen sei, verteidigte er sich später. Aber der unangemeldete Besuch hatte Folgen: Die Eigentümer des Cafés verwarfen das Lichtkonzept von Hans zur Gänze. Sie bestellten mehrere klassische Kristallluster und zehn Kandelaber, die auf breiten, antik wirkenden Säulen zwischen den Tischen platziert werden sollten.

Als Hans von alledem erfuhr, war die Bestellung schon eingelangt. Paulina erzählte, sie habe ihn noch nie so aufgebracht gesehen. Er, der normalerweise höchstens seine Stimme erhob, aber nie schrie, brüllte so laut im Hof herum, dass alle im Haus es hörten. Adalbert wehrte sich, sprach von »Künstlergetue«, das ihm schon lange auf die Nerven gehe. Er war der festen Überzeugung, dass er allein den Auftrag gerettet hatte. Hans geriet so sehr in Zorn, dass er die Papierbögen der Bestellung auf den Boden warf. Den Mist werde er nicht anfertigen. Eine kitschige Schande sei das.

Auch Frau Trauner, die aus ihrer Wohnung herunter in den Hof gekommen war, konnte den Streit nicht schlichten. Aber sie wies Hans in die Schranken, als dieser erneut auf Adalbert losging. »Ich geniere mich dafür, dass unser Name für so etwas herhalten muss«, hatte er geschrien. Da erhob Paulinas Mutter den Finger: »Der Name der Werkstatt ist noch immer der meines Mannes – Gott hab ihn selig.«

Hans war tief getroffen, weil er all seinen Idealismus und seine Energie in diese Planung gesteckt hatte. Ich glaube, er genierte sich tatsächlich für die Änderungen und fürchtete die Reaktion seiner Kolleginnen und Kollegen von der Kunstgewerbeschule auf die Gestaltung des Cafés.

Zwei Tage nahm er sich Urlaub, war in der Hasnerstraße nicht zu sehen. Wo er übernachtete, wusste niemand. Ich gehe davon aus, dass er von Bar zu Bar zog, versuchte, sich mit Frauenbekanntschaften abzulenken und den Zorn mit viel Alkohol hinunterzuspülen. Als er zurückkam, war er wortkarg, redete mit Adalbert und Frau Trauner nur noch das Notwendigste.

Der Streit warf den ersten dunklen Schatten über sein Verhältnis zur Familie Trauner. Bald sollten weitere folgen.

Für den Sommer hatte Adalbert für drei Wochen ein Haus im Piestingtal angemietet. Es war so groß, dass alle Bewohner der Hasnerstraße dort ihre Sommerfrische verbringen konnten. Auch Irmgard, Jakob und ich wurden eingeladen. Paulina hatte uns dazu gedrängt mitzukommen. »Das Haus ist groß genug«, hatte sie gesagt.

An einem Samstagvormittag wurden also unter dem Kommando von Frau Trauner im Hof vor der Werkstatt alle Koffer auf ein Pferdefuhrwerk geladen. Sie selbst nahm neben dem

Kutscher Platz, um den Transport zu beaufsichtigen. Ein zweites Fuhrwerk mit Bänken auf der Ladefläche führte uns Mitreisende zum Bahnhof. Alle waren locker gekleidet, lediglich Hans trug Anzug und Krawatte. Adalbert hatte eine weite Hose mit Hosenträgern und ein weißes, bäuerliches Leinenhemd an, Paulina ebenso wie Irmgard ein leichtes Sommerkleid.

Auf der Fahrt quer durch die Stadt stimmte Adalbert mit Erika ein Lied an – ich glaube, es war »Unser Vater is a Hausherr und a Seidenfabrikant«. Passanten auf den Gehsteigen mussten den Eindruck gewinnen, wir hätten großen Spaß. Für die beiden Sänger, Erikas Mann und die Kinder stimmte das auch. Doch sicher weder für Hans, der verstört auf seiner Bank saß, noch für Paulina, die immer wieder besorgt zu ihm sah.

Im Eisenbahnzug, den wir am Südbahnhof bestiegen, verteilte Tante Erika Jausenbrote. Auch ein paar Bierflaschen machten die Runde. Alle bis auf Hans schienen ausgelassen – sogar die alte Frau Trauner, die einen schwarzen Rock und eine schlichte graublaue Bluse trug, prostete jedem in der Runde zu. »Auf eine schöne Sommerfrische!«

Vom Bahnhof in Piesting mussten wir zu Fuß wenige Kilometer gehen. Jeder packte an, um die vielen Koffer, in denen sich nicht nur Kleidung, sondern auch Bettwäsche und Essen befand, zu unserer Unterkunft zu tragen. Das große Haus lag außerhalb des Ortskerns auf einer Anhöhe. Es war ein zweistöckiger Bau mit vielen Zimmern und einem weitläufigen Garten. Paulinas Mutter teilte die Schlafzimmer ein und brachte die Lebensmittel in der Küche unter.

Am großen Tisch wurde bereits zwei Stunden später aus einem riesigen Topf Reisfleisch auf die Teller verteilt. Stillschweigend wurde das Mahl eingenommen, danach wuschen die Frauen das Geschirr ab und machten die Küche sauber, während die Männer im Garten saßen und Bier tranken. Neben Adalbert, Hans und mir waren noch Josef, der Mann von Tante Erika, und deren ältester Sohn, Rudi, in der Runde.

Hans hatte endlich sein Sakko abgelegt, saß hemdsärmelig zwischen den anderen Männern. Langsam schien er aufzutauen. Er sah immer wieder aufmerksam in die Runde, hörte sich die Erzählungen von vergangenen Familienausflügen an. Einmal prostete er sogar Adalbert zu, der immer wieder neue Bierflaschen herbeibrachte.

Als die Sonne unterging, stand ich kurz alleine mit ihm im Garten. Er hatte sich das Sakko über die Schultern gehängt, seine Stimmung war wieder getrübt. Das war nicht die Art von Urlaub, die ihm gefiel. Schweigsam standen wir nebeneinander. »Ist das nicht wunderbar hier?«, sprach uns jemand von hinten an. Es war Erika, die noch immer ihre Kochschürze trug. »Ja«, antwortete Hans ohne große Begeisterung. Als sie wieder ins Haus verschwand, zwinkerte er mir zu. »Komm, wir gehen noch ins Wirtshaus. Nichts wie weg hier!«

Wir folgten einem schmalen Weg hinunter Richtung Ortskern. Die Grillen zirpten, als wir eine Wiese überquerten. Da blieb Hans unvermittelt stehen, sah mich an und berührte mich am Arm. Es war eine kurze, herzliche Geste. »Viktor!«, sagte er. »Du und Annemarie, ihr seid die einzigen Menschen, denen ich vertrauen kann. Ich bin sehr froh, dass du mitgekommen bist. Ohne dich würde ich das hier nicht ertragen.«

So oft ich mich damals über ihn geärgert hatte, mir war nicht bewusst gewesen, wie einsam er sich fühlte. Seit dem Streit mit Adalbert waren alle Trauners auf Distanz zu ihm gegangen, selbst seine Frau. Manchmal tuschelten sie über ihn, machten sich über seine immer unangemessen feine Kleidung lustig. Es war nicht zu übersehen, wie er in ihrer Gesellschaft litt. Die Trauner-Familie war ihm viel zu eng, viel zu wenig aufgeschlossen, viel zu traditionalistisch.

Der Birnenschnaps im Wirtshaus brannte die Kehle herunter. Es beutelte mich, aber Hans bestellte bald einen zweiten und einen dritten. Bis zur Sperrstunde saßen wir an unserem Tisch und plauderten über unsere Kindheit in Olmütz, über unsere Mutter und auch über die gemeinsame Zeit in der kleinen Wohnung in der Thaliastraße. Einmal kam ein Herr an den Tisch, der uns fragte, woher wir kämen. Er war freundlich, aber sehr betrunken. Als wir ihm antworteten, wir seien aus Wien, sagte er: »In Berlin ist es sehr schön, da war ich auch schon.« Als er wieder gegangen war, sahen wir uns an und mussten herzhaft lachen. Es war das erste Mal, dass Hans an diesem Tag ausgelassen wirkte.

Ein Stück zufriedener wankten wir heim. In den meisten Häusern der Ortschaft brannte kein Licht mehr. Alles war still.

Am nächsten Tag brachen wir auf Geheiß von Frau Trauner zum Waldbad auf. Wir schleppten Essen in großen Körben mit, die Kinder trugen die Handtücher. Paulina und Irmgard verstanden sich prächtig, lachten fröhlich, nahmen Marie und Jakob an den Händen und liefen mit ihnen den kleinen Trampelpfad hinunter zum Ort.

Adalbert, Josef und Rudi trugen in ihren Rucksäcken die Getränke mit. Sie bildeten ebenfalls eine Gruppe für sich. Ich ging neben Hans. Wir spazierten quer durch Piesting und später am gegenüberliegenden Hang wieder ein Stück bergauf. Frau Trauner bezahlte für alle das Eintrittsgeld für das Bad, schritt voran und suchte einen Liegeplatz am Waldrand im Schatten aus.

Dort wurden die Handtücher und sofort auch das Essen und die Getränke aufgebreitet. Gleich fielen die Trauners und ihre Kinder über die Wurstbrote und die Säfte her. Als Irmgard meinte, es sei doch noch zu früh fürs Essen, zischte Erika: »Soll das alles warm werden oder gar verkommen?«

Unter uns lag das ovale Schwimmbad. Es war in der Mitte in einen Schwimmer- und einen Nichtschwimmerbereich geteilt. Um die beiden Bereiche optisch zu trennen, thronte mitten im Wasser ein steinerner Blumentrog. Er verschaffte dem ganzen Becken die Eleganz eines riesigen Parkbrunnens.

Paulina und Irmgard drängten zum Schwimmen. Ich wäre gerne mitgegangen, hätte gerne mit Jakob im seichten Wasser geplanscht, aber dann sah ich auf meinen Bruder. Er saß verloren am Rand der Gruppe. Es war ihm anzusehen, wie unwohl er sich fühlte. Ohne seinen Anzug wirkten seine Beine dünn, seine Schultern zart und kantig. Ich konnte ihn nicht allein lassen.

Hans war ganz in sich gekehrt. Lediglich um Marie kümmerte er sich liebevoll. Während die ganze Runde satt auf ihren Badetüchern im Schatten lag, nahm er sie auf seine Schultern und lief mit ihr eine Runde über die Wiese. Er setzte sich mit ihr an den Rand des Schwimmbeckens, ließ sie immer wieder langsam ins Wasser rutschen. Marie gluckste vor Freude.

Als das kleine Mädchen kurz später auf einer Decke neben Paulina einschlief, holte er Block und Bleistift hervor und begann sie zu zeichnen. Es war ein Bild voll Wärme und Gefühl. Marie schlief mit leicht geöffnetem Mund. Eine zur Faust geschlossene Hand lag neben dem Kopf.

Nach unserer Rückkehr vom Waldbad entwickelte sich am großen Tisch neben der Küche eine hitzige politische Diskussion. Erika hatte während des Essens begonnen, auf die Wiener Stadtregierung zu schimpfen. Sie redete sich in Rage, sprach vom »roten Pack«, das andauernd die Steuern erhöhe und sich in alles einmische. »Wer ein Zinshaus hat und den Menschen ein Dach über dem Kopf bietet, wird dafür bestraft. Das kann es doch nicht sein!«

Irmgard wollte das nicht so stehen lassen, sie argumentierte mit den Errungenschaften des sozialen Wohnbaus, der notwendigen Volksbildung und fragte laut in die Runde, ob es denn allen hier lieber wäre, wenn die Nationalsozialisten regieren würden. Erika hob den Kopf und erklärte mit lauter Stimme, dass die Hakenkreuzler hoffentlich bald in dieser »verjudeten Stadt für Ordnung sorgen werden«. Josef und auch Frau Trauner nickten zustimmend. Ich sah kurz zu Hans hinüber, der das Gesicht in den Händen vergrub.

Die Auseinandersetzung wurde heftiger. Erika war nicht mehr zu bremsen. Sie schimpfte mit lauter Stimme über »Negermusik«, »entartete Kunst« und »Nacktbaden«. Sie behauptete immer wieder, dass die heutige Jugend keine Kultur mehr habe. »Daran seid auch ihr Lehrer schuld!«, sagte sie und blickte auf meine Frau und mich. Das komme alles nur »von den Amerikanern und diesem grauenhaften Jazz«. Irmgard lachte zuerst zynisch. »Jetzt sind also wir Lehrer und der Jazz schuld. Wie schlicht ist das denn!« Dann wurde meine Frau zornig. Sie bezichtigte Erika, den »primitiven Parolen der Nazis« auf den Leim gegangen zu sein. »Nun kannst du alles, was auf der Welt schiefgeht, den Roten und den Juden in die Schuhe schieben. Na Bravo!« Zum Glück griff die alte Frau Trauner ein und beendete die Diskussion, bevor sich die beiden vollends in die Haare gerieten. »Aus jetzt, hört auf!«, schrie sie ungewohnt laut. Mit düsterem Blick sah sie zuerst Erika und danach Irmgard an.

Irmgard war so aufgebracht, dass sie kurz später in unserem Zimmer vorschlug, wir sollten umgehend abreisen. »Ich will keine Sommerfrische mit solchen Nazis verbringen«, sagte sie. Es war ein lauer Abend. Gerne hätte ich mich noch in den Garten gesetzt, aber auch ich hatte keine Lust mehr, mich zur Trauner-Familie zu gesellen. Von draußen drang der weinende Ton von Adalberts Ziehharmonika zu uns herauf.

Wegen des heftigen Streits am Esstisch hatte ich gar nicht bemerkt, dass Hans aufgestanden und weggegangen war. Kurz vor Mitternacht klopfte Paulina an unserer Tür. »Habt ihr eine Ahnung, wo Hans ist?«, fragte sie. Er war zwar während der Auseinandersetzung hinauf in ihr Zimmer gegangen, doch als sie später nachkam, habe sie ihn dort nicht mehr gefunden. Nun sei er schon viele Stunden verschollen.

Ich zog mich an und versuchte Paulina zu beruhigen. Wahrscheinlich sei er wieder hinunter ins Wirtshaus gegangen. Ich würde dort nachsehen und ihn zurückbringen, versicherte ich ihr. Als ich kurz darauf an der Hauptstraße in die Wirtsstube trat, fand ich ihn dort tatsächlich. Hans lag mit dem Kopf auf einem der Tische. Er war nach vielen Schnäpsen eingeschlafen. Nur mit Mühe brachte ich ihn wieder hinauf zum Haus. Paulina war noch immer wach. Sie sah uns verzweifelt an, als sie ihren Mann zum ersten Mal stockbetrunken erlebte. Dann half sie aber mit, ihn auszuziehen und ins Bett zu legen.

Am nächsten Tag bereitete Erika das Frühstück zu. Es war erstaunlich, wie unbekümmert sie trotz des heftigen Konflikts vom Vorabend auftrat. Sie stand mit heller Bluse, Rock und ihren dicken Strümpfen in der Küche, sprach die Auseinandersetzung mit keinem Wort an, grüßte uns übertrieben freundlich. Irmgard hingegen war nicht bereit, über den Zwischenfall hinwegzusehen. Sie schlug vor, dass wir den geplanten Tagesausflug allein unternehmen sollten. Am späten Vormittag kam auch Hans aus seinem Bett. Er saß vor einem schwarzen Kaffee in der Küche und grüßte mich nur mit einem kurzen Nicken.

Während Irmgard, Jakob und ich auf unserer Wanderung zur Burgruine Starhemberg waren, erhielt Hans ein Telegramm aus Wien. Er müsse wegen eines wichtigen Auftrags seines Freundes, des Architekten Theodor Mayer, dringend in die Stadt zurückkehren, hieß es darin. Als wir am späten Nachmittag wieder in Piesting eintrafen, war er schon abgereist.

Paulina wirkte erleichtert. Sie bereitete gemeinsam mit ihrer Mutter das Abendessen zu und erzählte uns freundlich lächelnd, als wäre nichts geschehen, von einem kleinen Spaziergang, den sie mit Adalbert und Marie unternommen habe. Als Irmgard ihr erklärte, dass auch wir am nächsten Tag aufbrechen würden, änderte sich ihr Ausdruck. »Was, ihr fahrt jetzt auch?« Erst später fiel mir auf, dass sie keinen Versuch unternommen hatte, uns aufzuhalten. Eigentlich hatte sich keiner aus der Familie Trauner darum bemüht, dass wir blieben.

»Nichts für ungut«, sagte Erika am nächsten Morgen zum Abschied und streckte Irmgard die Hand hin. Meine Frau nahm sie, antwortete aber nicht. Die alte Frau Trauner streichelte Jakob über den Kopf. Uns beiden sah sie aber nicht in die Augen. Sie sagte lediglich mit einem leisen Stöhnen: »Also dann!«

»Ich habe ihm die Nachricht nach Piesting geschickt«, erzählte mir Annemarie ein paar Wochen später, als ich zwischen Besorgungen in der Stadt im Schweden-Café Pause machte. Sie kannte fast alle Details der verpatzten Sommerfrische. Hans habe sich von Beginn an dort fremd gefühlt, erklärte sie mir. Am Abend, als die politische Diskussion aus dem Ruder gelaufen sei, habe er vom Wirtshaus aus im Café angerufen und sie gebeten, ihm am nächsten Tag das Telegramm zu schicken. »Den Wortlaut mit dem wichtigen Auftrag hat er mir diktiert.«

19

Zwei Monate später saßen sie in unserem Garten. Ich hatte uns frischen Most von einem nahen Weinbauern geholt, die Kinder spielten auf dem Rasen. Es war ein angenehmer, lauer Herbsttag, eigentlich gute Voraussetzungen für ein gelöstes Treffen. Aber Hans und Paulina umschifften mit Ignoranz das Erlebte. Immer wieder versuchte Irmgard, die Ereignisse bei der Sommerfrische in Piesting anzusprechen. Sie bemühte sich, das Gespräch dorthin zu lenken, doch beide negierten es. Das Thema war tabu, obwohl wir involviert gewesen und seit dem Streit zwischen Erika und Irmgard nicht mehr in die Hasnerstraße eingeladen worden waren.

Hans richtete sich auf dem Gartenstuhl sitzend immer wieder gerade. Drückte die Schultern zurück. Ich kannte das schon. Er sah fadisiert in die Runde, unterbrach etwas später die Stille, um zu erzählen, dass er sich ein Radio gekauft habe. Es sei ein kleiner Transistor mit Kopfhörern, mit dem Paulina und er nun die Sendungen der RAVAG, des österreichischen Rundfunks, hörten. Einmal habe ihre Tochter das Gerät selbst ausprobieren wollen. Es sei ihr gelungen, die beiden Stecker des Kopfhörers statt in den Transistor direkt in die Steckdose zu stecken. »Dann war alles im Haus finster«, sagte Hans und lachte.

Auch heute noch kann ich nur spekulieren, was der Grund ihres Schweigens, ihrer Distanz zu uns war. Vielleicht war es das Politische, das Hans lieber ignorierte. Vermutlich hatte er sich einfach auch wieder mit der Familie Trauner arrangiert, schließlich konnte er sich in dieser Zeit kaum noch der Aufträge zur Neugestaltung von Hotels, Gastwirtschaften und Kaffeehäusern erwehren. Seine guten Kontakte trugen endlich

Früchte. Die Luster-Werkstatt erhielt einen Großauftrag für das Parkhotel Schönbrunn, weitere für das Hotel Bristol, den Kursalon, das Café Ritter, das Grand Hotel, die Cobenzl-Bar.

»Die Geschäfte gehen hervorragend!«, verkündete Hans. Er war von Zigaretten wieder auf Zigarren umgestiegen. Und Paulina versäumte es nicht, darauf hinzuweisen, wie stolz ihre Mutter doch auf Hans sei. Sie nahm seine Hand, tätschelte sie ohne Zärtlichkeit.

Nachdem die beiden gegangen waren, wurde mir kalt und ich fühlte mich unwohl. In der Nacht kamen das Fieber und der Schüttelfrost. Eines der Kinder in der Schule dürfte mich mit der Grippe angesteckt haben. Einige Tage ging es mir miserabel, bis der Arzt kam und es Irmgard gelang, das Fieber mit den verordneten Essigumschlägen zu senken. Immer wieder ging mir – als ich im Bett lag – das seltsame Treffen mit Hans und Paulina durch den Kopf. War ihnen nicht aufgefallen, dass sie sich über eine notwendige Aussprache hinwegmogelten? War ihnen nicht bewusst, was für ein Bild sie uns boten, dass sie unsere Freundschaft belasteten?

Viele Monate lang gab es keinen Kontakt mehr zwischen uns. Hans bereiste in dieser Zeit ganz Österreich, zog neue Großaufträge an Land und stellte weitere Mitarbeiter ein. Mit dem florierenden Geschäft nahm er sich auch neue Freiheiten heraus. Oft blieb er, wie uns Paulina viel später erzählte, länger als notwendig in einer der bereisten Städte. Er traf Freunde, behauptete Paulina, aber wie ich von Annemarie wusste, waren es meist Freundinnen.

Annemarie war es auch, die sich um unsere Versöhnung bemühte. Sie redete mir im Frühjahr des neuen Jahres zu, ich sollte doch einmal an einem Freitagmittag kommen, da esse er nach wie vor im Café. »Es ist an der Zeit«, sagte sie. »Er vermisst dich.«

Es war schon April, da entschloss ich mich, gleich nach dem Unterricht hinzugehen. Wenn ich ehrlich bin, war ich nervös. So viele Monate waren wir beide mit Ausnahme des Krieges noch nie getrennt gewesen.

Hans saß an seinem reservierten Tisch am Fenster. Mir kam vor, er wirkte älter, ernster und vielleicht auch ein wenig trauriger als bei unserem letzten Treffen. Vor ihm lag sein in Leder gebundener Skizzenblock, auf den er mit wenigen Strichen das Schema einer Theke mit Hängeleuchten gezeichnet hatte.

Als er mich sah, stand er auf. »Bruderherz!« Annemarie musste ihn vorbereitet haben, denn er schien nicht überrascht, mich zu sehen. Er erkundigte sich ausführlich nach Jakob, nach Irmgard und sogar nach der Lage in meiner Schule. Die Stimmung blieb aber steif. Nach dem Essen fragte er mich, ob ich ihn begleiten könnte, einen Ausstellungsraum für die Luster-Werkstatt in der Innenstadt anzusehen. Er habe vormittags die Schlüssel dazu ausgeborgt und würde die Räume gerne besichtigen. Ihm sei meine Meinung wichtig, behauptete er.

So spazierten wir an diesem kühlen Frühlingstag quer durch die Stadt in die Operngasse. Dort, in der Nähe von Sidonies einstiger Wohnung und wo wir unsere Zwillingsschuhe gekauft hatten, lag das helle Gassenlokal. Wir traten in das ausgeräumte Geschäft, in dem es nach abgestandener Luft und Feuchtigkeit roch. Nach einem Rundgang schien sich Hans bereits entschieden zu haben. »Nein, das passt nicht für uns«, sagte er, ohne mich nach meiner Meinung zu fragen.

Obwohl die Besichtigung abgeschlossen war, blieb er im großen Raum stehen. Er presste eine Entschuldigung heraus: Der Vorfall in Piesting sei ihm schrecklich unangenehm gewesen, versicherte er mir. Er wisse, dass es nicht in Ordnung war zu flüchten und uns mit der Familie Trauner dort allein zu lassen. Über das eigentliche Thema des Konflikts, die Politik von Sozialdemokraten und Nationalsozialisten, verlor er kein Wort, ihm ging es nur darum, sich wieder mit mir gut zu stellen.

Schweigsam gingen wir noch ein Stück gemeinsam durch die Stadt. Ich gebe zu, es fiel mir schwer, ebenfalls einen Schritt auf ihn zuzugehen. Als wir schon dabei waren, uns zu verabschieden, trat plötzlich ein offenes und glückliches Lächeln in sein Gesicht. Ich glaube, ihm war in diesem Moment ein Ausweg aus unserer verfahrenen Situation eingefallen. »Könnt ihr am 2. Mai ganz zeitig in der Früh zu uns kommen?«, fragte er. Da fliege nämlich der Graf Zeppelin über Wien. »Wir könnten das Luftschiff gemeinsam von den Dachluken aus beobachten«, schlug er vor. »Von dort hat man einen Blick vom Wienerwald bis in die Innenstadt.«

Ich musste über seine Idee schmunzeln. Hans hatte sich wohl den Kopf zermartert, etwas zu finden, das ich nicht ablehnen konnte. Für Luftschiffe interessierte ich mich sehr, das wusste er natürlich. In der Zeitung las ich alles über sie, aber noch nie hatte ich Gelegenheit gehabt, eines selbst zu sehen. Nun sollte das bisher größte Exemplar, der zweihundertsechsunddreißig Meter lange Graf Zeppelin, erstmals von Friedrichshafen aus nach Wien und weiter nach Graz fliegen. Es war ein Schauflug als Vorbereitung für eine geplante Weltumrundung. »Natürlich kommen wir gerne«, sagte ich und hätte ihn am liebsten umarmt. Ich weiß, ich konnte ihm gegenüber nachtragend sein. Aber in diesem Moment war ich überglücklich, dass er es nicht aufgegeben hatte, das Eis zwischen uns zu brechen.

Der Morgen des 2. Mai war trüb. Dunkle Wolken hingen über der Stadt, als Irmgard, Jakob und ich gegen sieben Uhr Früh in der Hasnerstraße eintrafen. Es hatte in der Nacht heftig geregnet, die Pflastersteine im Innenhof glänzten in feuchtem Dunkelgrau. Noch schien kaum jemand im Haus wach zu sein. Paulina empfing uns an der Tür und führte uns ins Esszimmer. Sie hatte ein Frühstück vorbereitet. Sanft berührte sie Irmgard an der Schulter und betonte, wie froh sie sei, sie endlich wiederzusehen. Hans winkte uns vom Nebenraum zu. Er hatte die Kopfhörer des Transistorradios auf, um die neuesten Nachrichten zu hören. »Der Zeppelin ist schon über Linz«, rief er etwas zu laut.

Paulina schenkte den Kaffee ein, dazu gab es Kipferl, Butter und Marmelade. Die Kinder kugelten am Teppich herum, trugen Bausteine herbei und kicherten. »Er fliegt jetzt die Donau entlang«, rief Hans herüber. Irmgard musste über die Szene schmunzeln, denn mein Bruder war ganz aufgeregt. Einmal wollte er rasch zu uns kommen, verhedderte sich in den Kopfhörerkabeln und wäre um ein Haar zu Boden geflogen. Jetzt lachte auch Paulina, denn Hans wirkte wie ein Clown. Die beiden Frauen forderten ihn auf, sich endlich zu uns an den Tisch zu setzen. Das tat er dann auch, aber lange hielt er es nicht aus. Wieder und wieder sprang er auf, lief zum Radio und setzte die Kopfhörer auf. »Jetzt hat das Begleitflugzeug den Zeppelin verloren. … Kein Sichtkontakt mehr!« Paulina sah uns entsetzt an: »Er wird doch nicht abgestürzt sein.« Als das Luftschiff kurz später wieder über Tulln auftauchte, war sie beruhigt. Hans scheuchte uns alle auf. Wir müssten sofort auf den Dachboden hinauf. Er trug Marie auf dem Arm, als wir ihm alle die enge Treppe nach oben folgten. Jakob sprang eine nach der anderen hohen Stufe hinauf, weigerte sich, meine Hand zu nehmen.

Als ich eine Dachluke öffnete, blies der Wind das kühle Nass herein. Ich schloss sie rasch wieder. Aber Hans war nicht mehr zu bremsen. »Komm, Viktor«, rief er und führte mich zu einer anderen Luke. Die sollte ich besetzen. Von hier gebe es einen guten Ausblick Richtung Westen, von wo der Zeppelin einfliegen werde. »Gib Bescheid, wenn du ihn siehst.« Ich streckte meinen Kopf hinaus. Der Wind peitschte mir die Regentropfen entgegen und ich hatte Mühe, meine Augen offen zu halten.

Die Hänge des Wienerwalds waren nebelverhangen. Am Himmel war kein Luftschiff auszumachen. Als ich durchnässt wieder zurück ins Dach kroch, übernahm Hans selbst den Ausguck. Von nun an wechselten wir uns ab. Es dauerte lange, bis endlich ein silbergrauer Schatten über dem Wienerwald auftauchte. Ich wusste nicht, ob es das Luftschiff war, wollte Hans herbeirufen. Der war aber hinunter in die Wohnung zum Radio gelaufen. »Er muss jede Minute da sein«, rief er, als er die letzten Stufen der Dachbodentreppe wieder heraufeilte. Er streckte kurz später neben mir seinen Hals aus der Luke, um einen Blick Richtung Westen zu werfen.

In diesem Moment öffnete sich die Wolkendecke und der bauchige Körper des riesigen Luftschiffs erschien direkt über uns. Es war so nah! Wir konnten alles erkennen: die fünf Antriebsmotoren, die Passagiergondel mit ihren schrägen Fenstern. Paulina und Irmgard liefen zu ihrer Dachluke, Hans öffnete eine weitere und hob die Kinder nacheinander hinauf. Der Zeppelin glitt fast lautlos Richtung Stadtzentrum. Doch von einem Moment auf den anderen schoben sich wieder Wolken dazwischen, es begann erneut zu regnen. »Wird er nicht landen?«, fragte Paulina. »Nein«, erklärte ihr Hans, »er überfliegt nur die Stadt. Dann geht es weiter nach Graz.«

Wir waren bis auf die Haut nass, als wir in die Wohnung zurückkehrten. Hans brachte Decken, in die wir uns einwickeln konnten, während unsere Jacken neben dem Ofen trockneten. Paulina setzte frischen Kaffee auf. »Hast du das gesehen?«, rief Hans Marie immer wieder zu und das kleine Mädchen strahlte ihn lächelnd an. Er wirkte an diesem Tag ganz anders als bei unserem etwas steifen Wiedersehen im Schweden-Café. Er war nicht mehr gehemmt, sondern offen, gelöst und erzählte schon wieder von neuen Plänen.

Hans hatte die Aussicht, seine Lampenentwürfe bei der kommenden Wiener Herbstmesse zu präsentieren, denn diesmal sollte es eine Spezialausstellung zu Hotel- und Büroausstattung geben. Zu diesem Anlass, so betonte er, würden von der Trauner-Werkstatt keine Kristallluster mehr gezeigt, sondern ausschließlich moderne Leuchten. Adalbert habe das zwar nicht gefallen und sogar Paulinas Mutter habe sich eingemischt, aber letztlich habe er sich durchgesetzt. »Das ist eine großartige Chance für uns.«

Ich weiß nicht, wie es Hans damals gelang, sich in der Hasnerstraße mit seinem Gestaltungsstil zu behaupten. Natürlich half ihm der wirtschaftliche Erfolg. Aber die Trauners waren sehr konservativ, hatten sich bisher immer gegen seine gestalterischen Ideen gestemmt. Von ihrer Kleidung über die Musik bis zum Geschirr wurde deutlich: Sie lehnten alles Neue ab – und mussten nun akzeptieren, dass die Kristallluster zumindest vorübergehend aus dem Sortiment verschwanden.

Hans erzählte mir später, dass ihm Josef Hoffmann dabei geholfen habe. Er hatte Adalbert, der so skeptisch gegenüber moderner Gestaltung war, zum Festakt »25 Jahre Wiener Werkstätte« mitgenommen, wozu ihn auch Frau Trauner überredet habe. »Adalbert hat sogar einen Anzug angezogen, stell dir das vor«, erzählte Hans. Bei der Veranstaltung wurden nicht nur viele der neuen Produkte gezeigt, Hoffmann hielt auch eine Rede. »Er war direkt und sprach davon, wie stumpfsinnig es sei, lang vergangene Stile immer wieder zu kopieren.«

Der berühmte Architekt beschrieb die Arbeitsweise der Wiener Werkstätte. Er beschrieb die unterschiedlichen Handwerke, die von den Mitarbeitern ausgeführt werden, und wie die

Entwicklung neuer Ideen vonstattengeht. Schmunzelnd fügte er hinzu, dass auch er erst haben lernen müssen, sich nicht zu fürchten, wenn einem der jungen Gestalter etwas Neues einfalle. »Da hat Adalbert zu mir gesehen und entschuldigend gelächelt.«

Nach dem Abend sei Adalbert verändert gewesen, habe plötzlich weit mehr Verständnis für die moderne, sachliche Gestaltung gezeigt. Letztlich habe er sogar zugestimmt, die Werkstatt in »Atelier für moderne Lichtgestaltung« umzutaufen.

20

Der Film lief ab, und sie sprachen und sangen. Wir hörten die Stimmen aus den Lautsprechern. Es war wie im Theater, aber irgendwie authentischer – keine künstlich erhöhte Sprache, kein Gebrüll von der Bühne herab, sondern Töne wie im Alltag. Irmgard und ich starrten auf die Leinwand. Das Apollo-Theater war zum ersten Wiener Tonfilm-Kino umgebaut worden. Die Decke und Teile der Einrichtung sahen aus wie früher, aber im Parterre und auf den Tribünen standen nun in dichten Reihen gepolsterte Sessel. Gezeigt wurde eine amerikanische Tonfilm-Revue, die nicht besonders anspruchsvoll war, aber unterhaltsam. »Mitten in diesen Bildern auf der großen Leinwand und mit all den Tönen, hatte ich das Gefühl, ich bin nicht Zuseher, sondern Teil des Ganzen«, beschrieb es Irmgard nach dem Ende des Films.

Als wir nach der Vorstellung das Apollo verließen, stießen wir auf Hans in Begleitung einer jungen Frau. Er stellte sie als ehemalige Studienkollegin Lotte Ehrenhauser vor und erzählte, dass sie heute gemeinsam den Erfolg der Hotel- und Büromesse feierten. Sie würden noch den Rest der Truppe in der Femina-Bar treffen. Da könnten wir gerne mitkommen. Aber Irmgard lehnte sofort für uns beide ab. Hans verabschiedete sich, stülpte den Kragen hoch, reichte der Kollegin den Arm, dann schritten sie davon. »Ob Paulina davon wohl etwas weiß«, fragte mich Irmgard und ich schüttelte den Kopf. »Wohl eher nicht«, sagte sie und beantwortete sich die Frage selbst.

Als wir zu Fuß durch die Stadt gingen, bemerkten wir, wie voll die Straßen nun in der Nacht waren. Leuchtreklamen wiesen den Weg zu neuen Bars. Aus einem der Lokale drang laute Musik bis auf die Straße, Dutzende Paare standen davor, hofften auf Einlass. Ein Stück weiter warb ein Mann im Clownskostüm für eine Revue. So musste es schon damals in Berlin gewesen sein, wie Hans es auf seiner Reise erlebt hatte. Jetzt war das pralle Leben in Wien angekommen.

Ich beneidete Hans in diesem Moment dafür, dass er in diese Nächte eintauchen, sich all den Genüssen hingeben konnte. Aber mir wurde auch bewusst: Weil er so unbändig war, durfte ich es nicht sein. Meine Rolle war die des großen, vernünftigen Bruders. Ich musste die Richtung des Lebens ständig kontrollieren, durfte nicht leichtfertig davon abweichen. Ich war für ihn ein Anker, an dem er sich festhalten konnte. Meine Rolle gab uns beiden – Hans und mir – Sicherheit.

Die Herbstmesse war für Hans ein großer Erfolg. Die Zeitungen berichteten ausführlich über die Präsentationen. Es wurden Fotos von den Musterräumen in modernem Stil mit Stahlrohrsesseln und puristischen Holzmöbeln gezeigt. Seine Leuchten, die in jedem dieser Räume montiert waren, wurden in der Berichterstattung hervorgehoben. Bei einem Treffen im Schweden-Café zeigte er mir alle Fotos seiner Ausstellungsstücke. Die Leuchten mit den senkrechten Glaszylindern, die ich schon kannte, wurden in mehreren Versionen – mit drei und mehr Lampen – bei der Messe vorgestellt.

Jedes Leben verläuft in Wellen. Und wer gerade ganz oben schwimmt, hat es warm. Hans schwamm damals auf der größten Erfolgswelle seines Lebens. Die Geschäfte liefen gut, ihm flogen immer neue Kunden zu. Er war beliebt, wurde hofiert und genoss seinen wachsenden Bekanntenkreis. Weil er immer neue Aufträge für die Werkstatt einbrachte, ließen ihn Paulina und Frau Trauner an der langen Leine. Er erfreute sich an den Abenden im Kaffeehaus, an den Nächten in den Bars der Stadt.

Die Zeit ließ es zu: Wir alle waren damals in einem Höhenflug. Wir alle hoben ab. Die Aufbruchsstimmung erfasste auch Irmgard und mich. Endlich hatten wir Geld und Zeit, das Leben zu genießen. Von der Stadtverwaltung waren mittlerweile Tausende neue Wohnungen errichtet worden. Viele Familien schafften den großen Schritt aus dem Elend in einen bescheidenen Wohlstand. Die Schulen wurden renoviert und erweitert. Irmgard begeisterte sich für die neue Literatur, für Bücher von Stefan Zweig, Joseph Roth und Marta Karlweis. Und ich für die Klänge des Jazz. Nach Hans kaufte auch ich mir ein Grammofon und dazu Platten von Paul Whiteman und Sam Wooding. Unser größter Luxus Ende der zwanziger Jahre war aber der erste Kühlschrank, ein amerikanischer Frigidaire von General Motors.

In unserem Siedlungshaus gab es nun kühles Bier und Limonade, gefüllte Bücherregale und viel Musik. Es war ein wohliger Genuss ohne schlechtes Gewissen. Denn wir hatten lange Jahre der Entbehrungen hinter uns. Und wir alle waren überzeugt, es würde ab nun so weitergehen – immer weiter bergauf.

Das war ein Trugschluss. Eine Woche im Oktober 1929 läutete die Wende ein. Wie so oft näherte sich das Schicksal langsam, es schlich sich heran. Zuerst ein Hinweis, den alle ignorieren, dann der nächste, den niemand ernst nehmen will, kurz später die ersten spürbaren Folgen, letztlich der Zusammenbruch.

Irmgard und ich saßen mit Jakob am Frühstückstisch. Es gab Striezel mit Butter und Marmelade, da las ich in der Zeitung von einem Börsenkrach in New York. Die Kurse waren über Nacht ins Bodenlose gefallen. Ich las Irmgard vor, dass eine Selbstmordwelle in den USA eingesetzt habe. »Wird das auch uns treffen?«, fragte sie mich. Ich ahnte etwas.

Die gleiche Frage stellte mir Hans, als er eine Woche später bei uns auf Besuch war. Doch er gab sich gleich selbst die

Antwort. »Das ist wieder nur so eine Aufregung. New York ist doch weit weg.«

Hans kam nun öfters allein mit Marie in die Heubergsiedlung. Einmal waren beide zuvor auf dem Markt am Kalvarienberg in Hernals gewesen. Marie durfte sich dort einen hölzernen Hampelmann aussuchen, für unseren Sohn brachte Hans Süßigkeiten und ein kleines Spielflugzeug mit, das wir gleich im Garten fliegen ließen.

Danach waren wir alle durchgefroren. Irmgard kochte rasch einen heißen Tee und ich heizte ein. Marie saß auf dem Schoß ihres Vaters, den Hampelmann in ihrer Hand, und schmiegte sich fest an ihn. Sie war drei Jahre alt. Manchmal, wenn wir uns unterhielten, versuchte sie mitzureden, aber es fielen ihr keine Worte ein. Sie brabbelte irgendetwas Unverständliches vor sich hin.

Hans war an diesem Tag guter Laune, er redete von einem Auto, das er sich kaufen wolle. Er habe schon mehrere Modelle angesehen. Einer seiner Freunde habe sich erst kürzlich ein Motorrad mit Beiwagen bestellt, erzählte er. Das sei vielleicht günstiger, aber nichts für ihn. Paulina habe Angst, auf so einem Gefährt mitzufahren. Nein, er wolle einen schönen, gediegenen Wagen von Gräf & Stift oder vielleicht einen Austro-Daimler.

Er träumte sein Idealleben und ließ sich von der drohenden Krise nicht stören. »Was, wenn auch bei uns die Banken pleitegehen und alles zusammenbricht?«, fragte ich ihn. Hans zog nur die Augenbrauen hoch. »Du hast mit deinen düsteren Ankündigungen noch nie recht behalten.« In der *Neuen Freien Presse* habe er gelesen, dass der Börsenkrach lediglich zu einer Marktbereinigung führen werde. »Und wenn schon«, sagte er, »das hat ja auch sein Gutes.«

Diese Marktbereinigung traf uns schließlich härter als in meinen schlimmsten Befürchtungen. Es ging langsam vor sich:

Ende 1929 waren die Theater und Kinos in Wien noch immer jeden Abend voll. In den Bars der Innenstadt wurde getanzt und Hans kaufte sich ungeachtet meiner Warnungen einen dunkelgrauen Austro-Daimler mit fünfundvierzig PS. Der runde Kühler und die Speichen der Räder waren verchromt. Mit seinem schwarzen Verdeck sah er gediegen aus.

Kurz nach dem Jahreswechsel brachte er das Fahrzeug zu uns auf den Heuberg. Er wolle ihn nicht bei der Werkstatt in Ottakring stehen haben, sagte er und deutete einen neuen Konflikt mit der Familie Trauner an.

Später erfuhr ich, Adalbert und seine Schwester Erika waren die Jahresabrechnung des Betriebs durchgegangen und hatten darin hohe Ausgaben gefunden. Es waren Hotelkosten, Rechnungen von Bars und Kaffeehäusern, Zugfahrkarten erster Klasse und auch Blumenbuketts, die Hans an irgendwelche Frauen geschickt hatte. Sie warfen ihm vor, viel zu viel Geld für seinen persönlichen Luxus aus der Betriebskassa genommen zu haben. Frau Trauner drohte gar, ihn als Geschäftsführer abzusetzen. »Wir brauchen jemanden, dem die Geldbörse nicht so locker sitzt.« Hans hatte kein schlechtes Gewissen. Natürlich gebe es solche Ausgaben, argumentierte er, aber er habe dadurch viele Aufträge an Land gezogen.

Der Winter wurde der kälteste, den wir je erlebt haben. Im Februar sank die Temperatur auf minus achtundzwanzig Grad. Nach wenigen Tagen fror sogar die Donau zu. Das Bundesheer musste ausrücken und den Eisstoß sprengen, sonst wären die Brücken gefährdet gewesen. Keiner war auf eine solche Kälte vorbereitet. Ich hatte nicht einmal eine warme, wollene Mütze, trug nur meinen Hut, unter dem mir die Ohren froren. Die Straßen waren meist so glatt, dass keine Automobile und Fuhrwerke mehr fahren konnten. Und schließlich wurden auch noch die Kohlen knapp.

Mitte Februar, Hans kam gerade wieder mit Marie zu uns auf Besuch, verheizte ich den letzten Koks. Schon in den Tagen davor hatte ich gemeinsam mit einigen Nachbarn Fallholz aus dem nahen Wienerwald geholt. Wir brachten es mit einem Leiterwagen in die Siedlung und verteilten es. Für ein paar Tage sollte es reichen, aber bis zum Ende des Winters war es noch lange.

Ich sprach Hans auf die missliche Lage an, doch der blieb gelassen. Sobald die Straßen wieder befahrbar seien, werde er uns mit seinem Auto eine Ladung Koksbriketts bringen, kündigte er an. »Mach dir keine Sorgen.« Doch die Krise dauerte an, wenige Tage später wurden sogar die Schulen für Wochen geschlossen, weil sie nicht mehr beheizt werden konnten.

Einmal in diesen Tagen kam Irmgard vom Einkaufen zurück. Gleich an ihrem Blick bemerkte ich, dass etwas geschehen war. Da ich keinen Unterricht hatte, war ich bei Jakob daheimgeblieben und las ihm gerade aus einem Kinderbuch vor. »Ich habe keine Erdäpfel und keine Butter mehr bekommen«, sagte sie. »Alles weg.« Die Milchfrau habe ihr gesagt, dass sie auch kein Mehl mehr habe. Wegen der schlechten Versorgungslage hätten Hamsterkäufe eingesetzt.

Als die Straßen wieder frei waren, holte Hans sein Auto ab. Am selben Tag kurz nach Mittag brach ich wieder mit einem Nachbarn in den Wienerwald auf, um Heizmaterial zu sammeln. Mittlerweile waren viele Wiener auf die Idee gekommen, sich das Fallholz aus den nahen Wäldern zu holen. Der Waldboden war so sauber wie schon lange nicht. Wir mussten ein gutes Stück gehen, bis unser Leiterwagen gefüllt war.

Gegen Abend hörte ich vor dem Haus ein Motorengeräusch. Es war mein Bruder, der sich mit seinem Auto einparkte. Wenig später stand er in unserem Windfang und bat mich, ihm beim Tragen zu helfen. Im Fonds des Wagens waren paketweise Koksbriketts geladen. Hans hatte Packpapier ausgebreitet, um das Auto nicht zu verschmutzen. Es waren so viele Briketts, dass sie bis zum Frühling reichen sollten.

Nachdem wir alles verstaut hatten, brachte er noch zwei Körbe herein. Sie waren voll mit Brot, Butter, Schmalz, Würsten, Kaffee, Mehl und getrockneten Früchten. »Wo hast du all das her?«, fragte ihn Irmgard verwundert, doch Hans gab keine Auskunft. Er ließ sich auch kein Geld dafür geben. Stattdessen bat er darum, heute bei uns schlafen zu können. Es sei ein weiter Weg zu Fuß zurück in die Hasnerstraße und den würde er lieber morgen Früh gehen. Ich fragte ihn, ob sich Paulina nicht Sorgen machen würde, wenn er nicht komme, aber er schüttelte nur den Kopf.

Während Irmgard unseren Sohn ins Bett brachte, saßen wir am Esstisch in der Küche. Hans beschwerte sich über die Stimmung in der Hasnerstraße: »Wir haben volle Auftragsbücher, aber sie haben alle Angst vor der Wirtschaftskrise.« Erika und ihr Mann seien der Nationalsozialistischen Partei beigetreten, ihr Sohn Rudi laufe schon die ganze Zeit in braunen Hemden herum. Sie hätten sogar die alte Frau Trauner, eine treue Christlichsoziale, überzeugt, dass der Börsenkrach allein die Schuld der jüdischen Bankiers und Spekulanten gewesen sei. Adalbert halte sich zum Glück aus solchen Diskussionen heraus. »Und du?«, fragte ich ihn. Er verzog seinen Mund. »Na ja«, begann er und stockte. »Am liebsten würde ich mit Paulina und Marie in eine eigene Wohnung ziehen. Dort in der Hasnerstraße halte ich es nicht mehr lang aus.« Hans zog fest an seiner Zigarette, atmete tief ein. Er schloss die Augen, öffnete sie wieder und sagte: »Ich kann ja trotzdem weiter mit der Werkstatt zusammenarbeiten.«

Vorerst, erzählte er mir, werde er viel Zeit in Villach verbringen, wo er seinen bisher größten Auftrag, die Renovierung des Parkhotels und des Parkcafés, übernommen habe. Kaum hatte Hans das erwähnt, änderte sich auch schon sein Gesichtsausdruck. Er müsse mir einmal die Pläne zeigen, sagte er und lächelte. Das Hotel werde das schönste, das er je gestaltet habe – mit modernen Möbeln, verspielten Lampen und vielen wunderschönen Details. »Allein die Halle wird ein Traum.« Die Werkstatt werde dafür weit über zweihundert Wand- und Deckenleuchten anfertigen. Einen Auftrag dieser Größenordnung habe es für die Hasnerstraße noch nie gegeben.

Er ermunterte mich, im Frühjahr mit nach Villach zu kommen. »Du musst auch einmal raus aus dieser Stadt«, redete er mir zu. »Dann kann ich dir alles zeigen.«

21

Es war noch nicht das Unwetter, sondern lediglich das ferne Wetterleuchten einer Krise. Im Frühjahr beruhigte sich die Lage in Österreich vorerst wieder. Der Regierung war es gelungen, die ausreichende Versorgung mit Kohle und Lebensmitteln wiederherzustellen.

Mitte Mai brachen Hans und ich mit dem Auto nach Kärnten auf. Frühmorgens, die Sonne war noch nicht aufgegangen, fuhren wir los. Gegen Abend kamen wir an. Im Hotel am Rande des Zentrums von Villach wurde zu dieser späten Stunde noch gearbeitet. Es war ein großer, mehrstöckiger Bau mit zahlreichen Balkonen und einem runden, überdachten Eingang. Die Fassade war neu verputzt, aber innen fehlte noch ein Teil der Einrichtung. Hans zeigte mir die fertiggestellten Räume im Erdgeschoß, führte mich eine Stunde lang durch das riesige Haus.

Diesmal hatte er sich mit der Gestaltung, die er gemeinsam mit einem befreundeten Architekten übernommen hatte, durchgesetzt. Es war sein Stil, der sich durch das ganze Gebäude zog. Die großen Räume, insbesondere die Halle und das Café, kamen durch die schlicht gehaltenen Möbel und sein Lichtkonzept in einer unaufdringlichen Weise zur Geltung. In der Mitte des repräsentativen Eingangsbereichs mit der Hotelrezeption standen tiefe, quaderförmige Sessel, dazwischen würden bald in großen Blumentöpfen Palmen aufgestellt. Es gab verspielte Elemente bei der Einrichtung und auch bei den Leuchten, aber nirgendwo dominierten dunkle Täfelungen oder opulente Kandelaber. Helle Farben, zarte Muster, klare Formen – alles wirkte offen und großzügig.

Am nächsten Tag brach Hans schon frühmorgens zur Baustelle auf. Er hatte nicht viel Zeit für mich, musste den Rest des Tages im Hotel verbringen. Deshalb erkundete ich alleine die Stadt. Ich spazierte am Draufer entlang, kaufte Bücher auf dem zur Kirche ansteigenden Hauptplatz und ein Geschenk für Jakob in einem Spielzeuggeschäft gleich nebenan.

Lange saß ich in der Gaststube des Hotel Post, las zuerst ein wenig in einem der neuen Bücher. Dann fiel mir eine Zeitschrift mit einer Reisereportage über Italien in die Hände und ich träumte vor mich hin: einmal im Frieden dieses Land bereisen, einmal die Alpen ohne Kämpfe durchqueren, am Lagazuoi, meinem Kriegsberg, vorbei durch alle damaligen Fronten bis hinunter zum Mittelmeer.

Hinauf auf diesen Berg würde ich nicht mehr steigen. Lagazuoi, das waren Erinnerungen an eiskalte Nächte, an Dutzende von einer gewaltigen Lawine begrabene Kameraden, an Erfrierungen, an Blut und Tod.

Erst am Abend traf ich Hans wieder. Wir hatten uns im Gasthof Tirolerwirt nahe dem Stadtzentrum verabredet. Er war wie ausgewechselt. Während der Autofahrt war er angespannt gewesen, jetzt strahlte er voll Befriedigung. Wir tranken mehrere Gläser Villacher Bier, aßen einen Schweinsbraten. Sein Appetit war selten so groß gewesen.

Nach dem Essen weihte er mich in seine Pläne ein. Er wolle bald sein eigenes Büro für Innenarchitektur eröffnen. Er werde sich auf die Gestaltung von Hotels, Kaffeehäusern und repräsentativen Wohnungen spezialisieren. »Ich werde neben Lampen und Einrichtungen auch die Ausstattung mit Stoffen und Geschirr anbieten. Alles aus einer Hand.«

Das bewunderte ich an meinem Bruder: Seine Pläne und Ziele waren extensiv, ehrgeizig. Sie waren nur leider manchmal unrealistisch. Das Problem war diesmal nicht, dass er sich zu viel zutraute. Er wusste um seine Fähigkeiten, konnte sie mittlerweile richtig einschätzen. Der Fehler war, dass er die wirtschaftliche Lage nicht berücksichtigte. Die beginnende Wirtschaftskrise kalkulierte er nicht ein.

»Ist das dein Ziel, Innenarchitekt zu werden?«, fragte ich ihn. Hans sah mich mit weit geöffneten Augen an: »Es ist mehr als das. Es ist mein Weg in die Freiheit.« Ich wusste, was er meinte, dennoch wollte ich es aus seinem Mund hören. »Bei der Familie Trauner hast du diese Freiheit nicht?« Sein Blick verdunkelte sich, die Antwort blieb er mir schuldig. Stattdessen wich er ab, erzählte mir vom Werkbund, einer Vereinigung von Künstlern, Kunsthandwerkern und Industriellen, die es sich zum Ziel gesetzt hätten, schöne Waren mit hoher Qualität zu produzieren. »Sie verbinden das Schöne mit dem Geschäft. Besser geht es doch nicht«, sagte Hans und spielte mit seinem Bierglas. Der Werkbund, so erklärte er mir fast verschwörerisch, sei »der innere Kreis der gestalterischen Avantgarde«. Sie würden regelmäßig ihre Ideen bei Ausstellungen präsentieren, die nächste werde in diesem Sommer stattfinden. »Ich muss da hin, will mitbekommen, was jetzt en vogue ist.«

Was für ein Kontrast: Wir saßen in dieser rustikalen Gaststube und redeten über eine ästhetische Revolution. Alles rund um uns war traditionell – die dunklen, geschnitzten Holzbalken, die karierten Vorhänge, der massive Eichentisch. Ich blickte mich um. »Es ist gemütlich hier«, sagte Hans, als er es bemerkte. Und ich war verwundert. »Seit wann gefällt dir so etwas?« Er lachte. Natürlich gefalle ihm das. »Jede Zeit hat ihre Gestaltung. Auch diese Stube hat ihre Berechtigung.« Pervers sei nur, wenn heute diese alte Gestaltung imitiert werde. »Wir arbeiten längst mit anderen Materialien, anderen Techniken. Allein diese Umstände bedingen eine Veränderung.«

Aber brauche es nicht auch die Menschen, die das mittragen, warf ich ein. »Zuerst nicht, später schon«, sagte Hans. »Wenn wir jedes Mal auf die Geschmäcker eingingen, uns nur von ihnen leiten ließen, kämen wir nicht voran.«

Am nächsten Morgen ging es wieder heim nach Wien. Hans war in einer heiteren, gelösten Stimmung. Er ließ mich sogar ein Stück sein Auto lenken, machte Witze, lachte viel und sprühte vor Zuversicht.

22

»Das ist eine neue Dimension der Architektur, eine Revolution.« Hans erzählte mir einige Wochen später auf unserer zweiten Ausfahrt mit seinem Automobil von seinem Besuch bei der Werkbundausstellung 1930, die auf einem Gelände zwischen Kunstgewerbeschule und Wienfluss abgehalten worden war. Während sich meine düsteren Vorahnungen verdichteten, schien sein Optimismus ungebrochen.

Hans hatte Irmgard, Jakob und mich eingeladen, ein paar Tage mit nach Olmütz zu unserer Mutter zu fahren. Zu diesem Anlass lüftete er endlich vor der Trauner-Familie das Geheimnis um sein Automobil. Er holte den Austro-Daimler frühmorgens in der Heubergsiedlung ab, ließ uns einsteigen und wir fuhren gemeinsam in die Hasnerstraße.

Da standen dann alle um das stolze Fahrzeug. Adalbert wollte gleich am Steuer Platz nehmen, Paulina schlug freudig die Hände zusammen, nur Frau Trauner setzte einen skeptischen Blick auf. Wie Erika und Josef gab sie lange keinen Kommentar ab, dann war sie vor allem besorgt, ob Paulina und ihre Enkeltochter mit »diesem Gefährt« wohl wieder heil zurückkämen.

Hans wirkte wie von einer Last befreit, als wir eine Stunde später zu unserer kleinen Reise in die Tschechoslowakei aufbrachen. Ich durfte vorne neben ihm sitzen, im Fonds nahmen Irmgard, Paulina und die beiden Kinder Platz. Die Fahrt an diesem heißen Sommertag führte uns durch das Weinviertel an die tschechoslowakische Grenze, dann über Brünn, Wischau und Proßnitz nach Olmütz. Hans hatte das Verdeck geöffnet und die Kinder machten sich einen Spaß daraus, ihre Köpfe in den warmen Fahrtwind zu strecken.

Zweimal machten wir Pause – einmal in Poysdorf, wo wir in einem gemütlichen Gastgarten zu Mittag aßen, und dann jenseits der Grenze in Austerlitz, wo wir das Automobil auftanken mussten und uns danach auf einer nahen Wiese niederließen, um den mitgebrachten Kaffee zu trinken.

Ich war schon längere Zeit nicht bei unserer Mutter gewesen. Sie stand, als wir ankamen, mit ihren noch immer dichten grauen Haaren im Eingang des Hauses und schlug vor Freude die Hände zusammen. Gleich nahm sie Marie und Jakob in die Arme, drückte die beiden liebevoll an sich.

Unser einst stolzes Elternhaus etwas außerhalb der Stadt war mittlerweile in einem schlechten Zustand. An mehreren Stellen der Fassade bröckelte der Verputz ab und innen roch es modrig. Aber Mama hatte alles für uns geputzt, die Zimmer so schön wie möglich hergerichtet. Überall standen Blumen. Sie bemühte sich sehr um Paulina und Irmgard und klopfte Hans und mir ständig auf die Schultern. Aber mir entging nicht, dass ihre Gesundheit angeschlagen war. Sie konnte nicht lange stehen, hustete ständig und ihre Haut wirkte trotz des Sommers blass. Schon kurz nach unserer Ankunft tischte sie uns eine große Jause im Garten auf. Es war mittlerweile Abend geworden, und so verspeisten wir beim Schein einer Petroleumlampe einen Schinken, danach Buchteln und tranken dunkles, kräftiges Bier.

Am nächsten Morgen, als wir wieder im Garten saßen, sah Hans auf das Dach hinauf und bemerkte, dass einige der Dachziegel zerbrochen waren. »Das muss repariert werden, sonst regnet es herein«, sagte er voll Tatendrang. Schon kurz später zog er sich sein Hemd aus und stieg mit einer langen Leiter hinauf. Neben dem Schuppen hatte ich noch ein paar intakte Dachziegel gefunden, die reichte ich ihm und er wechselte sie gegen die schadhaften Ziegel aus.

Gerade als er mir einen der kaputten Dachziegel herunterreichte, brach unter mir eine Sprosse der Leiter und ich stürzte auf das Pflaster. Der Schmerz kam nicht gleich, dafür später umso heftiger. Bald schwoll das Bein an und ich konnte keinen Schritt mehr gehen. »Du wirst es dir gebrochen haben«, vermutete meine Mutter.

Noch am selben Vormittag brachte mich Hans zum Arzt. Es war ein alter Bekannter meiner Eltern, der einst mit meinem verstorbenen Vater in die Schule gegangen war. Er sah sich mein Bein an, plauderte über alte Zeiten und entschuldigte sich, dass er den Bruch nicht selbst verarzten könne. Weil er weder Schiene noch Gips hatte, musste ich weiter in das nahe Ambulatorium gebracht werden. Hans hievte mich in sein Auto und blieb die ganze Zeit an meiner Seite.

Am späten Nachmittag humpelte ich mit einem Gipsverband durch den Vorgarten unseres Elternhauses. Meine Mutter klopfte mir zur Begrüßung neuerlich auf die Schulter und brachte einen Karlsbader Becher-Bitter. »Ein Schluck zum Trost«, sagte sie und lächelte Hans und mich an. Erst jetzt bemerkte ich, dass Hans die letzten Stunden schweigsam gewesen war. Er hatte mir beigestanden, mich begleitet, aber über meinen kleinen Unfall kein Wort verloren. Und auch ich hatte die Zähne zusammengebissen, wenn der Schmerz kam, mit ihm kaum gesprochen. Brüder funktionieren manchmal so – sie helfen einander, machen sich Sorgen, ohne aber darüber zu reden.

Am nächsten Tag setzte sich die Unglücksserie fort. Die Kinder spielten im Garten, Jakob war sehr wild und Marie sehr neugierig. Gegen Mittag hörten wir ein lautes Schreien aus dem Nachbarsgarten. Beide waren, ohne dass wir es bemerkt hatten, durch ein Loch im Zaun hinüber zum Bauernhof gelaufen. Wie sie es geschafft hatten, dort alle beide in die Jauchegrube zu fallen, ist mir bis heute ein Rätsel.

Als wir sie um Hilfe rufen hörten, liefen Hans und ich rasch hinüber. Auch der Bauer war gekommen und schimpfte laut, was für »Fratzen« diese Kinder doch seien. Jakob gelang es bald, selbst aus der Grube zu klettern, aber Marie schlug um sich und sank immer tiefer. Wir reichten ihr ein Brett zum Festhalten, aber sie konnte es nicht fassen. Schließlich musste Hans in die Jauchegrube zu ihr steigen und sie retten. Das kleine Mädchen sah verängstigt aus, weinte aber nicht. Nur Jakob verzog sein Gesicht vor Ekel und übergab sich kurz später. Wir schleppten die beiden stinkenden Kinder zurück in Mutters Haus, wo sie von Irmgard und Paulina gründlich in einem großen Waschtrog gewaschen wurden.

Als auch Hans wieder sauber und in frischem Gewand im Garten stand, bot er mir eine Zigarre an. Wir rauchten sie unter dem Birnbaum und lachten über all die Missgeschicke. »Deine Tochter ist wie du«, sagte Paulina im Vorbeigehen zu meinem Bruder. »Die verschwindet auch plötzlich und macht lauter Unsinn.« Hans sah mich entgeistert an. »Wie meint sie das?«

Das Pech ließ nicht locker. Auf der Rückfahrt von Olmütz nach Wien platzte uns ein Reifen. Hans und ich arbeiteten lange, bis es uns gelang, das Reserverad zu montieren. Deshalb kamen wir erst spätnachts an. Wir waren alle erschöpft, als er in die Hasnerstraße einbog und das Automobil abstellte. Die Kinder waren auf den Rücksitzen längst eingeschlafen.

Frau Trauner saß schlaftrunken auf einem Sessel im Hof vor der Werkstatt. Sie habe bereits stundenlang auf uns gewartet, erzählte Adalbert. Ich wusste von Paulina, dass sie sich immer die schrecklichsten Dinge ausmalte. Als sie mich mit meinem eingegipsten Bein herbeihumpeln sah, glaubte sie sich in ihren Vorahnungen bestätigt. »Ich hätte euch nicht wegfahren lassen sollen. Ich hab's g'spürt, es wird ein Unglück geben«, rief sie uns in vorwurfsvollem Ton zu. Mittlerweile war sie aufgestanden, hielt sich etwas wackelig auf den Beinen. Sie war überzeugt, wir hätten einen Unfall mit dem Automobil gehabt und ließ sich auch von Paulina nicht beruhigen. Immer wieder sprach sie von der »Schnapsidee«, so ein Fahrzeug zu kaufen.

Als ich ihr zu erklären versuchte, dass ich in Olmütz von einer Leiter gefallen sei, hörte sie nicht zu. Sie hatte ihr Urteil gefällt, war nicht bereit, es zu revidieren. Hans ließ das alles ohne Kommentar über sich ergehen. Er brachte das Gepäck rasch hinauf in die Wohnung. Dann bot er sich an, uns heim auf den Heuberg zu fahren. Ich glaube, es kam ihm gelegen, rasch wieder verschwinden zu können.

23

Hans war für den nächsten Großauftrag nach Graz gereist. Er sollte alle elektrischen Leuchten und Teile der Einrichtung für das Grandhotel Elefant entwerfen. Obwohl die Jahre des Aufbruchs vorbei waren, gingen seine Geschäfte noch immer gut. Er kostete weiterhin die Reisen in andere Städte aus, besuchte dort Theatervorstellungen oder unternahm mit seinem Austro-Daimler kleine Ausflüge.

Einmal, es muss im Herbst 1930 gewesen sein, traf ich ihn im Schweden-Café. Hans kam mir dünner vor, er rauchte viel und seine Gesichtsfarbe wirkte fahl. Er erzählte mir, dass er daran gescheitert sei, Frau Trauner die Angst vor dem Automobil zu nehmen. Sie habe Paulina strikt verboten, noch einmal mit ihm mitzufahren.

Um ihr Vertrauen zu gewinnen, hatte er sie zu einer gemeinsamen Ausfahrt in die Wachau überredet. Er wusste, wie sehr Paulinas Mutter die Gegend um Dürnstein liebte und dass sie seit vielen Jahren nicht mehr dort gewesen war. Zuerst schien sie daran interessiert, aber als der Tag näher rückte, suchte sie nach Ausreden. Erst nachdem Paulina und Adalbert behutsam, aber unablässig auf sie eingeredet hatten, habe sie sich in den Wagen gesetzt. »Sie hat die ganze Fahrt kein Wort gesprochen«, erzählte Hans. Gerne hätte er mit ihr ein wenig über seine Pläne für die Werkstatt geredet, aber das sei unmöglich gewesen. »Ich sprach sie an, sie schwieg. Ich sprach sie wieder an, sie schwieg.«

Sie fuhren entlang der Donau, dann eine Runde durch Dürnstein. »Der Tag war fast wolkenlos«, erzählte Hans. Bei einer Weinschenke sei er stehen geblieben, aber seine Schwiegermutter wollte keinen Bissen essen. »Sie hat nur ein Glas Wein getrunken und gestöhnt.« Als es zurück nach Wien ging, wirkte sie noch ängstlicher. »Und wieder hat sie geschwiegen.« In der Hasnerstraße stieg sie aus dem Automobil, sagte »Danke« und verschwand ohne Abschiedsgruß in ihre Wohnung. Paulina habe ihm später erzählt, dass ihrer Mutter die ganze Zeit übel vor lauter Angst gewesen sei.

»Sie hat nun vor allem Angst «, erzählte Hans. »Vor Fahrzeugen jeder Art, vor einem neuen Krieg, ja sogar vor Essen, das sie nicht kennt.« Einmal habe er ihr aus einem Delikatessengeschäft in Villach einen italienischen Käse mitgebracht. Doch Paulinas Mutter weigerte sich, ein Stück davon zu kosten. »Ist der Käs' von den Katzelmachern?«, habe sie gefragt und den Kopf geschüttelt.

Als Hans kurz auf die Toilette ging, kam Annemarie an den Tisch. Sie sah mich ernst an und meinte, ich müsse auf meinen Bruder aufpassen. Er sei fast jede Nacht unterwegs, gebe Unmengen an Geld aus und tröste sich mit jungen, schönen Frauen. »Ich glaube, er ist sehr unglücklich«, sagte sie und richtete dabei das Tischtuch gerade.

Damals nahm ich ihre Warnung nicht ernst. Ich war der festen Überzeugung, die Niedergeschlagenheit meines Bruders hänge nur damit zusammen, dass er sich von der Trauner-Familie missverstanden fühlte. All seine Bemühungen, das von sich aus zu verbessern, waren misslungen. Wahrscheinlich sei er nur frustriert, dachte ich.

Noch einmal zog Hans Anfang 1931 einen Großauftrag an Land: die Neugestaltung des Hotel Ritter in Salzburg. Erneut war er viele Wochen nicht in Wien. Er genoss die Abwechslung und war meist gut gelaunt, wenn er von der Baustelle zurückkehrte.

An einem Samstag passte ihn Frau Trauner nach einer dieser Reisen ab. Sie müsse mit ihm reden, sagte sie. In seinem Büro seien sie lange zusammengesessen, erzählte er mir. Paulinas Mutter sprach ihn auf den drohenden Zusammenbruch der Credit-Anstalt an, die Hausbank vieler Unternehmer, auch der Werkstatt. Er habe versucht, ihre Ängste zu zerstreuen. Als viele Bankkunden in der Woche darauf aber begannen, ihr erspartes Geld abzuheben, habe er begriffen, wie ernst die Lage sei. »Das hat uns gerade noch gefehlt«, sagte Hans und sah mich mit einem Blick müder Verzweiflung an.

Der Regierung gelang es nur mühsam, die große Bank zu retten. Sie nahm dafür hohe Staatsschulden in Kauf. Bis dahin gingen viele Betriebe dennoch Bankrott. Woche für Woche stieg die Zahl der Arbeitslosen. Das Einzige, das noch Hochkonjunktur hatte, waren die Aufmärsche der paramilitärischen Gruppen – der rechten Heimwehr, des Republikanischen Schutzbunds und der Sturmverbände der Nationalsozialisten.

Frau Trauner und ihr Schwager Adalbert drängten Hans dazu, Mitarbeiter zu kündigen, die Ausgaben zu reduzieren. Hans wehrte sich dagegen, musste aber letztlich klein beigeben. »Es war falsch«, war er noch Wochen danach überzeugt, denn mit der geringeren Anzahl von Mitarbeitern konnte er keine Großaufträge mehr übernehmen. »Wenn alle Unternehmen so reagieren, fährt die gesamte Wirtschaft in den Abgrund«, ärgerte er sich bei unserem für lange Zeit letzten Wiedersehen im Schweden-Café.

Über ein halbes Jahr lang war er für mich verschwunden. Ich weiß nicht, was der Grund dafür war, er meldete sich einfach nicht, reagierte auf keine meiner Versuche, ihn zu kontaktieren. Nur ein einziges Mal in diesen Monaten sahen wir Paulina. Sie erzählte, dass Marie an Scharlach erkrankt war. Die

Krankheit hatte sich in diesem Jahr in der Stadt ausgebreitet. Ihre Wohnung sei desinfiziert, Marie trotz ihres Alters allein im Infektionstrakt des St. Anna Kinderspitals isoliert worden.

»Wir durften ihr nur noch von draußen, vor dem Gebäude aus zuwinken«, erzählte Paulina. Zur vereinbarten Besuchszeit standen viele der Eltern vor dem Spital und schauten hinauf zu den Fenstern, oben standen ihre Kinder hinter den Fenstern. Viele weinten, manche winkten, andere starrten nur vor sich hin. »Es war ein schreckliches Gefühl, als Marie auftauchte und ganz verloren zu uns heruntersah.« Hans habe seinen Aufenthalt in Salzburg unterbrochen und sei umgehend nach Wien gereist. »Er stand jeden Tag neben mir vor dem Krankenhaus.«

Paulina wirkte ernst und bedrückt, aber es gelang ihr auch diesmal, das Thema zu wechseln, wenn uns das Gespräch zu ihrer Beziehung mit Hans oder zu ihrer Familie führte. Nur einmal beschwerte sie sich über ihre Tante Erika, die so »schrecklich radikal« geworden sei. Sie beteilige sich nun an der Organisation von Tanzabenden der Nationalsozialisten. Dort würden ausschließlich Volksmusik gespielt und fast alle Frauen trugen Dirndl. »Könnt ihr euch die ungelenke Erika vorstellen, wie sie dort herumschunkelt?«

Gegen Jahresende 1931 spazierte ich mit Irmgard durch das Stadtzentrum. Jakob war bei einem seiner Schulfreunde eingeladen und wir hatten erstmals wieder einen Abend für uns. Irmgard war nachdenklich, sie war überzeugt, es werde einen Bürgerkrieg geben. Selbst in der Sozialdemokratischen Arbeiterpartei seien alle ganz verrückt. Jeder rede nur noch von der Aufrüstung des roten Schutzbundes.

Wir kamen an einer Litfaßsäule vorbei, an der Ankündigungen für Veranstaltungen hingen. Mitten darunter warb ein Plakat für den Kinofilm »Im Westen nichts Neues«. Es zeigte Soldaten auf einem Schlachtfeld. Einige wurden von Schüssen getroffen, stürzten zu Boden, andere rannten mit ihren Gewehren weiter voran. Darüber der Kopf eines Soldaten mit Stahlhelm. Er sah ernst auf das Geschehen herab. Sein Mund war nicht zu sehen. Denn quer über das Plakat war ein Papierstreifen geklebt: »Abgesagt!« Irmgard wusste, dass die Regierung den Antikriegsfilm verboten hatte. »Warum?«, fragte ich. »Sie haben kein Interesse daran, die Militarisierung und Verherrlichung des Krieges infrage zu stellen«, antwortete sie. Mich durchzog ein Schaudern.

Bis zu diesem Tag hatte ich Irmgard noch nie von meiner Zeit im Krieg erzählt, aber nun begann ich. Mir fiel der gefangene Italiener ein, den unsere Soldaten kopfüber in einen Pferdetrog gesteckt hatten. Die Kameraden lachten und hielten ihn so lange unter Wasser, bis sein hilfloses Strampeln aussetzte. Erst als einige von ihnen registrierten, was sie angerichtet hatten, wurden sie ernst. Einer unserer Offiziere versetzte dem Toten einen Tritt. Da rutschte er aus dem Trog und kam rücklings vor uns zu liegen. Es war ein schlanker junger Mann mit dunklen Haaren und kantigem Gesicht. »Bringt das Dreckstück weg«, befahl uns der Offizier.

Gemeinsam mit einem Kameraden musste ich den Italiener ein Stück abseits unserer Stellung begraben. Als das Loch tief genug war und wir ihn hineinlegten, fiel mein Blick auf seinen offenen, verzerrten Mund. Weiße Zähne, eine verschwundene Zunge. Sein Todeskampf schrie mir entgegen, als wollte er noch immer nach Luft schnappen. Ich konnte ihn nicht so begraben, konnte keine Erde in seinen geöffneten Rachen schütten. Deshalb nahm ich mein Taschentuch aus der Brusttasche, stieg in das Grab und bedeckte sein Gesicht.

24

Es war ein Zufall, dass ich ihn so sah. Ich hatte nach der Schule beschlossen, zu Fuß von der Josefstadt über Ottakring hinauf zur Heubergsiedlung zu gehen. In der Neulerchenfelder Straße bog ich zum Brunnenmarkt ab, um noch ein wenig Obst einzukaufen. Dort, auf einer Bank unter einem Baum, saß eine zusammengekrümmte Gestalt. Es war mein Bruder.

Aus seinem Gesicht war aller Glanz gewichen, seine Augen starrten auf den Boden. Als ich mich neben ihn setzte, erkannte er mich nicht gleich. Erst als er mich direkt ansah, grüßte er ohne Lächeln. »Mir geht es erbärmlich«, sagte er und krümmte sich nach vorne.

Jetzt erst bemerkte ich, wie er am ganzen Leib zitterte. Er war noch mehr abgemagert. »Hans«, fragte ich, »was ist los mit dir?« Er zeigte auf seinen Bauch. »Krämpfe, schreckliche Krämpfe«, flüsterte er so leise, dass ich es kaum hören konnte. Immer wieder gingen Wellen durch seinen Körper. Manchmal schloss er die Augen und es befiel ihn ein starker Schüttelfrost. Dann war es wieder besser. Doch es kam wieder – die nächste Welle. Seine Finger ballten sich zur Faust. Der nächste Schüttelfrost. »Hast du das öfters?«, fragte ich ihn. Er blickte mich verzweifelt an und nickte.

Es dauerte eine gute Stunde. Hans wollte nicht weg von der Parkbank, schon gar nicht nach Hause in die Hasnerstraße. Nur langsam erholte er sich, ließen die Krämpfe nach. Er zündete sich eine Zigarette an und lächelte mir zaghaft zu. »Danke, dass du da bist.« Hans drückte meine Hand und machte sich bereit, aufzustehen. Er werde noch eine Runde spazieren, das tue ihm gut. Dann drängte er zum Abschied. »Jetzt schaffe ich es schon.« Noch immer war er schwach auf den Beinen. »Ich begleite dich«, schlug ich vor. Aber er winkte ab. »Ich will jetzt allein sein.«

Gegen Abend rief ich in der Werkstatt an, um mich zu erkundigen, ob er gut heimgekommen sei. Aber niemand wusste, wo er war. »Nein, der ist den ganzen Tag nicht hier gewesen«, sagte Adalbert. Am nächsten Tag, gegen Mittag, rief ich nochmals von der Schule aus an. Da hob Hans selbst ab. Es gehe ihm gut, beruhigte er mich und meinte, dass es schön wäre, wenn wir uns bald im Café am Schwedenplatz wiedersehen könnten.

Ich glaubte zuerst, sein Körper rebellierte nur gegen alle Zwänge und Widersprüche, in die er sich verwickelt hatte. Doch das war nur ein Teil des Problems. Hans konnte viel überspielen, sich vieles schönreden. Aber damals brach mehr als nur seine herbeigeträumte Welt aus Luxus, Schönheit und Erfolg zusammen. Seine Ideale, sein erträumter Aufbruch zerschellten an der politischen Realität. Bei unserem Wiedersehen in seinem Stammcafé vertraute er mir seine Verzweiflung an. Erstmals nach langer Zeit redete er offen mit mir, statt sich zu verstellen.

Natürlich belasteten ihn die finanziellen Probleme, die schwierige Situation in der Hasnerstraße. Er sah kaum noch Chancen, die Werkstatt aus eigener Kraft zu retten. »Die Trauners geben mir keinen Spielraum mehr, das zu schaffen. Sie arbeiten ständig gegen mich.« Mittlerweile hätten sogar manche der Handwerker keinen Respekt mehr vor ihm. »Erika mischt sich in alles ein, jetzt hat sie auch noch die alte Frau Trauner gegen mich aufgebracht.«

Aber das war noch nicht alles, versicherte er. Da sei noch dieser Brief von Sonja Kupfer aus Berlin. Das Schreiben seiner Geliebten aus den Bauhaus-Tagen, das er mich lesen ließ, enthielt eine verzweifelte Schilderung. Seit die Nationalsozialisten im Deutschen Reich an der Macht seien, erzählte Sonja, herrsche Unterdrückung für alle, die anders denken oder anders sind. »Die Menschen werden all ihrer Freiheiten beraubt.« Wer nicht wie die Machthaber denkt oder nicht deren Rassenideal entspricht, werde verfolgt oder eingesperrt. Die Nazis gingen gegen alle Ziele vor, für die das Bauhaus und seine Studenten standen: Neuaufbrüche in der Kunst, internationaler Austausch, eine moderne, offene Gestaltung, das Durchbrechen einengender Traditionen am Theater, in der Musik und auch in der Architektur. »Alles vorbei!« Nachdem die rechten Parteien das Bauhaus aus Weimar vertrieben hatten, arbeiteten die Nationalsozialisten nun auch in Dessau an der Schließung der Lehranstalt. Das Bauhaus, so schrieb Sonja, widerspreche all dem, was die Nazis vertreten. Es stehe für einen freien Geist, eine freie Kunst, für Experimente, Toleranz und Vielfalt.

Für Hans, der sich gegen alles Politische stemmte, war diese Nachricht die Bestätigung seiner Ängste. »Die Deutschen waren uns immer ein Stück voraus. Im Guten wie im Schlechten. Jetzt pressen sie Kunst und Kultur in eine Zwangsjacke. Sie nehmen uns die Luft zum Atmen. Und alle machen mit – die Trauners bei mir in der Hasnerstraße, die Menschen mit ihren Märschen auf der Straße. Alle laufen in die falsche Richtung.« Mein Bruder vertraute mir an, dass er erwogen hatte, nach Berlin zu ziehen, dort sein eigenes Atelier aufzubauen. »Aber nun ist mir auch dieser Ausweg versperrt.«

Es war das Ende des Aufbruchs. Die Begeisterung für das Neue wich einer breiten Sehnsucht nach Althergebrachtem. Schon war unübersehbar, dass immer weniger Jazz gespielt wurde, die Zahl der internationalen Filme in den Kinos zurückging. Sie waren volkstümlicher Musik und seichten Heimatfilmen gewichen. Und zuletzt musste auch noch die von

Hoffmann aufgebaute Wiener Werkstätte, das Flaggschiff des österreichischen Kunstgewerbes, schließen. Es gab zu wenige Kunden, hieß es, die sich die modernen Produkte noch leisten wollten.

Als in diesen Tagen auch noch die Nachricht vom überraschenden Tod unserer Mutter eintraf, entglitt Hans in eine depressive Krise. Seit wir erwachsen waren, hatte ich ihn nie weinen gesehen. Ich fand ich ihn zusammengesunken auf seinem Sessel im Büro. Er hatte wieder seinen weißen Arbeitsmantel an. Mit den Ärmeln wischte er sich Tränen aus dem Gesicht. Er brachte kein Wort heraus, starrte nur verloren gegen die Wand.

Erst nach langen Minuten fragte er mich: »Wie ist sie gestorben?« Ich erzählte ihm, was ich wusste: »Ein Nachbar hat sie tot im Garten gefunden. Sie ist zwischen den Obstbäumen gelegen, dort, wo wir alle im vergangenen Sommer noch gesessen sind und gefeiert haben.«

Wenige Tage später brachen wir nach Olmütz zum Begräbnis auf. Hans war während der Autofahrt kaum ansprechbar. Nur einmal erzählte er mir, dass ein Großkunde der Werkstatt in Konkurs gegangen sei. Die bestellten und bereits montierten Beleuchtungskörper seien nicht mehr bezahlt worden, deshalb habe er einen Kredit aufnehmen müssen. »Sonst wäre es nicht mehr möglich gewesen, die Löhne zu bezahlen.«

Bei der Rückfahrt nach Wien mussten wir stehen bleiben, Hans war schwindelig und schlecht geworden. Er hatte bei der Trauerfeier keinen Bissen hinuntergebracht. In den Stunden, die wir mit unseren Verwandten und den engsten Freunden unserer Eltern verbrachten, hatte er all seine Verzweiflung überspielt, hatte mit fast jedem der Anwesenden geredet, schien aufmerksam und einfühlsam. Aber als wir wieder allein waren, brach seine mühsam errichtete Fassade zusammen.

Er stellte das Automobil am Straßenrand ab, stieg aus und

legte sich flach ins Gras. Sein Gesicht war fast weiß. Ich kaufte ihm in einem Gasthaus eine große Limonade und ein Stück Kuchen, damit er wieder zu Kräften kam, doch er lehnte ab. »Ich möchte nichts.« Erst nachdem ich ihm zugeredet hatte, richtete er sich auf, nahm ein paar Schlucke aus der Flasche, weigerte sich aber weiterhin, einen Bissen zu essen.

Es verging sicher eine Stunde oder mehr, während der wir am Straßenrand saßen, in die Felder starrten. Irgendwann wandte er sich zu mir. »Wohin jetzt?«, fragte er mit einem müden Blick. »Nach Hause«, antwortete ich. »Wo ist das?«, flüsterte er.

25

Es war bezeichnend für Hans, dass er bald wieder alle Kraft einsetzte, diese für ihn so schmerzliche Lage zu übertünchen. Wie ein Drogenkranker erhöhte er die Dosis schöner Reize, zog Nacht für Nacht durch die Bars von Wien, war Stammgast privater Feste. Er tauchte in eine Gesellschaft schöner Menschen ein, von denen viele genauso verloren waren wie er. Sie lenkten sich ab, tanzten und tranken, stemmten sich gegen eine Zukunft, die nicht mehr ihre war.

Von seinen Eskapaden erfuhr ich wieder von Annemarie. Nach einem Vortrag in der Geographischen Gesellschaft besuchte ich mit meinem Kollegen Ernst Nußbaumer das Schweden-Café. Wir sprachen gerade vom Putschversuch der Heimwehr. Sie hatte in der Steiermark mehrere Ortschaften besetzt, scheiterte aber daran, mit anderen Landesverbänden in die Bundeshauptstadt einzumarschieren. Da kam Annemarie an unseren Tisch. Sie nahm die Bestellungen auf und bat mich um ein Gespräch unter vier Augen, sobald ich Zeit dafür hätte.

Noch eine Weile unterhielt ich mich mit Nußbaumer über die Hintergründe des vereitelten Putsches. Es seien die engen Verbindungen der regierenden Christlichsozialen zur Heimwehr gewesen und ihr mäßigender Einfluss, die den Marsch auf Wien vereitelt hätten, war er überzeugt.

Als Nußbaumer nach Hause aufbrach, suchte ich Annemarie im ganzen Café. Ich hatte nicht bemerkt, dass die Sperrstunde längst vorüber war. Als sie nun aus der Küche trat, hatte sie sich bereits umgezogen. Sie trug einen langen dunkelblauen Mantel, dessen Kragen hoch aufgestellt war. Vor dem Café schlug sie mir vor, sie noch ein Stück auf ihrem Heimweg zu begleiten.

Es war ein kühler Abend, die Straßen waren fast leer. Wir gingen schon eine Weile nebeneinander her, da begann sie zu reden. »Ich mache mir Sorgen um deinen Bruder«, sagte sie und senkte den Kopf. Er habe völlig den Boden unter den Füßen verloren. Früher sei er oft mit Kollegen von der Kunstgewerbeschule im Café gesessen, habe über seine Projekte philosophiert. »Jetzt sitzt er nur noch mit jungen Schauspielerinnen und seltsamen Bekannten zusammen. Die reden nicht mehr über g'scheite Dinge, die sind nur noch völlig überdreht, machen ganz seltsame Späße«, sagte Annemarie und verdrehte dabei die Augen. Immer wieder sei auch Lizzi Mitterbacher, die berühmte Schauspielerin, bei ihm, mit ihr treffe er sich meist allein. »Ich denke mir, der hat doch eine liebe Frau und ein Kind. Wohin soll denn das führen?«

Ich hörte mir Annemaries Klage an, wandte dann aber ein, dass ich meinem Bruder nicht gut vorschreiben könne, was er tun oder lassen solle. Da sah sie mich enttäuscht an. »Aber er wird Schaden nehmen. Der gibt derzeit so viel Geld aus, das wird er sich bald nicht mehr leisten können.« Sie erzählte von Champagnerrunden und riesigen Rechnungen von bis zu hundert Schilling, die er allein im Schweden-Café bezahlt habe. »Dann geht er aber noch in die Femina oder in eine der anderen Bars.« Manchmal sei er mit derselben Gruppe, mit der er abends weggegangen sei, frühmorgens zum Frühstück wieder da. »Und wieder lädt er alle ein.«

Ich wollte nicht eingreifen. Heute weiß ich, das war ein Fehler. Vermutlich wäre ich der Einzige gewesen, der es hätte schaffen können, ihn zur Vernunft zu bringen. Wir waren uns in den Monaten davor noch einmal nahegekommen. Ich wusste, dass er mir vertraute. Doch ich schätzte das Ausmaß seiner Probleme falsch ein. Ich dachte, all das würde bald vorbeigehen. Er würde von selbst zur Ruhe kommen, die Exzesse beenden, mit seinen guten Verbindungen und seinem Fleiß die finanzielle Lage der Werkstatt in absehbarer Zeit wieder ins Lot bringen.

Knapp vor Weihnachten vereinbarte Irmgard ein Treffen mit Paulina, Marie und Hans. Wir wollten Weihnachtsgeschenke für die Kinder austauschen. Doch dann kamen Paulina und Marie allein mit einem Autotaxi zu uns. Hans ließ sich entschuldigen, er habe zu tun. Keiner von uns machte sich darüber weiter Gedanken. Paulina zeigte Irmgard ihren neuen Wintermantel. Ein edles Stück mit Pelzkragen. »Den hat mir Hans vor Kurzem geschenkt«, sagte sie stolz.

Es wurde ein gemütlicher Nachmittag. Draußen fielen die ersten Schneeflocken und im Raum war es wohlig warm. Jakob weigerte sich zuerst, mit Marie zu spielen, doch bald setzte er sich doch zu ihr auf den Boden und brachte sogar seinen geliebten Stoffhasen aus dem Zimmer. Ich legte eine Schallplatte von Jack Payne auf, die ich mir gerade erst gekauft hatte. Es war »Good Night Sweetheart«. Die Musik war fröhlich schwungvoll. Ob sie noch manchmal daheim mit Hans tanze, erkundigte sich Irmgard, aber Paulina schüttelte den Kopf. »Leider nicht mehr«, sagte sie. Das habe ihr viel Spaß gemacht, doch Hans sei nur noch selten abends daheim.

Irgendwann im Laufe des Nachmittags erwähnte Paulina beiläufig, als würde es sie nichts angehen, dass die Luster-Werkstatt in finanzielle Nöte geraten sei. Nach dem Ausbleiben von Zahlungen eines Großkunden seien auch noch einige Aufträge storniert worden. Aber das werde sich bald wieder ändern, sagte sie mit übertriebenem Nachdruck. Sie sah in diesem Moment verloren zu den Kindern, so als ahnte sie schon, dass sich nichts mehr zum Guten wenden würde.

Zufällig traf ich einige Tage später auf meinem Heimweg Adalbert, der mir schilderte, dass die Situation in der Hasnerstraße weit ernster war, als sie uns Paulina beschrieben hatte. Nach dem Ausbleiben der Aufträge und der Kündigung mehrerer Mitarbeiter seien erneut riesige Rechnungen aufgetaucht, die Hans in den vergangenen Monaten bei seinen Reisen verursacht hatte. Er hatte niemanden informiert, dass er einen Kredit aufnehmen hatte müssen, um die Löhne zu bezahlen. Sein Austro-Daimler, den er rasch verkaufte, brachte nicht genug Geld ein, um den Schaden ausreichend zu mindern. Dazu kamen Großbestellungen für Edelmetalle, die nicht beglichen waren. »Vielleicht müssen wir sogar Konkurs anmelden«, sagte Adalbert. Er blickte mich zum Abschied vorwurfsvoll an. »Mit deinem Bruder haben wir uns wohl ein Kuckucksei hereingesetzt.«

Eines Abends kam Hans mit einer Bitte zu mir. Er würde gerne unser Elternhaus in Olmütz verkaufen, sagte er. Es sei zwar in einem schlechten Zustand, aber das Grundstück sei doch einiges wert. Er habe es schätzen lassen und wir könnten mit achtundzwanzigtausend Schilling rechnen. Wenn ich einverstanden sei, würde er den Verkauf veranlassen. Das Geld könnten wir dann teilen – »brüderlich«, versprach er.

Mir war der überhastete Verkauf nicht recht, aber ich wollte mich nicht dagegen sperren, ihm aus seiner schwierigen Lage zu helfen. Er müsse der Werkstatt unter die Arme greifen, argumentierte er.

26

Vielleicht hätte alles noch gerettet werden können. Doch Hans setzte sein kostspieliges nächtliches Leben wider jede Vernunft fort. Annemarie behielt letztlich mit all ihren Befürchtungen recht: Innerhalb weniger Monate gab Hans nicht nur ein Vermögen aus, er stürzte sich auch in eine neue Liebesaffäre. Es war die Schauspielerin Lizzi Mitterbacher, von der mir Annemarie bereits erzählt hatte, die eben vor dem Sprung zu einer großen Filmkarriere stand.

Eines Tages lernte ich sie im Café kennen. Ich war mit Hans allein verabredet gewesen, doch dann waren wir zu dritt. Mir schien, er war so stolz auf seine Eroberung, dass er sie mir präsentieren wollte.

Sie war tatsächlich eine wunderschöne Frau, groß gewachsen mit einem ausdrucksvollen Gesicht. Wir saßen an einem kleinen Tisch, der eigentlich nur für zwei Personen vorgesehen war. Lizzi hielt ihre Beine seitlich über die Bank, um nicht einen von uns – vielleicht den Falschen – unter dem Tisch zu berühren. Lizzi hatte eine gewisse Ähnlichkeit mit Paulina. Auch sie trug eine blonde Wasserwellen-Frisur, hatte aber ein etwas runderes Gesicht mit strahlenden, weit auseinanderstehenden hellgrauen Augen, die ihrem Blick große Intensität verliehen.

Lizzi hatte Humor und liebte es, sich mit Anekdoten in Szene zu setzen. Wir unterhielten uns eine Weile über die Einführung des Tonfilms. Ihr gelang es immer wieder, die Dramaturgie ihrer Erzählung durch exakte Betonungen zu steigern, eine stimmliche Akrobatik, die jeden zum Zuhören zwang, ob er wollte oder nicht.

»Mir geht es viel besser – auch gesundheitlich«, sagte Hans, als Lizzi kurz aufgestanden war. »Sie tut mir gut.« Meine Einwände, wohin diese Beziehung führen solle, wischte er weg. »Was willst du?«, zischte er mich an. »Soll ich aufhören zu leben? Nur noch brav in der Hasnerstraße dahinvegetieren, wie ein Ackergaul, den eine ganze Familie an den Zügeln hält?«

Als Lizzi bereits aufgebrochen war, erzählte er mir, wie er sie kennengelernt hatte. Mir kam vor, er wollte sich mir erklären, all seine Begeisterung für diese Frau verständlich machen.

»Sie ist mir aufgefallen, als ich eines Tages ins Café kam.« Lizzi sei bei einem voll besetzen Tisch gestanden. »Die Gruppe hat gelacht, aber ihr Lachen überstrahlte das der anderen. Nicht weil es lauter gewesen ist, sondern weil es so offen und fröhlich klang.« Hans zog an seiner Zigarette, legte dann eine Kunstpause ein, als wollte er den folgenden Worten noch mehr Gewicht schenken: »Sie hat ein helles Kleid getragen. Der Stoff fiel über ihre Knie wie Federwolken.« Einmal habe sie sich über die Späße ihrer Runde so sehr gefreut, dass sie sich wie ein Kind um ihre eigene Achse gedreht und geklatscht habe. »Das war so schön, so wunderbar schön.«

Er steigerte sich in ein Schwärmen, das mir peinlich war. Aber er war nicht zu stoppen, er erzählte vom ersten Blickkontakt und von einem Wiedersehen zehn Tage später. »Da habe ich sie angesprochen.«

Ich fragte ihn, ob er mit ihr die Nächte verbringe, wenn er nicht nach Hause komme. Er nickte. »Wir sind in einem Hotel hier in der Innenstadt. Ich hab dort Freunde und bekomme jederzeit ein gutes Zimmer.« Ob Paulina davon etwas ahne, fragte ich ihn. »Seit Jahren übernachte ich immer wieder auswärts, das ist ja schon ganz normal für sie«, antwortete er. »Außerdem will sie das gar nicht wissen.«

Ich war geschockt, wie offen er über seinen Ehebruch sprach. Gleichzeitig war mir nicht entgangen, dass er nach all seinen

Krisen wieder in einer Traumblase lebte. Einer, die stark genug war, ihn von seinen Schwierigkeiten abzulenken. Wohin aber sollte das führen? Es war keine Zukunft, nur eine Episode. »Sie ist eine Schauspielerin, sie wird viele Verehrer haben«, warnte ich ihn. Doch er lachte nur.

Am selben Tag nahm er mich zur Eröffnung der neuen Werkbundsiedlung am Rand von Wien mit. Siebzig Häuser von all seinen Idolen – Hoffmann, Frank, Loos, Strnad und vielen weiteren – waren dort errichtet worden. Wir waren eine gute Stunde mit der Straßenbahn bis zum Stadtrand unterwegs gewesen. Den Rest des Nachmittags verbrachten wir mit einem Rundgang und der Besichtigung der Häuser von außen und innen. Die Siedlung war eine vielfältige Komposition aus klaren Formen, stilvollen Möbeln und perfekt eingesetzten Farben.

Immer wieder wies mich Hans auf Details hin, auf gebogene Balkongeländer, auf Einrichtungsgegenstände in den Innenräumen. Er machte mich auf einen farbig lasierten Bugholzsessel und ein Sofa aufmerksam, das mit buntem Stoff bezogen war. In einem der Häuser zeigte er auf einen der Beleuchtungskörper – eine mattgläserne Kugel auf einer verchromten Stange. Die Leuchten in der gesamten Siedlung habe die Metallwerkstatt Kalmar hergestellt, erzählte er mir. Die habe weit konsequenter auf moderne Lichtkultur gesetzt als die Trauner-Werkstatt. Das sei nun ihr Lohn dafür.

Als wir uns auf den Heimweg machten, war Hans unruhig. Nervös klopfte er mit dem Finger gegen die Scheibe der Straßenbahn. So heftig, als wollte er kleine Löcher hineinschlagen. In der Wiedner Hauptstraße, nahe der Innenstadt stieg er aus. Er sei noch mit Bekannten verabredet, sagte er, obwohl ihm die Augen schon zufielen. Ich versuchte ihn zu überreden, heimzufahren, aber ohne Erfolg.

Mich überkam ein unangenehmes Gefühl. Was trieb ihn

nach unserem gemeinsamen Tag an, in das rauschende Nachtleben einzutauchen? Warum reichten die lange Aussprache mit mir, die Besichtigung der Häuser nicht aus? Es war ein erfüllter Tag gewesen. Was wollte er noch aus ihm herauspressen?

Ich sah ihm nach, wie er sich seine Krawatte richtete, das Sakko glattstrich. Dann ging er seiner Wege.

Nach diesem Tag hatte ich wenig Lust, ihn wiederzusehen. Ich wich ihm aus. Das war mein nächster Fehler. Selbst die Nachricht, die er mir zukommen ließ, ich möge ihn doch in der Nähe der Werkstatt treffen, ignorierte ich.

Hans schlitterte sehenden Auges in eine Katastrophe. Über Monate setzte er seinen Irrweg fort, sorgte lediglich dafür, dass der äußere Schein gewahrt blieb.

Obwohl er mittlerweile die Geschäftsführung der Luster-Werkstatt zurückgelegt hatte, gab er sich bei Banken noch immer als deren Chef aus. So kam er zu neuen Krediten, was seine und die Schulden der Werkstatt allerdings nur weiter ansteigen ließ. In der Hasnerstraße tauchte er nur noch selten auf, stattdessen vergnügte er sich bald jede Nacht.

Irmgard sah ihn einmal zufällig aus einem teuren Herrenmodengeschäft kommen. Im Gespräch erzählte er, dass er sich gerade einen neuen Anzug für den Winter gekauft habe. Kurz öffnete er das weiche Seidenpapier, um ihr den Stoff zu zeigen. Er habe sich das jetzt einfach gönnen müssen, sagte er.

27

Was dann geschah – wie Hans die Hasnerstraße verließ – weiß ich nur von Marie. Sie erzählte es mir bei unserem Wiedersehen viele Jahre später, 1949 im Café Prückel. Marie studierte damals Architektur an der Hochschule für angewandte Kunst, der ehemaligen Kunstgewerbeschule. Obwohl ich sie lange nicht gesehen hatte, erkannte ich sie sofort. Sie war eine hübsche junge Frau geworden, ausgesprochen gut gekleidet – modern mit einem Faltenrock und einem körperbetonten schwarzen Pullover. Wie einst ihre Mutter Paulina trug Marie eine Perlenkette um den Hals. Vielleicht war es sogar dieselbe, die Hans seiner Frau geschenkt hatte.

»Er war immer sehr lieb zu mir«, begann sie ihre Erzählung. »Er hat mir vorgelesen, mit mir Ausflüge unternommen.« Zu Hause sei die Stimmung oft angespannt gewesen, aber wenn sie gemeinsam unterwegs gewesen seien, sei er aufgetaut.

Marie erzählte mir von seinem Auszug aus der Hasnerstraße kurz nach ihrem siebenten Geburtstag, als hätte sie noch nie darüber gesprochen. Von dieser letzten Nacht, in der sie davon erwachte, wie eine Kiste an ihrem Zimmer vorbei geschoben wurde und kurz später die Tür in das Schloss fiel. »Dieses Klicken ist mir später immer wieder eingefallen, nachdem mir klar geworden ist, was es bedeutet hatte.«

Ihr Vater war immer seltener daheim gewesen, nun war er weg. Nein, er war nicht tot, er war verschwunden. Ein Streit ihrer Eltern, ganz leise am Abend geführt, sei wohl der Auslöser gewesen.

Am nächsten Morgen war die Familie verändert und ihr bevorstehendes Leben auch. »Ab heute hast du keinen Vater mehr«, sagte ihre Großmutter, die alte Frau Trauner. Maries Mutter, Paulina, war nicht ansprechbar. Fragen, ob er denn wiederkomme und warum er nicht mehr ihr Vater sei, wurden ihr nicht beantwortet. Das große Warum blieb einfach so stehen. »Ich habe den beiden diese Sprachlosigkeit nie verziehen.«

Maries Ärger konnte ich verstehen. Ein verschwundener Mensch ist kein verstorbener Mensch, der mit Trauerarbeit verabschiedet werden kann. Ein verschwundener Mensch lässt ohne die Beigabe von Hass und Zorn für seine Nächsten kein Ausweichen in ein neues Leben zu. Er ist, er lebt und ist dennoch nicht da. Das hatten Maries Mutter und ihre Großmutter nicht bedacht. Ihr Schweigen verschlimmerte alles für das kleine Mädchen.

Marie erzählte bei diesem Wiedersehen, wie sie immer wieder an ihn dachte, wenn sie als Kind am Nachmittag nach der Schule vom Fenster aus hinunter in den Innenhof sah. Dort war die Luster-Werkstatt, daneben sein ehemaliges kleines Büro mit dem Zeichentisch. Der Familienbetrieb in der Hasnerstraße ging nach der Übernahme durch Tante Erika und ihren Mann Josef weiter. Alles ging weiter, aber das war kein Trost. Manchmal sei sie erschrocken, wenn ihr auffiel, wie sie sein Bild in ihrem Kopf verlor. »Sie haben mir nicht einmal ein Foto von ihm gelassen.«

Für ihre Mutter war die Geschichte abgeschlossen. Die Trennung half ihr vermutlich, die aufreibenden Selbstzweifel und ihre tief sitzende Wut über seine Untreue aus den Gedanken zu vertreiben. Sie war bald in einem anderen Leben angekommen. Selbst als sie die Wohnung in der Hasnerstraße aufgaben, da die Großmutter wegen der hohen Schulden das gesamte Zinshaus verkaufen musste, und sie alle drei gemeinsam in eine kleine Gemeindewohnung zogen, nahm Paulina das mit Gleichmut hin.

»Sie haben alle die Geschichte hinter sich gelassen, nur ich konnte das nicht.«

Die Sonne war schon längst untergegangen, im Café Prückel waren alle Lichter angedreht, da erzählte mir Marie, dass sie ihren Vater weiterhin nicht aufgeben wollte. Als Kind habe sie immer fantasiert, wie sie ihn später einmal suchen würde. Sie wollte ihn zurück in die Familie bringen. Dann würde er eines Tages vor ihr stehen und alles könnte wieder gut werden. Er würde wieder auf dem Sessel im Nebenzimmer seine Skizzen anfertigen. Er würde die seltsamen Möbelstücke, die ihm so gefielen, in die Wohnung zurückstellen.

28

Es war Anfang 1933 und ich konnte von all dem noch nichts wissen. Viele Wochen waren seit dem Tag vergangen, an dem mir Hans seine Affäre mit Lizzi Mitterbacher gestanden hatte. Unser Kontakt war vollständig erloschen. Weil mir sein neuerliches Untertauchen keine Ruhe ließ, ging ich eines Tages in die Hasnerstraße, wo ich hoffte, ihn anzutreffen.

Ich stand lange vor dem offenen Tor, das in den Hof führte, und überlegte, was ich sagen sollte. Dann ging ich Richtung Werkstatt, sah durch das Fenster in Hans' Büro. Es war aufgeräumt. Auf dem Tisch lagen keine Unterlagen und auch keine Zeichengeräte. Als ich die Tür zur Werkstatt öffnete, sprach mich von hinten jemand an. Es war Frau Trauner.

Ich streckte ihr die Hand entgegen, aber sie nahm sie nicht, sondern verschränkte die Arme vor der Brust und fragte mich kühl, was ich hier suche.

In diesem Moment ging ein Regenschauer nieder. Wir stellten uns unter das kleine Vordach. Frau Trauner bot mir nicht an, in die trockenen Räume der Werkstatt einzutreten, sondern starrte mich schweigend an, wartete auf eine Antwort. »Ist mein Bruder vielleicht da oder Paulina?«, fragte ich und ahnte, dass etwas nicht in Ordnung war.

In diesem Moment stieß Adalbert zu uns. Auch er musterte mich argwöhnisch, ohne mir die Hand zu reichen. Frau Trauner presste einen Satz heraus, den ich bis heute nicht vergessen kann: »Es ist besser, wenn du jetzt gehst, Viktor. Dein Bruder ist nicht mehr da und er kommt hoffentlich auch nie wieder.«

Das Kartenhaus war endgültig zusammengebrochen. Ich fragte nochmals nach Paulina. Doch ich bekam keine Antwort, sondern Adalbert packte mich mit einem festen Griff am Oberarm und sagte: »Wir haben genug von euch. Das gilt auch für dich.« Er drehte mich Richtung Tor und gab mir einen spürbaren, wenn auch nicht schmerzhaften Stoß.

Ich war hier nicht mehr erwünscht, aber ich konnte nicht einfach gehen, stand nun mitten im Hof im Regen, mehrere Meter von ihnen entfernt. Noch einmal sah ich in die Augen der Schwiegermutter meines Bruders, die so verbittert und enttäuscht war. Dann sah ich auf Adalbert. Beide starrten mich weiter schweigend und feindselig an.

»Was ist denn geschehen?«, rief ich zu den beiden hinüber, obwohl ich mir einen Gutteil davon vorstellen konnte. »Was geschehen ist?«, wurde Frau Trauner nun ebenfalls laut. »Was geschehen ist?«, schrie sie. »Er hat alles, was wir hatten, vor die Hunde gehen lassen. Er hat unser Vertrauen schamlos missbraucht. Er hat meine Tochter betrogen, dieser Lump. Willst du noch mehr wissen?« Und dann setzte sie nach: Hans werde nie wieder über die Schwelle dieses Hauses treten. Er werde nie mehr Paulina oder seine Tochter zu Gesicht bekommen. »Dafür werde ich sorgen.«

Als das ausgesprochen war, änderte sich ihr Gesichtsausdruck. Sie sah nicht mehr verärgert, sondern bedrückt aus, drehte sich zu Adalbert und presste ihre schmalen Lippen zusammen.

Ich war schon sehr nass und muss auf die beiden einen erbärmlichen Eindruck gemacht haben. Vielleicht änderte sich deshalb Adalberts Tonfall. Ganz ruhig sagte er: »Geh jetzt bitte, Viktor. Du siehst ja, was dein Bruder angerichtet hat.«

In diesem Moment wurde mir bange. Ich begriff, dass dieser Abschied endgültig war. Ich sah noch einmal hinauf zur Wohnung von Paulina und Hans, wo wir so viel Zeit gemeinsam verbracht hatten. Irgendwo dort, hinter den Vorhängen, musste in diesem Moment auch Marie sein, meine kleine Nichte. Ihr liebes, fröhliches Wesen war mir ans Herz gewachsen. Was dachte sie jetzt von ihrem Vater, von mir, von Irmgard?

Der Heimweg war mir eine Qual. Es regnete weiter in Strömen, aber ich konnte nicht stehen bleiben. Ich stieg völlig durchnässt in eine Straßenbahn und drückte mich auf einen der hölzernen Sitze. Durch das Fenster verschwommen die Bilder der Stadt.

Stark sein!, feuerte ich mich wieder an. Aber ich konnte keinen klaren Gedanken mehr fassen. Warum hatte mein Bruder so viele Scherben hinterlassen? Warum war er nicht rechtzeitig zur Vernunft gekommen? Ich verstand die Enttäuschung der Trauners, Hans hatte sich bei ihnen eingenistet, hatte berufliche und familiäre Verantwortung übernommen und letztlich alle bitter enttäuscht.

Sie mochten Hans nun verachten, sie mochten ihn aus dem Haus gejagt haben. Aber ihren eigenen Anteil an dieser Katastrophe blendeten sie aus – wie sie ihn immer mehr ausgegrenzt, seine Fähigkeiten abgetan hatten und ihm nach und nach die Unterstützung versagt hatten.

Irmgard schlug sich rasch auf Paulinas Seite und hörte nicht auf, in immer neuen Tiraden Gift und Galle zu spucken. Für sie war Hans ein unverantwortlicher Egoist.

Sie war auch aus ganz anderen Gründen aufgewühlt. In der Sozialdemokratischen Arbeiterpartei wurde mit einem neuen Putschversuch gerechnet. Die Funktionäre erwarteten eine Machtübernahme durch die Heimwehr, aus deren Reihen der neue Bundeskanzler, der erst vierzigjährige Engelbert Dollfuß kam.

Irmgard bemühte sich damals mehrfach, Paulina und Marie wiederzusehen. Doch vergeblich. Paulina ließ sich verleugnen, ignorierte ihre Nachrichten. Einmal, es war im Frühling 1933, gelang es ihr, Paulina bei ihrer Arbeitsstelle im Rathaus abzupassen, doch die langjährige Freundin ging einfach an ihr vorbei, als wäre sie Luft. »Ich rief ihr immer wieder nach.« Dann blieb Paulina doch noch stehen, drehte sich um und fragte unfreundlich, was sie von ihr wolle. Irmgard erkundigte sich nach Marie und fragte, ob sie mit ihr auf einen Kaffee gehen wolle. Es habe viel Überredungsgabe gebraucht, aber letztlich willigte sie halbherzig ein.

Paulina habe kühl vom Bruch mit Hans erzählt, davon, dass ihre Mutter ihn aus dem Haus gejagt habe. Die von ihm verursachten Schulden seien immens gewesen – und dazu noch die Frauengeschichten. Sie sei froh, dass ihre Mutter das in die Hand genommen habe, denn sie hätte selbst nicht die Kraft dazu gehabt. Es sei ihr schlecht gegangen, auch gesundheitlich. Sie habe versprechen müssen, den Kontakt zu seiner Familie abzubrechen. »Sonst hat dieses Pack auch noch schlechten Einfluss auf unsere Marie«, hatte ihre Mutter gesagt.

Irmgard war wütend über diese Aussage. »Sie hat uns als ›Pack‹ bezeichnet«, ärgerte sie sich. Wie hatte Paulina das unwidersprochen lassen können? »Ich hab ihr gesagt: Viktor und ich können doch gar nichts dafür.« Aber da bekam sie keine Antwort. Paulina zuckte nur mit den Achseln.

»Wir haben uns vor dem Café verabschiedet. Jede ist in eine andere Richtung gegangen«, erzählte Irmgard. »Und Marie?«, fragte ich. »Die hat jetzt ihren Vater, ihren Cousin, ihren Onkel und ihre Tante verloren. Ziemlich viel für das arme Mädchen.«

29

Es ist schlimm, wenn Konflikte ausbrechen, tobende Emotionen auslösen. Schlimmer noch, wenn sie erstarren und verbranntes Land hinterlassen. Er war weg. Kein Lebenszeichen, kein Brief. Ich wusste nicht, wo Hans war. Er hatte so viel Verbitterung hinterlassen – auch bei mir. Das Schlimmste aber war, dass es unmöglich war, ihn damit zu konfrontieren. Er war wie vom Erdboden verschwunden.

Irmgard verkraftete den Bruch mit Paulina lange nicht. Immer wieder sprach sie von ihrem letzten Treffen. Vielleicht wollte sie sich selbst ablenken, indem sie sich für ihre Partei noch stärker engagierte. Sie verbrachte viele Abende in der Bezirksparteileitung, plante Widerstandsaktionen gegen die Regierung unter Bundeskanzler Dollfuß, der mittlerweile das Parlament ausgeschaltet, Versammlungen verboten und die Zensur eingeführt hatte.

Es war seltsam ruhig, als wir nach langer Zeit wieder zu einem Spaziergang in die Innere Stadt aufbrachen. Überall standen Polizisten – vor der Universität, vor dem Parlament, vor der Hofburg. Sie standen still da, reglos. Eigentlich bewegte sich niemand. Die Straßen waren fast leer.

Ich überredete Irmgard zu einem Besuch im Schweden-Café. So wie einst, bei meinem ersten Treffen mit Hans nach dem Krieg, gingen wir die Rotenturmstraße hinunter Richtung Kai. Die Auslagenscheiben der Geschäfte waren sauber geputzt, aber auch hier waren nur wenige Menschen unterwegs. Viele waren durch den gewaltlosen Umsturz verunsichert, blieben daheim.

Kurz später standen wir vor dem Café, in dem ich Hans so oft getroffen hatte. Für die warmen Tage war bereits der

Schanigarten vorbereitet. »Schön wäre es, wenn Annemarie da wäre«, sagte Irmgard, als wir eintraten. Kurz später kam die Kellnerin tatsächlich mit einem großen Tablett Kuchenstücken aus der Küchentür. Sie konnte nicht die Hand heben, lächelte uns aber zur Begrüßung zu. Es dauerte länger als üblich, bis sie unsere Bestellungen aufnahm.

Über Hans sagte sie vorerst nichts, schenkte mir nur einen ihrer vielsagenden Blicke. Dann brachte sie zwei Melange und die *Kleine Volkszeitung*. Sie breitete das Blatt ohne ein Wort zu sagen vor mir aus und deutete mit dem Finger auf eine Stelle der Seite. Ich wusste nicht, was sie wollte, sah sie wohl verstört an, aber sie wies nur erneut auf die Zeitung. »Lies selber«, sagte sie in ernstem Ton und ging davon.

Da stand in einer Annonce neben dem Theaterprogramm: »Warne jedermann, Hans Schemberg Geld oder Geldwerte zu geben, da wir für ihn nicht haften. Schemberg-Trauner, 16., Hasnerstraße.« Auch Irmgard las den Text und setzte eine verärgerte Miene auf. »Der hat sicher auch das Geld von eurem Elternhaus in der Tschechoslowakei verjuxt.« Mir wurde ganz heiß, denn daran hatte ich bisher nicht gedacht. Ich war davon ausgegangen, dass ich meinen Anteil nach der Abwicklung des Verkaufs erhalten würde.

Bevor Irmgard so richtig ausholen konnte, um erneut über Hans herzuziehen, stand schon wieder Annemarie vor unserem Tisch. Sie sah mich traurig an: »Jetzt ist alles noch schlimmer gekommen, nicht wahr?« Ich nickte nur und fragte, ob sie in den letzten Wochen irgendetwas von Hans gehört habe. »Nein«, antwortete sie und war verwundert, dass er auch mit mir keinen Kontakt mehr hatte. Vor drei Monaten, so erzählte Annemarie, habe sie ihn das letzte Mal gesehen. Er sei lange an seinem Tisch gesessen, habe kaum etwas gegessen und sehr niedergeschlagen gewirkt. »Ich hab ihn gefragt, was los ist, aber er wollte nicht reden und hat mich abgewimmelt.« Als wir etwas später das Café verließen, hielt mich Annemarie noch kurz auf. Sie sah mir in die Augen und bat mich fast flehend: »Bitte suche ihn, er ist doch dein Bruder.«

Irmgard und ich gingen schweigsam nebeneinander her. Sie hat keine Geschwister, kannte dieses Gefühl der gegenseitigen Verantwortung nicht. Aber dann sagte sie plötzlich: »Du weißt, was ich denke?« Ich ahnte es. »Wahrscheinlich bist du der Ansicht, ich sollte ihn nicht suchen.« Irmgard war in ihrem Ärger über Hans im Gegensatz zu mir frei von Ambivalenzen. Sie verurteilte ihn für all das, was er seiner Familie, aber auch uns angetan hatte. Doch sie antwortete: »Nein, Annemarie hat recht. Er ist dein Bruder. Du musst ihn suchen.«

Wo aber sollte ich damit beginnen? In der Nacht lag ich lange wach. Mir kam das seltsame Inserat mit der Warnung in den Sinn. Hans musste in großen Schwierigkeiten stecken. War all sein Hab und Gut verpfändet worden? Hatten die Trauners ihn vielleicht sogar wegen Veruntreuung angezeigt? Lizzi Mitterbacher fiel mir ein, die Schauspielerin, sie musste doch wissen, wo er war.

In den folgenden Tagen durchforstete ich die Zeitungen nach Hinweisen, wo die Schauspielerin gerade auftrat. Ich fand einen kurzen Artikel über ein neues Programm im Kabarett Simpl mit ihrem Namen.

Schon einen Tag später wartete ich abends beim Bühnenausgang nahe der Wollzeile. Über eine Stunde stand ich vor dem Tor. Es war kühl und ich fror. Längst war das Publikum gegangen, da kamen die Schauspieler aus dem Kellerlokal. Lizzi war eine der letzten. Sie trug einen Pelzmantel und einen Hut, der ihr hübsches Gesicht verbarg. Sie erkannte mich nicht. »Was wollen Sie?«, fragte sie unwirsch, denn ich versperrte ihr den Weg. Ich sei der Bruder von Hans, sagte ich. Da erkannte sie mich, lächelte kurz, meinte dann aber ernst: »Der hat ja einiges angerichtet.«

Sie hängte sich bei mir ein, was mich überraschte. »Komm, begleite mich ein Stück«, sagte sie mit ihrer klaren Stimme. Ich wollte nicht gleich mit der Tür ins Haus fallen, zeigte auf den düsteren Himmel und sagte: »Finster, finster ist's in Wien.« Sie lächelte, denn das war der Titel eines Liedes, das sie eben erst im Radio gesungen hatte. »Oh, du kennst es?«, fragte sie nach. »Ein schönes Lied«, versicherte ich ihr.

Sie war irritiert, dass ich gar keinen Kontakt mehr mit Hans hatte. »Ihr habt euch doch immer gut verstanden.« Lizzi erzählte, dass Hans mehrere Nächte nacheinander vor ihrem Haus aufgetaucht sei. Er habe sie bedrängt, habe mit ihr zusammenziehen wollen. Aber ihr sei von Beginn an klar gewesen, dass diese Beziehung keine Zukunft habe. »Das versuchte ich ihm klarzumachen. Doch er ist eben ein Romantiker, verliert sich ständig in seinen Träumen.«

Einen Moment später sah sie mich ernst an. »Hans hat mir lange nicht gesagt, dass er verheiratet ist und ein Kind hat.« Seine späten Beteuerungen, er habe mit seiner Familie gebrochen, konnte sie ihm nicht glauben. »Er hat so viel Stuss dahergeredet. Ich glaube, manchmal hat er diesen Blödsinn selbst geglaubt.« Letztlich habe sie ihn weggeschickt. »Ich habe ihm gesagt, er soll lieber gehen und sein Leben in Ordnung bringen. Da hat er sich getrollt.«

Sie löste ihren Arm von mir, verabschiedete sich und stieg in eines der Autotaxis an der Ringstraße. Kurz öffnete sie noch das Fenster, um mir Glück bei der Suche zu wünschen. Mit einem »also dann« verabschiedete sie sich und der Wagen setzte sich in Bewegung. Erstmals seit vielen Monaten war ich Hans nicht gram, er tat mir leid. Lizzi, die er so leidenschaftlich verehrt hatte, war ihm kein Halt gewesen.

Ich spazierte durch die nächtlichen Gassen und dachte nach, wo ich Hans noch suchen könnte. Mir fiel ein, wie er als Kind in Olmütz nach einem Streit mit unseren Eltern verschwunden war. Was der Anlass des Streits war, erinnerte ich mich nicht mehr, nur an die Aufregung, die er damit in unserer Familie ausgelöst hatte. Zuerst war sich mein Vater sicher, Hans würde von selbst wieder zurückkommen. »Er wird schon zur Vernunft kommen«, beruhigte er immer wieder meine Mutter.

Als es Abend wurde und Hans noch immer nicht zu Hause war, begannen mein Vater und ich, ihn zu suchen. Wir gingen unsere Straße entlang, zuerst in die eine, dann in die andere Richtung, durchkämmten die ganze Umgebung. Er war nicht zu finden. Mir fiel ein, dass Hans öfters in einem kleinen Wäldchen – eigentlich waren es nur ein paar Bäume zwischen den Feldern – gespielt hatte. Dort gingen wir hin und fanden tatsächlich einen Verschlag, den er sich aus alten Brettern und Ästen zusammengezimmert hatte. Der Boden war mit Stroh ausgelegt und darauf lag Hans, schlief ganz fest und friedlich. Als wir ihn aufweckten, reagierte er verärgert. Wir sollten ihn in Ruhe lassen, schrie er. Doch als unser Vater ihn zurechtwies, er solle jetzt sofort mit dem Unsinn aufhören und mitkommen, trottete er doch hinter uns her nach Hause.

Er ist immer wieder dorthin geflohen, auch wenn ihm bewusst war, dass wir sein Versteck schon kannten. Ich bin überzeugt, er wollte gefunden werden, hat die Einsamkeit nicht lange ertragen.

Hans war jetzt vierunddreißig Jahre alt, er stand mitten im Leben. Wo, oder besser bei wem mochte er sich verkrochen haben, um gefunden zu werden? Mir fiel seine Studienkollegin Dolores Feuerbach ein, der mit ihm befreundete Architekt Theodor Mayer, der Schauspieler Otto Lammersdorf. Eigentlich kam keiner von ihnen infrage. Dann fiel mir das Naheliegendste ein, dass Paulina vielleicht wusste, wo er hingezogen war. Immerhin war sie formell noch mit ihm verheiratet.

Ich entschied, gleich am nächsten Tag beim Rathaus auf Paulina zu warten. Ihr Dienst endete um fünf Uhr. Mir war egal, wie unfreundlich sie reagieren mochte. Ich brauchte ja nur seine Adresse von ihr, mehr nicht.

Aber es kam nicht dazu. Nach dem Unterricht musste ich noch in der Schule bleiben, um das neue Kartenmaterial zu katalogisieren, eine langwierige Arbeit. Erst eine Viertelstunde vor Paulinas Dienstschluss wurde ich fertig und hetzte Richtung Rathaus. Doch ich kam ein paar Minuten zu spät an und verpasste sie.

Auf dem Heimweg unter den breiten Arkaden Richtung Votivkirche sah ich sie doch noch in einem Café. Sie saß an einem Tisch am Fenster, hatte ihren Hut aufbehalten und blickte hinaus, als wartete sie auf jemanden. Gerade als ich beschloss, in das Café einzutreten, bemerkte ich, wie ein Mann auf sie zukam, ihr die Hand küsste. Sie lächelte ihn freudig an. Sie zeigte auf den Sessel neben sich und rutschte nervös auf ihrem Sitz hin und her, als hätte sie es nicht mehr erwarten können, diesen großgewachsenen Herrn in seinem grünen Lodenmantel wiederzusehen. »Warum nicht?«, fragte Irmgard, als ich ihr abends davon erzählte. Paulina habe doch jedes Recht, sich mit anderen Männern zu trösten. »Ich würde das auch tun, wenn du mir so etwas antust.«

Weil meine Suche bislang erfolglos geblieben war, versuchte ich es erneut bei Annemarie. Sie begrüßte mich fast überschwänglich, als ich am Freitag nach der Schule allein zu ihr ins Café kam. »Hast du ihn schon gefunden?«, brach es erwartungsvoll aus ihr heraus – entsprechend groß war ihre Enttäuschung, als ich ihr von meinem Scheitern erzählte.

Im Kaffeehaus war weniger Betrieb als sonst. »Die Menschen fürchten sich vor einem Bürgerkrieg, seit Dollfuß regiert«, sagte Annemarie. Ihr seien die »Kerzerlschlucker«, wie sie die streng katholische Regierung nannte, noch immer lieber als die Nazis mit ihrem Judenhass. Die hätten versucht, vor dem Café Kundgebungen abzuhalten, aber die Polizei gehe jetzt strenger dagegen vor. Sie habe zugesehen, wie Dutzende Nazis abgeführt wurden. »Gut so«, sagte sie.

Seit kurzer Zeit trug Annemarie eine Brille, die sie kurz abnahm und putzte. Dann setzte sie die mit zartem Horn gerahmten Gläser auf und sah mich fordernd an. »Bitte gib nicht auf!«, sagte sie. »Denk nach, wo wir Hans finden könnten.« Gemeinsam gingen wir alle seine Bekannten durch. Plötzlich hielt sie inne. »Ich hab's«, sagte sie. Bei einem seiner letzten Besuche im Café sei er nach langer Zeit wieder am Tisch der Gräfin Liebowitz gesessen. Sie lausche ja nicht, was Gäste reden, sagte Annemarie, aber so viel habe sie schon mitbekommen: Es ging um irgendwelche Finanzgeschäfte. Sowohl Hans als auch die Gräfin seien aufgebracht gewesen.

»Weißt du, wo die Gräfin wohnt?«, fragte mich Annemarie und ich nickte. »Dann gehen wir gleich nachher dorthin. Ich habe in einer halben Stunde Dienstschluss.«

30

»Da, mach einen Schluck. Der wird dich stärken«, sagte Annemarie und schob mir auf der Theke ein Glas Wermut zu. Sie packte einstweilen alles zusammen, zog ihren Mantel an und wies mit dem Finger Richtung Ausgang. »Diesmal finden wir ihn!«

Sie erkundigte sich, was ich von der Gräfin Liebowitz wisse. Sie habe ein Palais am Alsergrund, sei offenbar reich und sehr kunstinteressiert, zählte ich auf. »Das ist alles?«, fragte Annemarie enttäuscht.

Während wir den Salzgries entlanggingen, erzählte sie mir die Lebensgeschichte der Gräfin. Von ihrem Mann, einem Offizier, der im Krieg gefallen sei, von ihrem Bruder, der ebenso getötet wurde und von ihrem Kind, das kurz nach der Geburt gestorben war. Die Gräfin sei einsam gewesen und habe lange versucht, die Handelsgesellschaft ihres Mannes weiterzuführen. Letztlich habe sie diese verkauft und sich ganz ihrem Interesse an Kunst und männlichen Künstlern hingegeben. Zu den Festen in ihrem Palais seien stets Maler, Schriftsteller und Architekten eingeladen. Auch Josef Hoffmann sei regelmäßig zu Gast.

Ich war verblüfft, was Annemarie alles wusste. Sie wirkte immer so diskret, aber offensichtlich lebte sie mit dem Schicksal ihrer Gäste neugierig mit. Vielleicht lag ihr auch deshalb Hans so am Herzen. Sie kannte all seine Stärken, sein Gefühl für Kunst und Handwerk, seine Schwächen, aber auch seine Einsamkeit.

Sie fragte, ob mir Hans denn auch so abgehe wir ihr: »Er ist ein wunderbarer Mensch trotz all seiner Fehler.« Er habe ihr geholfen, als ihr Vater in Ungarn plötzlich schwer erkrankt sei und sie dort keinen geeigneten Arzt gefunden habe. Er habe ihn mit dem Automobil nach Österreich geholt und an einen guten Arzt vermittelt. »Hans ist mir sogar beigestanden, als ich hier in Wien aus meiner Wohnung geworfen wurde, weil ich Jüdin bin. Er hat mir innerhalb eines Tages eine neue Unterkunft verschafft – die war sogar billiger und schöner als die alte.«

Annemarie rückte auf unserem kurzen Weg zum Palais der Gräfin das Bild von Hans wieder zurecht. So sehr war ich selbst von ihm enttäuscht gewesen, dass ich seine Hilfsbereitschaft und Großzügigkeit vergessen hatte.

Dann standen wir vor dem großen Haus mit seinen hohen Fenstern und dem breiten Eingang. Ich drückte auf den Knopf für die elektrische Glocke, doch es kam niemand. Ich versuchte es noch einmal, da öffnete sich oben in der Beletage eines der Fenster. Es war die Gräfin selbst, die zu uns heruntersah. Ich war überzeugt davon, dass sie mich nicht wiedererkennen würde, aber sie rief: »Ah, der Lehrer!« Wir sollten bitte heraufkommen, die Tür sei nicht versperrt.

Wir traten ein und ich bemerkte gleich, dass sich ihr Haus verändert hatte. Es roch feucht und unbewohnt. Der Eingang zur Wohnung ihrer Haushälterin im Erdgeschoß stand offen, sie wirkte leer. Nirgendwo brannte Licht und es war kühl. »Ich glaube nicht, dass er hier ist«, sagte ich leise zu Annemarie, als wir die breite Treppe hinaufstiegen.

Wir waren noch nicht oben angelangt, da öffnete sich schon die hohe Tür in den Salon. Die Gräfin kam in einem hellblauen langen Arbeitsmantel heraus. Ihre Wangenknochen traten noch stärker hervor, als ich es in Erinnerung hatte. »Sie müssen entschuldigen, wie es hier aussieht«, sagte sie und reichte uns die Hand. Während sie eher kühl auf mich reagierte, begrüßte sie Annemarie herzlich wie eine alte Bekannte. Nur einen kurzen Moment wirkte sie verwirrt, weil wir sie gemeinsam besuchten. »Oh ich weiß schon: Sie suchen sicher den Hans«, sagte sie und bot uns an, mit ihr in den Salon weiterzukommen.

Dort standen mehrere abgehängte Gemälde an den Wänden. Der Raum hatte keine Einrichtung mehr, nur die große moderne Leuchte, die wir einst montiert hatten, hing noch an der Decke. Sie müsse leider ausziehen und alles verkaufen. Jetzt suche sie gerade Käufer für die Gemälde, die ihr so am Herzen lägen. »Wissen Sie«, sagte sie, »es kommt im Leben immer anders als geplant.« Sie zwinkerte uns zu. »Aber das macht es doch auch aus, unser Dasein. Was wäre das Ganze ohne Überraschungen!«

Die Gräfin ging kurz in den Nebenraum und kam mit einer Flasche Wein und drei Gläsern zurück. Leider könne sie uns nicht mehr anbieten. Die Küche sei schon ausgeräumt und die Haushälterin gekündigt.

Nachdem sie uns eingeschenkt hatte, begann sie zu erzählen, dass sie einem Anwalt in Linz vertraut habe, den Rest ihrer Firmenanteile zu verkaufen. Sie habe damit das Palais erhalten und ein wenig in »gute Kunst« investieren wollen. Aber der Anwalt habe ihr Geld, so wie das vieler anderer Klienten, verspielt. Jetzt habe sie sich ein kleines Häuschen in Döbling gekauft, in dem sie wohl den Rest ihrer Tage verbringen werde. »Ich hätte es freilich schlimmer treffen können«, sagte sie und schenkte uns nach.

Sie sei nicht sicher, ob wir wüssten, dass auch Hans diesem Anwalt vertraut habe. »Er hat ihm die Einbringung aller offenen Rechnungen der Luster-Werkstatt übertragen. Dann bekam er von ihm immer wieder Nachrichten, die Geschäftspartner seien in Konkurs gegangen und die Außenstände uneinbringlich. Doch das hat überhaupt nicht gestimmt.« Der Anwalt habe das Geld für sich einbehalten und verspielt.

Sie sah mich lange an, blickte kurz zu Annemarie. »Aber Sie sind wohl nicht hergekommen, um das zu erfahren«. Ich erklärte ihr, dass wir nicht wüssten, wo sich mein Bruder aufhalte. Er habe sich seit der Trennung von seiner Frau nicht mehr bei uns gemeldet.

Die Gräfin hob den Kopf, musterte uns beide lange. Und sie antwortete auch nicht gleich, sagte nur, dass sie von dem Bruch seiner Frau und ihrer Familie mit Hans wisse. »Die Trauners haben sich ihre eigene Erzählung komponiert. Das ist immer gefährlich.« Da passe dann alles zusammen, eine logische Folge von Verfehlungen, die auf einen schlechten Charakter schließen ließen. »Nicht wahr! Menschen lieben es doch, für alles und jedes einen Schuldigen zu suchen. Das ist vielleicht das größte Übel unserer Gesellschaft.«

Sie setzte das Glas an die Lippen, trank aber nicht, sondern stellte es gleich wieder ab. Sie sah hinaus in den Garten, in dem Hans und ich einst gesessen waren. Kurz stöhnte sie, als fiele es ihr schwer, ihr Wissen preiszugeben. Sie sah Annemarie an, verschränkte die Arme und sagte: »Hans richtet gerade mein kleines Haus in Döbling ein.« Er arbeite schon mehrere Wochen daran und wohne auch dort. Und dann zu mir: »Mir kommt vor, seitdem es ihm so schlecht geht, ist sein Geschmack noch sicherer geworden. Was er dort bisher geschaffen hat, ist einfach grandios.« Als wäre sie nun erleichtert, zog ein Hauch von Lächeln über ihr Gesicht. »Besuchen Sie ihn doch dort. Ich denke, er wird sich freuen.« Zum Abschied gab sie uns die Adresse in der Kaasgrabengasse.

Als wir wieder vor dem Palais standen, sah ich auf die Uhr. Ich überlegte, ob es sich überhaupt noch auszahlte, hinaus nach Döbling zu fahren. Doch Annemarie zog mich bereits weiter. »Jetzt fahren wir in die Kaasgrabengasse!«, sagte sie. Schon wenige Minuten später saßen wir in der Straßenbahn nach Grinzing. So lange hatte ich mir den Kopf zermartert, wo Hans war, nun ergab eins das andere. Alles ging plötzlich so rasch, fast zu rasch.

Kurz vor dem Gürtel, ich hatte mich gerade hinuntergebeugt, um meine Schuhe zu binden, bremste die Straßenbahn so heftig, dass die Eisenräder auf den Schienen zu pfeifen begannen. Ich flog nach vorne, stieß mir den Kopf am Vordersitz an. Einen Moment später krachte es ohrenbetäubend.

Ein Lastwagen hatte von der Seite den Triebwagen gerammt. Annemarie, die neben mir auf der Holzbank gesessen war, prallte auf mich.

Noch einmal stieß ich mir den Kopf an – nun an der Seite. Als wir uns beide aufrichteten, sah mich Annemarie erschrocken an. Ich blutete aus einer Platzwunde am Rand der Stirn. Auch meine Wange war aufgeschürft. »Wir brauchen Hilfe«, schrie sie, verstummte aber gleich wieder. Denn ein Stück vor uns lagen mehrere der Fahrgäste auf dem Boden. Einige schrien vor Schmerzen.

Es dauerte lange, bis Hilfe eintraf. Zuerst kam die Feuerwehr, dann die Rettung mit mehreren Wagen. Nach und nach wurden die schwerer Verletzten weggeführt. Der Fahrer des Lastwagens saß währenddessen zusammengekrümmt auf dem Gehsteig. Auch er hatte eine Platzwunde im Gesicht.

Als einer der Letzten wurde ich in einem Krankenwagen untersucht und anschließend ins Spital gebracht. Annemarie kam mit. Sie war sehr besorgt, obwohl ich offensichtlich Glück hatte, nicht schwerer verletzt zu sein. Erst als ich mich im Spital nach dem Nähen meiner Wunde in den Spiegel sah, erschrak auch ich. Mein Gesicht war entstellt und verschwollen.

Um acht Uhr abends durfte ich das Spital wieder verlassen. Es war schon finster auf den Straßen. Annemarie sah mich fragend an. »Vielleicht solltest du besser nach Hause gehen. Irmgard wird sich Sorgen machen.« Ich überlegte kurz. Noch immer spürte ich die Wunden am Kopf. Aber nun wollte ich die Suche zu einem Ende bringen. Deshalb schlug ich vor, die Fahrt in die Kaasgrabengasse wieder aufzunehmen. »Wirklich?«, fragte sie noch einmal nach. »Ja, wirklich«, antwortete ich.

Diesmal nahmen wir ein Autotaxi. Auf der kurzen Fahrt kümmerte sich Annemarie liebevoll um mich. Sie streichelte immer wieder meine Hand, fragte, ob ich Schmerzen hätte. Als ich antwortete, dass ich im Krieg viel Schlimmeres erlebt hätte, musste sie lachen. »Das habe ich vergessen. Ein Kriegsheld kennt keinen Schmerz«, sagte sie in ihrem leicht ungarischen Akzent.

Ich sei kein Held, erwiderte ich und nahm ihre Hand. In diesem Moment wurde mir die eigenartige Situation bewusst. Bisher waren unsere Rollen verlässlich aufgeteilt gewesen: Sie war die stolze Kellnerin, zu der ich aus Respekt stets freundlich, aber distanziert war. Ich war der Gast, der mit ebensolcher professioneller Freundlichkeit bedient wurde. Nun blieb von dieser Distanz nichts mehr übrig. Wir waren auf der Suche nach meinem Bruder, hatten gemeinsam einen Unfall überstanden. Unsere Körper hatten sich zuerst ungewollt, dann mit Absicht immer wieder berührt. Alles war so anders, so nahe. Sie küsste mich vorsichtig auf den Kopf. »Geht es dir besser?«

Ich sah sie an. Zwang mich zum Abstand, zwang mich, nichts zu tun. In mir explodierte ein Gefühl, eine Sehnsucht nach dieser wunderbaren Frau. In diesem Moment stoppte das Automobil.

Der Taxifahrer ließ uns vor einem einstöckigen Wohnhaus in der Kaasgrabengasse aussteigen. Das Haus war nicht so klein, wie die Gräfin es beschrieben hatte. Es sah gepflegt aus mit einer neu gestrichenen weißen Fassade und großen Fenstern. Durch einen kleinen Vorgarten gelangten wir zur Haustür. Annemarie suchte die Glocke, drückte, aber sie funktionierte nicht. Wir sahen, dass im erhöhten Erdgeschoß noch Licht brannte, und klopften. Wieder keine Reaktion. Ich drückte die Schnalle der Eingangstür, sie war nicht versperrt. Über ein paar Stufen gelangten wir in ein kleines Vorzimmer, das vom großen Wohnraum lediglich durch eine breite Glastür getrennt war.

Er war in seine Arbeit vertieft, fädelte gerade einen neuen Vorhang in eine Schiene und bemerkte nicht, dass wir schon länger hinter ihm standen. Dann kam er von der Leiter herunter, drehte sich zu uns und erschrak.

Hans sah mit einem Blick auf uns, der eine Mischung aus Verwirrung, Angst und Zuneigung ausdrückte. Er ließ die Hände an seinen Seiten baumeln, als würde er sich dem Schicksal ergeben. Für lange Sekunden sagte keiner etwas, keiner konnte oder wollte beginnen. Annemarie ging als Erste auf ihn zu und umarmte ihn. Danach stand er noch immer da, die Hände schlaff an den Oberschenkeln baumelnd wie ein Bub, der seine Strafe erwartet, und sah mich an.

Nach einiger Zeit fasste er sich, musterte mich von oben bis unten und musste lächeln: »Wie siehst denn du aus?«, fragte er und wies auf meinen verschwollenen, eingebundenen Kopf. Weil ich kein Wort herausbrachte, erklärte Annemarie, dass wir auf der Herfahrt einen Straßenbahnunfall gehabt hätten. Sie selbst sei unverletzt geblieben, da sie auf mir weich gelandet sei. »Viktor hat alles abgefangen und alles abbekommen«, sagte sie. Da trat er ganz nah an mich heran und strich mir vorsichtig über meinen verletzten Kopf. »Ja, so ist es immer mit ihm.«

Hans versuchte seine Fassung zu finden und scherzte: »Ich dachte, wenn du mich wiedersiehst, wirst du mich verprügeln, aber jetzt siehst du aus wie der Verprügelte.« Er gab mir vorsichtig die Hand. Er sah wach, aber blass aus, seine Wangen waren eingefallen.

Hans räumte einen Tisch ab, auf dem allerlei Stoffmuster und anderes Material gestapelt waren, und bat uns, Platz zu nehmen. »Es ist nicht viel da, aber etwas zum Trinken habe ich schon.« Er verschwand kurz, kam mit einer Flasche Cognac zurück. Er fragte, wie wir ihn gefunden hätten, und hörte sich Annemaries Erzählung an, aber es kam kein richtiges Gespräch in Gang.

»Früher waren hier Trennwände«, erzählte Hans, weil ihm vielleicht nichts anderes einfiel, um die Stille zu durchbrechen. »Jetzt ist aus dem Vorzimmer, dem Wohnzimmer und dem Esszimmer ein großer, repräsentativer Raum geworden, in dem die Gräfin weiterhin ihre Feste feiern kann.« Nur die Küche und die Toilette seien davon getrennt. Die sonstigen Räume lägen im Obergeschoß. Er habe freie Hand bekommen, das Haus nach seinen Vorstellungen zu gestalten. Ein paar gepolsterte Sessel standen herum. »Ich habe sie mit den bunten Stoffen von Josef Frank überziehen lassen.«

Direkt in der Mitte des u-förmigen Raumes war ein neuer Kamin aufgestellt worden. Es war keiner dieser rustikalen Kamine mit Schmiedeeisen und Natursteinen, wie sie damals üblich waren, sondern ein schlichter weißer Quader mit einer offenen Feuerstelle. »Hast den auch du geplant?«, fragte ich und Hans nickte.

Er, der immer so gerne das Gespräch dominierte, blieb wortkarg, sah uns immer wieder hilflos an, als könnte er nicht die richtigen Worte finden. Als er meinen Blick auf die spartanische Beleuchtung bemerkte, sagte er mit gedämpfter Stimme: »Die Lampen und Luster hätte ich gerne von der Werkstatt in der Hasnerstraße anfertigen lassen. Aber leider war das nicht möglich.«

Annemarie fragte ihn, ob er denn hier wohne. Ja, erwiderte Hans, er habe vorübergehend im Obergeschoß ein kleines Zimmer. Wenn das Haus fertig sei, müsse er sich eine neue Bleibe suchen.

»Es ist schön hier am Stadtrand«, begann er den nächsten Versuch, das Gespräch im Allgemeinen zu belassen. Früher habe er sich immer gewünscht, in einen der Vororte zu ziehen. Oft gehe er morgens ein Stück in die Weinberge, hinauf zum Himmel. Annemarie sagte überrascht: »Du gehst hinauf in den Himmel?« Hans lachte endlich offen und herzhaft. »Nein, nicht so wie Jesus. Ich gehe dort nur spazieren.« Wir erklärten Annemarie, dass der Himmel eine Anhöhe am Rande von Döbling ist, mit einem weiten Blick über Wien.

Der kleine Scherz entspannte das Gespräch. Wir prosteten uns mit Cognac zu und ich registrierte erstmals, dass sich Hans über unsere Anwesenheit freute. Jetzt hätte es ein gemütlicher Abend werden können, aber es war zu viel passiert, es waren zu viele Fragen offen. Ich wusste gar nicht, womit beginnen. Dann war es wieder Annemarie, die sich erkundigte, warum er nicht mehr ins Café gekommen und untergetaucht sei.

Hans blickte lange auf den Boden, er suchte in seinen Taschen nach einer Schachtel Zigaretten. Erst nachdem er sie gefunden, sich eine Zigarette angezündet, zweimal daran gezogen hatte, begann er zu erzählen. Von einer Reise nach Linz, bei der er auf Empfehlung der Gräfin einen Anwalt kennengelernt habe. Sie hätten sich beide von Beginn an gut verstanden, seien gemeinsam abends essen gegangen. Der redselige Mann habe ihm Tipps gegeben, wie er den Gewinn aus Aufträgen besser anlegen könne. »Er wirkte sehr seriös und klang sehr kompetent«, beschrieb ihn Hans. Wenig später habe er diesen Advokaten beauftragt, die Rechnungen der Luster-Werkstatt, die oft über viele Monate nicht bezahlt wurden, einzubringen und das Geld gewinnbringend anzulegen. Dafür sei ein stattliches Honorar vereinbart worden. Doch der Anwalt habe das Geld, statt es zu vermehren, verspielt. Er sei wettsüchtig gewesen und habe ihm bei Nachfragen immer wieder erklärt, dass die Geschäftspartner in Konkurs gegangen seien. Dabei hatte er die Rechnungen längst einkassiert.

Hans sah mich ernst an. »Auch das Geld für das Haus unserer Mutter hat er veruntreut. Es ist weg.«

Damit sei alles zusammengebrochen. Der letzte Ausweg, mit seinem Anteil aus dem Hausverkauf die Werkstatt zu retten, wurde ihm versperrt. Die Familie Trauner setzte ihn auf die Straße, sein gesamter Besitz wurde verpfändet. Ihm sei nur noch ein einziger Koffer geblieben. Mit dem sei er zu Lizzi Mitterbacher gefahren. Doch auch die wollte nichts mehr von ihm wissen.

Hans zog wieder an seiner Zigarette, Annemarie sah ihn gebannt an. »Und warum bist du nicht zu einem von uns gekommen?«, fragte sie vorwurfsvoll. Das habe er nicht gekonnt, antwortete Hans, er habe sich geniert, mittellos zu sein, seine Schulden nicht begleichen und seine Versprechungen nicht einhalten zu können. Schließlich sei er zur Gräfin gegangen. Sie, die von diesem Anwalt ebenso betrogen worden war, habe ihn für einige Tage aufgenommen und ihn dann beauftragt, ihr Haus einzurichten. Es sei schon seltsam, aber mittellos zu leben, bedeute für ihn eine Freiheit, die er schon lange nicht mehr gekannt hatte. Und endlich könne er etwas so gestalten, wie er es für ideal halte – von den Räumen über die Möbel bis hin zu den Stoffen und Lampen.

»Wusstet ihr, dass Josef Frank Österreich verlässt?«, fragte er. In seinem Geschäft in der Bösendorferstraße habe er in den vergangenen Wochen viele der Möbel und Stoffe für die Villa bestellt. Dabei seien sie ins Gespräch gekommen. Frank habe erzählt, dass er die Anfeindungen wegen seiner jüdischen Herkunft nicht mehr ertrage. Zuletzt hätten Nazis sein Geschäft beschmiert. Er werde noch dieses Jahr mit seiner Frau nach Schweden auswandern. Dort habe er schon mehrere Aufträge für Planungen. Frank habe ihm auch von Sidonies Vater erzählt, der erneut Opfer antisemitischer Ausschreitungen geworden sei. Der bekannte Arzt habe einen Lehrauftrag am Anatomieinstitut der Universität. Dort hätten deutschnationale Studenten seine Vorlesung gestürmt und jüdische Kommilitonen verprügelt.

»Siehst du Paulina und Marie noch?«, fragte Annemarie. Hans schüttelte den Kopf. »Derzeit nicht.« Da müsse jetzt Gras darüber wachsen. In ein paar Wochen werde das schon anders sein. Scheidung gebe es sowieso keine, Dollfuß habe die ja abgeschafft, indem er das staatliche Eherecht außer Kraft gesetzt und es zur Gänze der Kirche übertragen habe. Und die erlaube ja bekanntlich keine Trennungen. »Jetzt hat mich die Trauner-Familie – ob sie will oder nicht – weiter am Hals«, sagte er mit einem süffisanten Lächeln.

Und dann träumte er laut davon, gemeinsam mit Marie einen Ausflug zu uns auf den Heuberg zu machen. »Ich komme einmal mit Marie zu euch. Oder besser …«, er wandte sich zu Annemarie, »… ich zeige ihr mit euch allen das Kaffeehaus. Das muss sie ja auch einmal kennenlernen.«

Bevor wir aufbrachen, bat mich Hans noch, ihm in sein Zimmer im Obergeschoß zu folgen. Wir gingen die Treppe hinauf, auf deren Stufen noch der Belag fehlte. Er öffnete eine Tür und ich sah auf eine schmale Liege. Er hatte nicht einmal eine Matratze zum Schlafen, bloß ein Feldbett, wie wir sie im Krieg benutzt hatten. Daneben stand ein Koffer und darauf ein kleiner Petroleumkocher. Hans griff neben die Liege und holte einen Sack hervor. »Kannst du das hier bitte für mich aufbewahren?«, fragte er. Ich brauchte nicht lange, um zu erkennen, was es war. Es war die Zigarrenkassette von Josef Hoffmann. »Sonst nehmen sie mir die auch noch weg.«

31

Noch einmal suchte ich ihn in der Kaasgrabengasse auf. Wir machten an diesem Frühsommertag einen langen Spaziergang durch die Weinberge bis hinauf zum Kahlenberg. Hans beschwerte sich nicht über seine missliche Lage. Er wirkte nachdenklich, sah in unserem Gespräch aber nicht ein, dass er Schuld am Auseinanderbrechen seiner Familie hatte. Er fand nicht einmal ein entschuldigendes Wort dafür, dass ein Großteil meines Erbes verloren gegangen war. Ich versuchte herauszufinden, ob es eine Chance gäbe, zumindest einen Teil des Geldes zurückzuerhalten. Aber er winkte ab. »Der Anwalt sitzt im Gefängnis. Der hat nichts mehr.«

In seinem dunkelbraunen, viel zu warmen Anzug schritt er neben mir her und wich ständig vor den offengebliebenen Fragen aus. Was wird aus Marie? Keine Antwort. Wer zahlt jetzt die Schulden der Werkstatt? Keine Antwort. Wo wollte er künftig wohnen? Keine Antwort. Stattdessen versank er in neue Träume. Nun werde er endlich sein eigenes Büro für Innenarchitektur eröffnen, kündigte er an. Er habe bereits Skizzen zu einer eigenen Kollektion von Sesseln, Tischen und Schränken zusammengestellt.

Ich sah ihn vor mir, wie er sich an den Abenden in der einsamen Villa der Gräfin über seine Zeichnungen vertiefte. Hans konnte sich darin verlieren, eine neue, schönere Welt zu entwerfen. Das half ihm, die Katastrophe auszublenden, die er ausgelöst hatte. Erst ganz am Ende, auf unserem Rückweg in die Kaasgrabengasse, erzählte er von einem gescheiterten Versuch, seine Tochter wiederzusehen.

Er hatte sich bemüht, über Adalbert Kontakt zur Werkstatt

aufzunehmen. Paulinas Onkel reagierte reserviert, als er sich bei ihm telefonisch meldete. Er wolle ihn nicht sehen, wehrte er mehrmals ab. Aber dann fragte Hans, ob die Werkstatt rund ein Dutzend Decken- und Wandleuchten für das neue Haus der Gräfin anfertigen könne. Die Bezahlung gebe es im Voraus. Das habe zumindest vorübergehend das Eis gebrochen.

Hans wollte am selben Nachmittag in der Hasnerstraße vorbeikommen, um die detaillierte Bestellung aufzugeben. Zu einem Gespräch mit Adalbert kam es jedoch nicht, weil er bereits im Hof von Erikas Mann Josef und dessen Sohn Rudi aufgehalten wurde. Die beiden waren nicht bloß unfreundlich, sie gerieten bei seinem Anblick in Rage. Josef beschimpfte ihn als Verräter und Verbrecher und wollte ihn davonjagen.

Als Hans versuchte zu erklären, dass es um einen Auftrag für die Werkstatt gehe, kam der junge Rudi in seiner braunen Dreiviertelhose auf ihn zu und brüllte ihn an, ob er nicht verstanden habe. Er drängte ihn Richtung Ausgang. Und als Hans darauf bestand, mit Paulina zu reden und seine Tochter zu sehen, schlug Rudi ihm mit der Faust ins Gesicht. »Ich bin gestürzt, lag auf dem Boden, da traten die beiden auch noch auf mich ein«, erzählte er. Sie hätten ihm gesagt, dass er seine Tochter nie wiedersehen werde. »Die Lampen für die Gräfin habe ich dann bei der Firma Kalmar bestellt.«

Als ich Irmgard erzählte, wie die Familie Trauner ihm den Kontakt zu seiner Tochter verweigert hatte, war sie empört. Sie schlug vor, dass er zu einer Beratungsstelle der Gemeinde gehen solle, er brauche jetzt rechtlichen Beistand. Sie werde sich kundig machen, wer zuständig sei. Irmgard schränkte aber gleich ein: »Nicht, dass du auf die Idee kommst, dass er hier einzieht. Der soll jetzt einmal selbst schauen, wie er aus der Misere herauskommt.«

Als Hans zu uns in die Heubergsiedlung kam, um die weitere Vorgangsweise zu besprechen, war Irmgard nicht daheim. Sie nahm an einer wichtigen Krisensitzung ihrer Partei teil. Die politische Lage hatte sich nach dem Verbot der 1.-Mai-Kundgebung der Sozialdemokraten und der verordneten Auflösung des Republikanischen Schutzbundes verschärft. Die Regierung verbot nach und nach alle Aktivitäten der Opposition. Stattdessen hatte sie die Vaterländische Front gegründet, in der alle Parteien des Landes aufgehen sollten. Irmgard war verärgert, dass ihre Parteiführung das alles ohne großen Widerstand hinnahm. Sie war dafür, den Schutzbund in eine Untergrundorganisation umzuwandeln, um eines Tages Dollfuß und die mit ihm verbündete Heimwehr zu stürzen.

Ebenso wie Hans war mir jede Radikalisierung zuwider. Irmgard und ich diskutierten damals oft und heftig darüber, was politische Verantwortung bedeute. Irmgard wurde immer radikaler. Sie war überzeugt, dass der autoritäre Staat nur die Vorstufe einer Nazi-Diktatur sei. Immer wieder – und sie hat damit letztlich recht behalten – wies sie darauf hin, dass ein Teil der rechten Heimwehr bereits mit den Nationalsozialisten kooperiere. Ich weiß noch genau, wie sie sagte: »Es ist falsch, wenn Dollfuß glaubt, er kann die Nazis mit ihren eigenen Waffen schlagen. Er wird ihr Wegbereiter sein.« Was Irmgard aber nicht wahrhaben wollte, war, dass auch immer mehr Sozialdemokraten in das Lager von Hitler wechselten.

Hans, der zu Fuß gekommen war, stand nervös mit einem Blumenstrauß in der Tür. Er wollte ihn Irmgard überreichen und wirkte erleichtert, als ich ihm mitteilte, dass sie nicht zu Hause war. Sie hätte sich kein Blatt vor den Mund genommen, hätte ihm unangenehme Fragen gestellt, das wussten wir beide. Jakob freute sich hingegen sehr, seinen Onkel nach so langer Zeit wiederzusehen. Hans hob ihn hoch, umarmte ihn.

Ich erzählte ihm von Irmgards Vorschlag. Sie hatte die Adresse herausgesucht und einen Mitarbeiter ausfindig gemacht, der sich mit Sorgerecht auskannte. »Nein!«, sagte er laut. Er werde sicher nicht zu so einer Beratungsstelle der roten Gemeinde gehen.

Hans witterte überall Parteipolitik, dabei gab es hier keinen solchen Zusammenhang. Es war eine städtische Einrichtung, keine Parteistelle. Er holte dennoch weit aus, um mir von all seinen beruflichen Erlebnissen mit Parteien zu erzählen. Zuerst, vor Jahren, hätten die Sozialdemokraten versucht, ihn anzuwerben, als er beim Siedlungsbau mitarbeiten wollte. Später wurde er bei seinen Aufträgen in Graz und Bruck an der Mur unmissverständlich aufgefordert, der Heimwehr beizutreten, wollte er weitere Aufträge erhalten. Zuletzt habe ihn bei einem Empfang der Gräfin ein Herr aus dem Bundeskanzleramt angesprochen. Der empfahl ihm, Mitglied der Vaterländischen Front zu werden. Dann könne er sicher etwas für ihn tun. »Warum mischen die sich ständig in die Wirtschaft ein?«, erregte er sich. Irgendwann werde er in ein liberales Land auswandern, wo die Menschen in Ruhe ihren beruflichen Weg gehen könnten.

Ein wenig verstand ich ihn. Auch mir war nicht entgangen, wie wir in der Schule ständig politisch bedrängt wurden. Zuerst von den Sozialdemokraten, die mehr zu Volksgesundheit und Hygiene vorgetragen haben wollten, und dann von der Dollfuß-Regierung. Nachdem sie an die Macht kam, wurde der Religionsunterricht verpflichtend. Wir Lehrer wurden gedrängt, im Geschichtsunterricht historische Epochen wie den Barock positiv hervorzuheben. Wir sollten den jungen Bürgern ihre Heimat ans Herz legen und sie für militärische Helden der österreichischen Geschichte begeistern.

Ich erzählte Hans davon, um ihm zu verdeutlichen, dass ich Verständnis für seinen Ärger hatte. Etwas später kam ich nochmals auf die städtische Beratungsstelle zu sprechen, die ihm helfen könnte, seine Tochter wiederzusehen. Statt sich auf das Thema einzulassen, durchblätterte er das *Interessante Blatt*, eine Wochenzeitung, die auf unserem Esstisch lag. Er blieb bei einem Bericht über eine Modeausstellung hängen. »Hast du dir das angesehen«, sagte er. »Jetzt wird wieder alles ganz züchtig und langweilig. Schau dir die langen Röcke an, die braven Kostüme!«

»Willst du denn gar nicht um Marie kämpfen?«, fragte ich ihn nun mit Nachdruck. Sein leicht überheblicher Blick, mit dem er eben noch die Mode kommentiert hatte, wich einem unsicheren Blinzeln. Die Trauners würden ihn doch nicht zu ihr lassen. Und vielleicht, er sah mich verzweifelt an, hätten sie damit ja recht. Er könne seinem Kind derzeit nichts bieten, komme doch selbst kaum über die Runden.

»Aber es geht doch nicht nur um Geld«, warf ich ein. Da verbarg er den Kopf in den Händen, stöhnte auf und sagte: »Doch.« Letztlich gehe es immer nur darum. Warum sei er denn aus der Hasnerstraße verjagt worden. Nicht etwa, weil er sich in eine Schauspielerin »verschaut«, sondern nur, weil er Pech mit den Geschäften gehabt habe.

Er war völlig unzugänglich. Der Besuch dauerte nicht lange. Kurz drückte er Jakob zum Abschied an sich, dann trat er hinaus ins Freie, zündete sich eine Zigarette an und ging die Röntgenstraße bergab Richtung Stadt.

Als ich ihm nachsah, wuchs in mir das Gefühl, ihn zu verlieren. Es war mir unerträglich mitanzusehen, wie ein Mensch so viel Energie vergeudete, seine Probleme beiseitezuschieben. Wo war seine Bereitschaft, Konsequenzen zu tragen, um Menschen zu kämpfen? Sein Idealismus begann und endete in der Ästhetik.

Vielleicht, so vermutete damals Irmgard, sei es Hans ja genau recht gewesen, dass er aus der Hasnerstraße verjagt wurde. So konnte er untertauchen, wie er es in schwierigen Situationen immer tat, musste nicht dabei mithelfen, das von ihm verursachte Chaos aufzuräumen.

Nach und nach erfuhr ich, dass Hans fast überall, bei jedem Lieferanten, selbst bei jedem größeren privaten Einkauf Schulden hinterlassen hatte. Das Hotel in der Innenstadt etwa, in dem er mit seinen Liebschaften die Nächte verbracht hatte, klagte vor Gericht wegen einer riesigen offenen Rechnung. In die Hasnerstraße kam der Gerichtsvollzieher, beschlagnahmte Maschinen der Werkstatt und Paulinas Schmuck. Das vom Linzer Anwalt veruntreute Geld war bei Weitem nicht das einzige Problem gewesen. Hans hatte nicht einmal den pelzbesetzten Mantel bezahlt, den er seiner Frau im vergangenen Winter geschenkt hatte.

32

»Hast du das gesehen?«, fragte mich Irmgard am nächsten Morgen. Auf dem Esstisch lag der Skizzenblock meines Bruders. Er hatte ihn vergessen. Der dicke Block, in braunes Leder gebunden, war abgegriffen. In einer angenähten Lasche steckte ein kurzer, meist gespitzter Bleistift. Ich kannte den Skizzenblock natürlich. Dutzende Male – bei unseren Treffen im Schweden-Café – hatte er ihn bei sich gehabt.

Ich trank meinen Kaffee und blätterte durch die Seiten. Zuerst tauchten unterschiedliche Lampen auf, darunter eine geschwungene Tischlampe, wie er sie einst für Hoffmann an der Kunstgewerbeschule entworfen hatte. In dieser Version ersetzte er die beiden Ringe, die alle tragenden Elemente zusammenhalten, durch eine etwas breitere Manschette. Nach einigen weiteren Seiten sah ich Skizzen von Sitzmöbeln, darunter eine ganze Garnitur mit rundem Tisch und vier Bugholzsesseln. Auf einer weiteren Seite hatte er einen Radioapparat entworfen. Er war breit und flach, nicht so hoch wie die damals verkauften Modelle.

Zwischen all den Entwürfen fand sich immer wieder das gleiche Motiv: Marie. Hans hatte seine Tochter Dutzende Male porträtiert – schlafend, spielend, lachend, nachdenklich. Weil er bei seinen Skizzen immer das Datum dazuschrieb, erkannte ich jene wunderbare Zeichnung als die, die er von Marie vor wenigen Jahren im Waldbad von Piesting angefertigt hatte. Sie fand sich auf einer der ersten Seiten.

Zuletzt hatte er sich vor allem mit Möbeln beschäftigt: einem modernen Ohrlehnstuhl, einer grazilen Gartenbank. Auf den letzten Seiten, sie waren erst in den vergangenen beiden Wochen gefüllt worden, hatte er immer und immer wieder seine Tochter gezeichnet. Da ich nicht annahm, dass er Marie in der Zwischenzeit – und sei es aus der Ferne – gesehen hatte, musste er all die Porträts aus seiner Erinnerung angefertigt haben. Einmal, auf einer ganzen Seite, hatte er nur ihre Augen gezeichnet. Marie sah aus dem Bild heraus, direkt auf den Betrachter – es war ihr wacher, lieber Blick, den ich so vermisste.

Was ging in Hans nur vor? Am Vorabend erst war ich mir mit meinem Urteil sicher gewesen. Er war zu sehr mit sich selbst beschäftigt und zu inkonsequent, um seine Tochter zurückzugewinnen. Nun sah ich den Beleg dafür, wie groß seine Sehnsucht nach Marie in Wirklichkeit war.

Ich packte den Skizzenblock ein und nahm mir vor, ihn nach der Arbeit bei Annemarie vorbeizubringen. Er würde gewiss bald wieder sein Stammcafé aufsuchen.

Auf dem Weg in die Stadt sah ich nahe der Schule in der Albertgasse einen Polizisten, den Vater eines meiner Schüler. Er begrüßte mich freundlich und fragte mich, wohin ich ginge. Als ich antwortete, dass ich in die Innere Stadt unterwegs sei, sah er mich vorwurfsvoll an. »Das ist keine gute Idee, die ganze Stadt ist in Unruhe.« In Meidling sei gestern ein Bombenanschlag auf einen jüdischen Juwelier verübt worden. »Wir sind in Alarmbereitschaft.« Das Innenministerium habe Hinweis auf weitere Anschläge. »Wer macht so etwas?«, fragte ich ihn und er zuckte etwas verlegen die Achseln. »Die Hakenkreuzler vielleicht«, antwortet er nach einer Pause leise.

Ich wollte mich nicht abhalten lassen, ging weiter. Je näher ich dem Stadtzentrum kam, umso mehr Polizisten waren auf den Straßen. In der Nähe der Regierungsgebäude waren sogar Spanische Reiter aufgestellt worden. »Wird es jetzt Bürgerkrieg geben?«, fragte mich Annemarie, kurz nachdem ich im Café eingetroffen war. Sie erzählte mir, dass sie den ermordeten Juwelier, Herrn Futterweit, gut gekannt habe. »Er ging in dieselbe Synagoge wie ich.«

Es fiel mir auf, wie seltsam leise es im Café war. Mir kam vor, alle unterhielten sich nur noch im Flüsterton. Da waren keine heftigen politischen Debatten mehr zu hören. In den Nischen saßen wenige Herren und noch weniger Damen, und es schien, als hütete sich jeder, so wie man es früher getan hatte, ein Urteil zur politischen Lage laut preiszugeben. Stattdessen musterten sie jeden Hereinkommenden, als wäre er ein potenzieller Spitzel.

»Hans ist nicht mehr in Wien!«, sagte Annemarie, als sie mir den Kaffee an den Tisch brachte. »Er hat sich heute Vormittag von mir verabschiedet, stand plötzlich mit seinem Koffer da.« Seine Arbeit für die Gräfin sei beendet, habe er gesagt. Dann sei er gegangen. Wohin, wisse sie nicht. Er wollte nichts sagen, sei »ganz verklemmt gewesen«. Hans habe nur erwähnt, dass er bereits eine Fahrkarte ins Ausland habe. Sie sah mich verzweifelt an. »Er flüchtet schon wieder.«

In diesem Moment betrat eine große Gruppe das Café, um die sich Annemarie kümmern musste. Wir konnten unser Gespräch nicht fortsetzen und ich steckte Hans' Skizzenblock wieder ein. Kaum war ich allein, wuchs in mir die Wut. Welchen Aufwand hatten Annemarie und ich betrieben, um Hans zu finden! Und er? Er brach schon wieder aus, verschwand irgendwohin und ließ sich suchen. Wie rücksichtslos er gegenüber Menschen war, die ihn mochten, wie egozentrisch und ignorant.

Damals, im Sommer 1933, war ich mir sicher, er würde sich bald melden, bei Annemarie oder bei mir. Und selbst wenn wir ihn suchen müssten, würde er uns irgendwo Hinweise hinterlassen. Es war, so glaubte ich, dasselbe Spiel, das er immer wieder betrieben hatte.

Mich irritierte nur, dass er seinen Skizzenblock offensichtlich aufgegeben hatte. Hans musste doch bemerkt haben, dass er ihn bei mir am Heuberg vergessen hatte. War die Flucht so dringend, dass er sogar seinen größten Schatz an Kreativität und Erinnerung hinter sich ließ?

Annemarie war wieder in ihre professionelle Rolle der Kellnerin zurückgekehrt. Fast war ich ein wenig enttäuscht darüber. Zum Abschied versprachen wir einander, sofort Bescheid zu geben, sollte einer von uns von Hans hören. Aber der Anlass bot sich nicht. Er meldete sich nicht. Monat um Monat verging ohne Nachricht.

Mich bedrückte sein Verschwinden immer noch, als ich kurz vor Weihnachten noch einmal Annemarie im Schweden-Café aufsuchte. »Setz dich an seinen Platz, dann ist wenigstens einer von der Familie da«, sagte sie in einem eigenartigen Ton.

Sie brachte mir eine Melange und blieb vor dem Tisch stehen, als wollte sie mir etwas mitteilen, wüsste aber nicht wie. Gefühlte Minuten vergingen. Sie sah mich nicht an, sondern stierte durch das Fenster hinaus auf den Donaukanal. Dann endlich presste sie drei Worte heraus: »Ich gehe weg.« Sie strich mir mit der Hand über meinen Oberarm. Sie setzte immer wieder an, schaffte es aber nicht weiterzusprechen, ohne dass ihre Stimme versagte. Nach einer langen Pause erklärte sie mir, dass sie wieder zu ihren Eltern nach Ungarn ziehe. Die beiden seien alt und krank. »Ist das der einzige Grund?«, fragte ich, aber sie antwortete nicht. Stattdessen hob sie nur die Schultern.

Nachdem sie meinen Tisch verlassen hatte, sah ich ihr lange zu, wie sie die anderen Gäste bediente. Sie war eine starke Frau.

Mit ihrem Weggehen löste sich ein weiterer Anker meines Bruders in Wien. Ich war überzeugt davon, dass Annemaries Entscheidung, zurück nach Ungarn zu gehen, auch mit seinem Verschwinden zu tun hatte. Sie hatte ihn vielleicht mehr geliebt, als ich es je geahnt hatte. Über Jahre begleitete sie sein Schicksal, sah zu, wie er andere Frauen umgarnte, immer wieder den Halt unter den Füßen verlor, aber sie blieb ihm auf ihre Art die ganze Zeit treu.

Sie musste enttäuscht sein, dass er alles hinter sich gelassen hatte – auch sie. Als Annemarie zurück an meinen Tisch kam, brachte sie ein Foto mit. Es zeigte Hans und sie bei der Eröffnung des Schweden-Cafés. Sie setzte sich zum ersten Mal, seit ich sie kennengelernt hatte, zu mir an den Tisch, gab einem der anderen Kellner ein Zeichen und der brachte zwei Gläser Wermut.

Sie hatte sich ein wenig gefasst, stieß mit mir auf die Zukunft an und lächelte wieder. Annemarie erzählte, dass sie Geld gespart hatte. Sollte es notwendig sein, könnte sie mit ihren Eltern irgendwoandershin ins Ausland gehen – »weit weg, wo es keine so meschuggenen Menschen gibt.«

Ich zeigte auf das Foto, das noch immer vor uns lag. »War das mehr als nur Freundschaft?«, fragte ich. Sie überlegte lange, bevor sie mir eine Antwort gab. »Es ist kompliziert, schwer in Worte zu fassen«, sagte sie dann. Hans und sie seien fast zeitgleich nach Wien gekommen, hätten sich damals im Café Siller kennengelernt. Am Anfang seien sie ein paarmal gemeinsam unterwegs gewesen. »Damals hatten wir ja kein Geld. Wir sind einfach so durch die Stadt spaziert und Hans hat mir all die schönen Gebäude gezeigt.« Natürlich habe sich da etwas ergeben. Nun stockte sie wieder, suchte nach den richtigen Worten. »Es ist vielleicht zu wenig gewesen – zumindest für einen von uns beiden.«

Zum Abschied fasste sie meine Hände, sah mich an und nahm mir das Versprechen ab, mich umgehend bei ihr zu melden, sollte Hans auftauchen. Wir tauschten unsere Adressen aus und ich versprach ihr, in jedem Fall bald zu schreiben.

Annemarie blieb nicht lange in Ungarn. Nach dem baldigen Tod ihrer Eltern ging sie 1937 nach Schweden. Sie floh vor den wachsenden Repressionen gegen Juden. Ein Cousin ihres Vaters nahm sie in Malmö auf. Noch einmal schrieb sie mir kurz nach ihrer Ankunft. Danach verlor sich unser Kontakt.

33

Wenn Menschen verschwinden, zerbricht auch der Freundeskreis, den sie zusammengehalten haben. Mit Hans' Abschied aus Wien zerbrach nicht nur das. Es war, als begänne das ganze Land zu zerfallen. Fast täglich verschärfte sich die politische Lage. Der Bürgerkrieg war zum Greifen nahe.

An einem Dienstag im Februar 1934 war es so weit, da hörte ich das dumpfe Grollen der Artillerie bis zu uns herauf auf den Heuberg, aus dem nahen Ottakring waren Gefechte zu hören. Von unserem Garten aus sah ich Richtung Floridsdorf, einem nördlichen Bezirk von Wien, wo die Kämpfe am heftigsten waren. Immer wieder stiegen Rauchsäulen über den Häusern auf. Der Unterricht war an diesem Tag vorzeitig abgebrochen worden. Nachdem ich Jakob von der Schule abgeholt hatte, waren wir beide seit Mittag daheim. Nur Irmgard fehlte. Sie war gleich nach dem Unterricht zu ihren Parteigenossen aufgebrochen. »Ich muss helfen«, stand auf einem kleinen Zettel, den sie mir hinterlassen hatte.

Ich bekam keinen Bissen hinunter, nur Jakob verschlang mit großem Appetit sein übrig gebliebenes Jausenbrot. An warmes Essen war nicht zu denken, die Arbeiter des E-Werks hatten im Zuge des Generalstreiks den Strom abgeschaltet.

Immer wieder ging ich in den Garten, sah auf die Stadt hinunter, in der sich Polizei, Soldaten und Heimwehr auf der einen und sozialdemokratische Aufständische samt Truppen des Republikanischen Schutzbunds auf der anderen Seite Gefechte lieferten. Das Gefühl war wie damals im Krieg, nur bangte ich diesmal nicht um mein eigenes, sondern um das Leben meiner Frau. Irmgard hatte kaum ein Wort über ihre politischen Aktivitäten verloren. Ich wusste nur, dass sie Flugblätter gedruckt hatte.

Am Abend kam sie nicht nach Hause. Jakob, der eher interessiert als verängstigt auf die umkämpfte Stadt hinuntersah, fragte mich immer wieder, wo Mama sei.

Sie blieb verschwunden, auch als es schon Nacht war. Mir wurde bange. Sie war in den Wochen davor oft verbittert gewesen, ärgerte sich über jede Maßnahme der Regierung, so unbedeutend sie auch war. Viele Stunden hatte sie in Sitzungen ihrer Bezirksparteileitung und im nahen Arbeiterheim verbracht. Jetzt hoffte ich nur, sie würde wieder dort mit ihren Parteikollegen beraten und nicht irgendwo in die Kämpfe verwickelt sein.

Am nächsten Tag, einem Mittwoch, kam einer unserer Nachbarn, Josef Erhard, zu uns. Verstört berichtete er, Irmgard sei verhaftet worden. Die Polizei und die Heimwehr hätten alle Parteibüros gestürmt, die Sozialdemokratische Arbeiterpartei sei aufgelöst, führende Mitglieder – auch der Bürgermeister – seien in Gewahrsam genommen worden. Alle Personen, die sich aktiv am Aufstand beteiligt hatten, seien im Gefängnis oder in einem der Anhaltelager der Regierung. »Auch deine Irmgard.«

Mir wurde übel. Ich wusste nicht, was zu tun war. Die Ungewissheit machte alles noch schlimmer. Ich ärgerte mich über Irmgard, die meine Warnungen nicht hatte hören wollen, sich immer stärker im Widerstand engagiert hatte. Am nächsten Tag sprach ich bei der Polizei vor, bekam aber keine Auskunft. Den Regierungstruppen war es mittlerweile gelungen, alle Aufstände niederzuschlagen. Doch die Ordnung war noch nicht wiederhergestellt. Viele Geschäfte waren geschlossen, kaum jemand wagte sich auf die Straße. Jeden Tag ging ich zur Polizei, wurde jedes Mal vertröstet.

Jakob, der mit seinen neun Jahren vorerst alles ruhig hingenommen hatte, suchte nun immer mehr meine Nähe. Eines Abends konnte er nicht einschlafen. »Wo ist Mama?«, fragte er immer wieder. »Ich weiß es nicht«, antwortete ich mehrmals. Irgendwann weinte er sich in den Schlaf. Am nächsten Morgen saßen wir zum Frühstück in der Küche. Da stand er unvermittelt auf, nahm mich in die Arme und flehte mich an: »Bitte hol Mama zurück.«

Es dauerte mehr als zwei Wochen, ehe Irmgard an einem Donnerstagnachmittag nach Hause kam. Sie war ohne formellen Haftbefehl inhaftiert und nun wieder freigelassen worden. Wären da nicht ihre verschmutzte Kleidung gewesen, die verklebten Haare, niemand hätte ihr die Erlebnisse der vergangenen Tage angesehen. Ihre Augen strahlten, sie genoss unser Wiedersehen. Ich war überrascht, wie wenig ihr die Gefangennahme und die Verhöre zugesetzt hatten. Sie nahm zuerst Jakob, später mich in die Arme, setzte sich zu uns an den Küchentisch und erzählte alle Einzelheiten über die Lage im Arbeiterheim während des Aufstands, die anfängliche Euphorie, die wenigen Nachrichten, die sie von den Kämpfen erhielten, die Kapitulation und die Erstürmung durch die Polizei.

»Stell dir vor, wen ich im Gefängnis getroffen habe«, sagte sie und schmunzelte. »Den Trauner Rudi.« Ihn hatten die Sicherheitskräfte bereits eine Woche vor den Unruhen inhaftiert, weil er an einer illegalen Veranstaltung der Nationalsozialisten teilgenommen hatte. »Er war richtig freundlich, hat mich sofort gegrüßt, als wir an ihm vorbei in den Frauentrakt geführt wurden.«

Nur einmal habe ich an diesem Tag an meinen Bruder gedacht: als Irmgard mir von den vielen Toten und den Hingerichteten in den Reihen der Sozialdemokraten erzählte, von der Spaltung ihrer Partei. Da fiel mir ein, wie Hans vor jedem politischen Engagement gewarnt hatte. Wir sollten uns da nicht hineinziehen lassen, hatte er argumentiert.

Diesmal ersparte sich Hans die Beklemmungen in einer Stadt, in der das zweite Mal innerhalb weniger Jahre Blut geflossen war. Waren seine Flucht und sein Neubeginn vielleicht die bessere Option als Irmgards verzweifelter Versuch, die Welt um sie herum zu verändern? Denn es war nicht nur die Politik, es war auch ein großer Teil der Gesellschaft, der das nicht zuließ. Sie zerstörte in einer unbändigen, wenngleich sinnlosen Beharrlichkeit alle, die sich um Veränderung zum Besseren bemüht hatten.

Für Irmgard und mich brach mit dem Ende der roten Stadtregierung eine Zeit der Unsicherheit an. Wir wussten nicht, wie das Dollfuß-Regime mit den städtischen Wohnungen verfahren würde. Müssten wir unser Zuhause vielleicht verlassen? Irmgard befürchtete, nach ihrer Inhaftierung die Arbeit als Lehrerin zu verlieren. Vor allem aber wussten wir nicht, wem noch zu trauen war. Denn immer mehr unserer Bekannten und Kollegen traten der Vaterländischen Front bei, der Einheitspartei, oder ließen sich sogar von den illegalen Nazis anwerben.

Als fünf Monate später Bundeskanzler Dollfuß bei einem misslungenen Putsch der Nationalsozialisten ums Leben kam, war klar, dass die unruhigen Zeiten noch lange nicht vorbei waren. Am Morgen des Dollfuß-Attentats war ein Brief meines verschwundenen Bruders eingetroffen. Er kam in einem grauen Umschlag mit einem Stempel aus der Tschechoslowakei. Seine Schrift erkannte ich sofort.

Karlsbad, 15. Juli 1934

Lieber Viktor!

Seit vielen Wochen will ich Dir schreiben. Ich hoffe, dass Du keine Sorge um mich hattest. Aber ich habe es nicht mehr ertragen, in Wien zu bleiben. Zu viele schmerzliche Erinnerungen beglei-

teten mich dort täglich. Deshalb bin ich nach Tepliz-Schönau gezogen, wo ich einen kleinen Auftrag für die Gestaltung einer Villa übernommen habe. Danach ging es hierher nach Karlsbad, wo ich ein Café eingerichtet habe. Noch immer muss ich die meisten Arbeiten selbst erledigen, aber schon warten zwei neue Aufträge und ich darf hoffen, dass ich mich bald wieder auf die Planung konzentrieren kann. Derzeit wird hier viel gebaut und renoviert. Kommenden Monat ziehe ich nach Aussig, wo ich erstmals wieder ein Hotel gestalten kann.

Aus Wien höre ich, dass es einen blutigen Aufstand gab. Ich hoffe, Euch geht es gut. Bitte lass Irmgard, Jakob und natürlich Annemarie von mir grüßen, wenn Du sie wieder einmal im Schweden-Café siehst. Ich hoffe, dass wir uns bald wiedersehen – ob hier oder in Wien. Schicke Dir demnächst meine neue Adresse.

Sei herzlich gegrüßt
Hans

Er hatte also keinen Kontakt mehr zu Annemarie, denn sonst hätte er gewusst, dass sie nicht mehr in Wien war. Aus seinem Brief schloss ich außerdem, dass er von Stadt zu Stadt zog.

Obwohl ich ihm nicht alles verzeihen konnte, fehlte er mir. Ich nahm mein Tagebuch zur Hand, blätterte zurück zu jenen Tagen, als wir gemeinsam mit Irmgard und Sidonie Ausflüge unternommen hatten. Er hatte mir einmal vorgeworfen, dass ich viel zu wenig im Hier und Jetzt lebte, sondern zu oft in der Vergangenheit. Mein Tagebuch, von dem ich ihm einmal erzählt hatte, sah er als Beweis dafür. »Erträumst du dir denn nie eine schöne Zukunft?«, hatte er mich gefragt. Es seien doch die Pläne, die uns voranbrächten, nicht die Zwischensumme unseres bisherigen Lebens. Ich erwiderte ihm damals, dass es ebenso wie schöne Zukunftspläne auch schöne Erinnerungen gebe, aus denen ich Kraft schöpfte.

34

Kein Jazz mehr. Er war aus dem Radioprogramm verschwunden, selbst in den meisten Schallplattenläden war er aussortiert worden. Nur zu Hause hörte ich abends noch eine meiner Platten. Gern wäre ich mit Irmgard wieder in eine der Tanzbars gegangen, aber immer mehr dieser Lokale stellten ihren Betrieb ein. Hie und da gab es noch Konzerte, aber es fehlten die amerikanischen Musiker, die nicht mehr in diesen Teil Europas kamen. Zu oft waren sie angefeindet worden. Das Deutsche Reich hatte Jazz als entartete Kunst gänzlich verboten.

In Österreich war es kaum besser. Irmgard erzählte mir, dass der neue Kulturreferent für den Bezirk Ottakring den Jazz als »krankhafte Erscheinung der damaligen Zeit« bezeichnet hatte. Die »damalige Zeit«, sie lag so kurz zurück und war unsere Zeit gewesen.

»Willst du nicht wieder einmal ins Kino gehen?«, fragte Irmgard. Wir waren lange nicht mehr abends in der Innenstadt gewesen, waren kaum noch ausgegangen. Ich war sofort einverstanden.

Jakob freute sich, dass er bei einem Freund in der Siedlung übernachten durfte. Und wir beide gingen ins Tuchlauben-Kino, wo sie »Frasquita«, einen Operettenfilm zur Musik von Franz Lehár mit Jarmila Novotna, Heinz Rühmann und Hans Moser spielten. Es war ein kühler Novemberabend. Seit sich Irmgard kaum noch mit ihren früheren Parteigenossen traf, ging es ihr trotz der politischen Lage besser. Sie wirkte fröhlicher, lächelte wieder. All der interne Streit, die mangelnde Entschlossenheit der Parteiführung, die gemeinsame Hilflosigkeit hatten sie belastet.

Weil es eine kalte Nacht werden sollte, trug ich nach langer Zeit wieder den schönen warmen Mantel, den mir Hans nach Kriegsende geschenkt hatte. Seine Taschen waren so groß, dass sich Irmgards und meine Hand darin gemeinsam wärmen konnten.

Die Stadt wirkte friedlich. Endlich waren wieder mehr Menschen unterwegs, saßen in den Cafés und Weinstuben. Auch wir tranken noch rasch einen Kaffee, bevor die Vorstellung begann. Dann sahen wir den Film, der in den Zeitungen gepriesen worden war. Franz Lehár war populär, doch ich empfand die Musik als schwülstig, längst nicht so spielerisch wie jene der Revuen und des Jazz. Die Handlung war von der gleichnamigen Operette übernommen worden. Eine schlichte Geschichte – ein Hin und Her von Liebschaften, falschen Verdächtigungen, Enttäuschungen und natürlich ein Happy End.

Nach dem Film spazierten wir eine Runde durch das Stadtzentrum. Irmgard war schweigsam. Es dauerte eine Weile, dann sagte sie: »Dein Bruder hätte diesen Film nicht gemocht. Ihm wäre die Handlung zu einfach gestrickt gewesen.« Ich war verwundert, dass sie an Hans dachte, pflichtete ihr aber bei. Ihm hätte »Frasquita« nicht gefallen. Bei ihm musste alles Teil des Fortschritts sein, ihn faszinierte das Neue, aber vor allem das Freie, Offene, das jedem erlaubte, seinen eigenen Weg darin zu finden.

Nahe der Staatsoper hatte damals ein neues Bierlokal eröffnet, das Pantherbräu. Ich drängte Irmgard dazu, noch auf ein Bier zu gehen. Kurz später saßen wir im rustikalen Gastraum – um uns herum riesige Wandgemälde von österreichischen Landschaften. Irmgard sagte neuerlich: »Das hier würde Hans auch nicht gefallen.« Ich war irritiert, dass sie heute immer wieder von meinem Bruder redete. Sie sah mich nachdenklich an. Seit seinem Abschied aus Wien, so erklärte sie mir, sei ich verändert. Ich wirke traurig und müde. »Er hat viel angerichtet, der Hans, aber seine Lebensfreude, seine Ideen haben dich immer aufgemuntert.«

Wir redeten an diesem Abend noch länger über ihn. Über seine verrückten Träume und sein unerreichbares Ideal von Freiheit. In der Zeitung hatte ich gelesen, dass der Österreichische Werkbund von Josef Hoffmann neu gegründet worden war. Künftig durften nur noch arische Künstler und Gestalter in diesen elitären Kreis aufgenommen werden. Juden wie Josef Frank war die Mitgliedschaft verwehrt. An der Kunstgewerbeschule wurde neben den gestalterischen Fächern nun auch Kirchenkunst unterrichtet – ganz im Sinne der klerikalen Regierung. Als ich ihr das erzählte, grinste mich Irmgard an. Ihr kleiner, süßer Spalt zwischen den Vorderzähnen kam zum Vorschein und sie wiederholte mit einem Schmunzeln ihren Stehsatz: »Nein, nein, Hans würde das nicht gefallen.«

Auf dem Heimweg erzählte mir Irmgard, dass Jakob bei einer Schulaufführung im Kindertheater Marie gesehen habe. Das Mädchen wollte gleich auf ihn zulaufen, doch ihre Lehrerin hatte sie davon abgehalten. Die beiden hätten sich quer durch den Saal Zeichen gegeben. Ich schlug vor, dass wir trotz des Bruchs mit den Trauners versuchen sollten, Marie zu uns einzuladen. »Vielleicht hat sich die Stimmung in der Hasnerstraße in der Zwischenzeit beruhigt.«

An einem Freitagnachmittag ging ich die Thaliastraße hinunter, bog in die Haberlgasse ein und weiter in die Hasnerstraße. Das Hoftor war geschlossen, es war eine neue elektrische Glockenanlage installiert worden, mit einigen Namen, die ich nicht kannte. Paulina und ihre Mutter fand ich nicht darunter. Ich läutete schließlich irgendwo, worauf sich eines der Fenster über mir öffnete. Eine Frau blickte vom ersten Stock herab und ich fragte sie, ob Paulina Schemberg und ihre Tochter Marie noch hier wohnten. Sie erzählte, dass die beiden mit der

Großmutter in eine Gemeindewohnung gezogen seien – in den Reumannhof am Margaretengürtel. Die genaue Anschrift, die Stiege oder Türnummer kenne sie leider nicht.

Ich beschloss, gleich hinzufahren und den dortigen Hausmeister nach ihnen zu fragen. So würde ich sie sicher finden.

Die Stadtbahn brachte mich zu dem riesigen Gemeindebau. Hunderte Wohnungen waren hier noch von der alten Stadtverwaltung errichtet worden. Es gab nicht nur eine oder einen, sondern mehrere Hausmeisterinnen und Hausmeister, aber bereits die erste, die ich traf, hatte ein Verzeichnis aller Bewohner bei sich und schickte mich auf Stiege 8, Tür 15.

Als ich vor der Tür mit dem kleinen Schild »Trauner« stand, war ich entschlossen, mich diesmal nicht davonjagen zu lassen. Ich klopfte, hörte Schritte, dann stand die alte Frau Trauner vor mir. Sie trug eine weiße Bluse mit Rüschen und darüber eine warme graue Weste. Ich erklärte ihr, dass ich gerne Paulina und Marie zu uns einladen würde, aber sie wies mich ab. Sie bot mir auch nicht an, in die Wohnung einzutreten, sondern erklärte nur: »Viktor, du weißt, dass wir diesen Kontakt nicht mehr wollen. Es ist zu viel geschehen.« Für Marie, so erklärte ich, seien aber auch wir ein Teil ihrer Familie. Sie habe ihren Vater verloren, warum denn auch noch uns und ihren Cousin Jakob, mit dem sie immer so gerne gespielt habe? »Weil es so ist«, sagte sie und schloss die Tür.

Aussig, 2. August 1936

Lieber Viktor!

Vor vier Wochen bin ich in Aussig angekommen. Erstmals habe ich wieder eine eigene Wohnung. Ich habe begonnen, das Hotel 1900 im Zentrum der Stadt neu zu gestalten. Es ist mein erster Großauftrag seit dem Umzug aus Wien, deshalb ist er mir sehr wichtig. Frau Schindler und ihre Tochter Elfi, die Eigentümer des Hotels, haben mich liebevoll aufgenommen. Sie bewirten mich jeden Tag, stopfen mich mit Essen voll, sodass ich schon fürchte, fett zu werden.

Aus Wien höre ich leider nichts Gutes. Meine ehemaligen Kommilitonen beschweren sich, dass die volkstümliche Kunst wieder dominiert und die Moderne verdrängt. Es ist, als ob die Zeit zurückgedreht würde, unsere erkämpften Fortschritte zunichtegemacht werden. Durch einen Zufall habe ich erfahren, dass die Luster-Werkstatt in der Hasnerstraße nur noch klassische Kristallluster herstellt. Mir ist auch nicht entgangen, dass Josef Hoffmann im Auftrag der neuen Regierung einen Pavillon für die Biennale in Venedig entworfen hat. Er ist also zum modernen Feigenblatt dieses Regimes geworden.

Hier in Aussig ist es herrlich. Es geht mir wenig ab, außer meine Freunde in Wien und vielleicht die Zigarren, die ich hier nicht bekomme. Stell Dir vor, die verkaufen kaum noch Zigarren aus Kuba oder anderen Ländern. Seit Hitler das Sudetenland eingegliedert hat, kommt alles aus Deutschland. In Karlsruhe haben sie sogar ein eigenes Tabaklabor dafür eingerichtet, um internationale Sorten zu imitieren. Das hat mir mein Trafikant hier erzählt. Aber dieser Tabak ist abscheulich. Solltest Du einmal Gelegenheit haben, mich hier zu besuchen, wäre ich glücklich, wenn Du mir ein paar gute Zigarren von der Trafik am Neuen Markt mitbringen könntest – und natürlich die Zigarrenkassette von Hoffmann, die du für mich aufbewahrst.

Wie geht es Jakob und Irmgard? Seid Ihr noch manchmal in der Stadt unterwegs und geht in eines der schönen Cafés oder in die Femina? Bitte schreib mir einmal, ich würde mich darüber sehr freuen.

Herzliche Grüße

Hans

Hier meine neue Adresse: Breitegasse 7, Aussig

Endlich wieder ein Lebenszeichen von meinem Bruder, diesmal sogar mit Adresse. Ich war beruhigt und gleichzeitig enttäuscht. Beruhigt, weil er endlich wieder einen Hafen gefunden hatte, in dem er seinen Optimismus leben konnte. Enttäuscht, weil der Brief oberflächlich geblieben war und Hans offensichtlich nicht einmal mehr daran dachte, nach Wien zurückzukehren.

Ich schrieb ihm mehrere Briefe zurück. Ich erzählte ihm von Annemarie, die Wien verlassen hatte, von Jakob, der mittlerweile ins Gymnasium ging. Aber ich bekam über zwei lange Jahre keine Antwort. Währenddessen brach in Wien noch mehr zusammen: Die Regierung unter dem neuen Bundeskanzler Kurt Schuschnigg scheiterte, sie hatte erfolglos versucht, sich mit dem Deutschen Reich zu arrangieren. Unser Staat löste sich auf, da immer mehr Menschen in die Arme der Nationalsozialisten liefen. Das Kulturleben brach zusammen. Statt Menschlichkeit und Toleranz breitete sich Misstrauen und Denunziantentum aus.

Während Hans in Aussig noch immer vom Schönen träumte, all seine familiären und finanziellen Verpflichtungen hinter sich ließ, verschwand Österreich von der Landkarte.

35

Es war wie die Choreografie eines Monumentalfilms. Überwältigende Bilder voll Kraft und Macht: In präzisem Stechschritt kamen sie näher, setzten Fuß vor Fuß. Die Menge verstummte. Die Soldaten hielten ihren rechten Arm schräg in den Himmel, als könnten sie an den Wolken kratzen. Viele der Passanten taten es ihnen gleich. Die Kirchenglocken der ganzen Stadt läuteten.

Ich wollte diesen Moment sehen, an dem meine langjährige Heimat im Deutschen Reich aufging. An der Mariahilfer Straße konnte ich es beobachten. Irmgard hatte sich geweigert mitzukommen. Da stand ich nun allein als Neugieriger zwischen all den Begeisterten. Hunderttausende waren gekommen, sie säumten die Straßen Wiens, um ihn zu sehen, wie er mit seinem offenen Mercedes in die Stadt einfuhr.

Bevor Adolf Hitler eintraf, war ich die Mariahilfer Straße vom Stadtzentrum aus ein Stück hinaufgegangen. Ich suchte mir bei der Stiftskirche einen geeigneten Platz, von dem aus ich alles überblicken konnte. Eine Weile stand ich schon dort, da erkannte ich auf der gegenüberliegenden Straßenseite mitten in der Menge die alte Frau Trauner. Sie sah gebeugt und gebrechlich aus, stützte sich auf einen Stock. Neben ihr standen Paulina und ein Mann, den ich als ihren Verehrer aus dem Café wiedererkannte. Dahinter Erika, die eine Hakenkreuzfahne schwang.

Immer wieder sah ich über die breite Straße, bemerkte aber erst nach einigen Minuten das große Mädchen an Frau Trauners Seite. Das musste Marie sein. Hübsch sah sie aus mit ihrer dünnen blauen Jacke, einem grauen Rock und braunen, lockigen Haaren. Immer wieder hängte sich die alte Frau Trauner bei ihr ein, um sich zu stützen. Geduldig nahm Marie das hin. Aber ich bemerkte auch, wie sie fast ängstlich auf die vielen Menschen blickte. Vielleicht ging es ihr wie ihrem Vater, den solche Massen immer in Panik versetzten.

Aufmerksam beobachtete ich, wie Erika den vorbeimarschierenden Sturmtruppen zujubelte. Paulina sah fröhlich aus, aber klatschte und schrie nicht so wie viele neben ihr. Und Marie? Sie setzte einen Blick auf, wie er Jugendlichen in diesem Alter oft einmal entkommt. Ein Blick, der von Abscheu gegenüber allen Erwachsenen zeugt. Nicht selten hatte ich mich in der Schule über pubertierende Jugendliche geärgert, ihre egozentrische Überheblichkeit verabscheut. Marie führte mir in diesem Augenblick aber vor Augen, dass ich ihnen unrecht getan hatte. Sie entwickeln als Heranwachsende die Kraft und den Mut, den Erwachsenen ein erbarmungsloses Spiegelbild vorzuhalten.

»Jetzt kommt der Führer«, schrie eine Frau neben mir. Sie schwang ihre Hakenkreuzfahne so heftig, dass mir der Stoff über das Gesicht strich. Ich ging ein Stück weiter, sah in diesem Moment den Konvoi von rund vierzig Autos durch die Menschenmenge rollen – und mitten unter ihnen in einem offenen Dreiachser Adolf Hitler, der sich wie ein Monarch vom Volk feiern ließ. Als ich danach wieder über die Straße sah, um noch einmal einen Blick auf Marie und die Trauners zu werfen, waren sie verschwunden.

36

Die Einladung kam unverhofft.

Viktor, mein lieber Bruder!

Seit zwei Jahren wohnen wir hier in der Nähe von Aussig in einem schönen Haus. Ich arbeite viel, habe viele Aufträge und uns geht es gut. Nur ein paar wichtige Menschen gehen mir ab – darunter auch Du. Möchtest Du uns, meine liebe Elfi und mich, Mitte März, vom 13. bis 16. besuchen kommen?

Seit er Wien verlassen hatte, habe ich lediglich zwei Briefe von ihm erhalten. Und jetzt, nach drei Jahren, diese Einladung. Wieder war eine neue Frau an seiner Seite. Das wievielte Leben war es, das er gerade begonnen hatte? Das dritte, vierte, fünfte? Wer war Elfi? Ich kramte seinen letzten Brief heraus. Auch vor drei Jahren hatte er von einer Elfi geschrieben, der Tochter der Schindlers, der Hoteleigentümer in Aussig. Es schoss mir sofort durch den Kopf: Wieder das gleiche Muster, wieder hat er sich ins gemachte Bett gelegt.

Irmgard wollte mich überreden, die Reise nicht anzutreten. In der Tschechoslowakei zeichnete sich nach der Okkupation des Sudetenlands durch das Deutsche Reich eine schwierige Lage ab. Aber es drängte mich, meinen Bruder wiederzusehen. Und ich wollte wissen, wie und wo er nun lebte.

Im März 1939 – der Direktor meiner Schule hatte mir für den Besuch vier Tage freigegeben – nahm ich den Zug über Prag nach Aussig. Die Landschaft unserer alten Heimat zog an mir vorbei. In den deutschen Ortschaften waren Hakenkreuzfahnen aufgezogen. Alles erschien mir sauber und gepflegt.

Die Fahrt führte zuerst die Moldau, später die Elbe entlang. Kaum kamen wir wieder in sudetendeutsches Gebiet, sah ich auf den Straßen deutsche Militärfahrzeuge. Truppen wurden bewegt. In einer der Stationen stand ein ganzer Zug mit Panzern. Die Erinnerungen an den Krieg arbeiteten sich an die Oberfläche. Ich fühlte mich unwohl. Der Bahnhof von Aussig wirkte wie militärisches Sperrgebiet. Überall Soldaten, gebrüllte Befehle und immer gegenwärtig: ein »Heil Hitler«.

Als ich aus dem Bahnhofsgebäude hinaus auf die Straße trat, stand er vor mir. Er hatte etwas zugenommen, seine Wangen waren nicht mehr eingefallen, seine Augen traten nicht mehr hervor. Er stand in einem langen, warmen Mantel vor mir. »Servus Viktor!«, sagte er und umarmte mich.

Hans erkundigte sich nach meiner Fahrt und sah sich ständig um. Auch ihn irritierten die vielen Soldaten. »Lass uns hier wegfahren«, sagte er. »Ich hätte dir gerne das Stadtzentrum gezeigt, aber es ist heute voll mit deutschen Soldaten. Der Hauptplatz ist ein Fahnenmeer und nun sitzen sie in jedem Gasthof.«

Er wies mir den Weg zu einer dunklen Limousine, öffnete mir die Seitentür und ließ mich einsteigen. Jetzt konnte er sich also wieder ein Auto leisten. Und es war ein noch größeres als damals der Austro-Daimler in Wien.

Hans steuerte den Wagen aus der Stadt hinaus die Elbe entlang Richtung Süden. Gegenüber, auf der anderen Seite des Flusses, tauchte eine Ruine auf. »Das ist Schreckenstein, ich kann die Burg von unserem Haus aus sehen«, erklärte er mir. Fast bedrohlich stand sie auf einem dunklen Felsen, wachte über das Tal. »Wir sind gleich da«, sagte er und lenkte den Wagen zu einem großen holzverkleideten Haus. Es war eine Villa mit einer gläsernen Veranda, die über dem Fluss thronte.

»Du musst Viktor sein. Willkommen!«, begrüßte mich Elfi. Mit ihren blonden, zu einem Zopf zusammengebundenen

Haaren sah sie wie das Idealbild deutscher Frauen aus: jung, agil und ein wenig traditionell. Ihr Lächeln war freundlich, aber auch förmlich. Nicht gleich bemerkte ich das kleine Kind, das sich hinter ihr versteckt hielt: ein blondes, schüchternes Mädchen. Hans nahm es auf den Arm, drückte es liebevoll an sich. »Schau, Karmen, das ist dein Onkel Viktor.«

Ich war erstaunt. Nun hatte er nicht nur einen neuen Platz zum Leben, eine neue Frau, sondern auch schon ein neues Kind. Es konnte gerade erst stehen, war vielleicht eineinhalb Jahre alt. In seinem Brief hatte er nichts von der Tochter erzählt.

Das Haus war modern, aber nicht ganz so konsequent eingerichtet, wie es seinem Stil entsprochen hätte. Es gab alte Ölgemälde und geschwungene Vasen, Bugholzsessel und einen dazu passenden schwarzen Holztisch. Hans und ich nahmen auf der Veranda mit der schönen Aussicht über die Elbe Platz, Elfi brachte uns Kaffee und Wermut. »Ich hoffe, du fühlst dich wohl bei uns«, sagte sie steif und musterte mich von oben bis unten. Dann zog sie sich in die Küche zurück.

Hans erzählte mir von seinen Aufträgen in der Stadt. Zuerst habe er das große Hotel von Elfis Familie gestaltet. Danach folgten Arbeiten an anderen Hotels und Gasthöfen in der Umgebung. »Seit die Nazis da sind, habe ich noch mehr zu tun. Die wollen jetzt alle Verwaltungsgebäude renovieren. Aussig soll eine Vorzeigestadt im Sudetenland werden.«

»Du machst mit denen Geschäfte?«, fragte ich und ließ ihn meine Entrüstung spüren. Er sah mich ohne jede Unsicherheit an. »Natürlich, Viktor. Denen gehört jetzt der Staat. Ist es bei dir in der Schule anders? Dies sind jetzt auch deine Arbeitgeber.« Elfis Bruder sei ein hohes Parteimitglied und habe ihm die Aufträge vermittelt. »Aber …«, ich stotterte und wurde vor Ärger etwas laut, »… die vertreten doch eine völlig andere Kultur, wollen eine andere Gestaltung als du.«

Hans versuchte mich zu besänftigen und sah etwas nervös um sich, ob Elfi uns zuhörte. Ganz leise sagte er: »Ich weiß, Viktor, reg dich nicht auf.«

In diesem Moment begann der Regen gegen die Scheiben zu prasseln. Es rauschte laut und Hans beugte sich noch näher zu mir. »Ich mache das Gleiche wie bisher, ich nenne es nur anders. Früher hieß es ›Neue Sachlichkeit‹, nun eben ›Anständige Form‹.« Ich solle mir doch die Architektur der Nationalsozialisten einmal genau ansehen. Sie hätten viel vom Bauhaus übernommen.

»Nein, nein, so leicht kommst du mir nicht aus«, zischte ich Hans an. »Hast du von der Ausstellung ›Entartete Kunst‹ gehört? Die Nazis prangern darin alles an, was dir wichtig war. Die reduzieren Kunst auf die enge Aufgabe der Verschönerung. In ihrer Architektur geht es nicht um die Form, die Dimension oder gar um ein Sinnbild für Freiheit des Einzelnen, sondern allein um das Symbol der staatlichen Macht. In der Schule erleben wir das auch! Dort haben sie uns die Bibliothek ausgeräumt. All die großartigen Werke von Stefan Zweig, Erich Kästner oder Robert Musil mussten raus.«

Hans sah mich betrübt an. Er schenkte mir und sich selbst ein weiteres Glas Wermut ein und starrte aus dem Fenster in den Regen.

»Viktor«, sagte er schließlich in einem eigenartigen Ton. »Ich muss dich um etwas bitten.« Er erzählte mir, dass nach der Auflösung des österreichischen Ständestaats und der Eingliederung ins Deutsche Reich auch in Wien wieder Scheidungen erlaubt seien. Dadurch habe er sich endlich offiziell von Paulina trennen können. »Nun kann ich Elfi gegenüber mein Eheversprechen einlösen. Wir haben morgen einen Termin im Rathaus«, sagte Hans und machte wieder eine Pause, als kostete es ihn Überwindung, seine Bitte auszusprechen. »Ich wollte dich fragen, ob du mein Trauzeuge sein kannst. Mir ist das wichtig.« Für Elfi werde ihr Bruder mitkommen.

War das der eigentliche Grund, warum er mich nach Aussig gelotst hatte? Gerade mich, der an seiner letzten Trennung so gelitten hatte, der sich deshalb so zerrissen fühlte? »Denk darüber nach. Aber wir haben leider nicht lange Zeit – nur bis morgen Nachmittag«, sagte er und versuchte verlegen, mir zuzuprosten.

»Ich weiß nicht … ob ich das kann«, würgte ich heraus. Daraufhin erzählte ich ihm, dass ich Marie von der Ferne gesehen hatte. Mir verschlug es die Stimme, als ich erzählte, dass ich sie so gerne zu uns auf den Heuberg eingeladen hätte, aber von der alten Frau Trauner schroff abgewiesen wurde. Hans sah mich erschrocken an, ließ seine Reaktion aber in ein Stöhnen ausklingen. Keine Antwort, kein Kommentar, er nahm eine Zigarette, zündete sie an und wich meinem Blick aus. Schweigen.

Es war ein langes Schweigen, das nur durch das Rauschen des Regens erträglich wurde. Schließlich durchbrach ich es. Bei allem, was uns mittlerweile trennte, konnte ich ihm seine Bitte nicht abschlagen. Es wäre ein finaler Bruch gewesen, den ich nicht wollte. »Hans, ich mach es«, sagte ich ohne einen weiteren Kommentar. Dann stand ich auf und ging hinauf in mein Gästezimmer, ließ ihn bis zum Abendessen allein.

Die Trauung fand einen halben Tag früher – schon am Montagvormittag – statt. Elfis Bruder, ein rundlicher kleiner Mann mit Nickelbrille, erklärte uns noch am Abend verschwörerisch, die Verschiebung sei notwendig, denn er werde am Nachmittag sicher gebraucht.

So standen wir am nächsten Tag schon um elf Uhr vormittags zu viert vor dem Standesbeamten. Hans in einem neuen schwarzen Smoking, Elfi in einem weißen schulterfreien Hochzeitskleid, ihr Bruder Georg in SS-Uniform und ich in einem geborgten Anzug meines Bruders.

Als wir am Abend mit Elfis Mutter gemeinsam auf die Hochzeit anstießen, zogen vor dem Haus – die Elbe entlang – Hunderte deutsche Soldaten vorbei. Lastwägen und Panzer rollten über die Straße. Es sah aus wie im Krieg und mir wurde bald bewusst: Es war Krieg.

Am nächsten Tag zu Mittag verkündete Hitler im Radio die Einnahme der Rest-Tschechoslowakei. »Wir sind in Prag!« Elfi entkam ein Jubelschrei, dann sah sie betreten zu mir.

Am letzten Abend vor meiner Rückreise nahm mich Hans in sein Atelier im Souterrain des Hauses mit. Auf seinem Zeichentisch lagen ordentlich aufgereiht Reißzeug, Bleistifte, Lineale und ein großes Dreieck. Es war fast wie damals in seinem kleinen Büro neben der Werkstatt. »Schau, ich habe wieder eine Hängelampe entworfen«, sagte er und zeigte auf eine Zeichnung. Es war eine Konstruktion mit einem großen Metallring, in dem ein kurzer, hängender Stoff – wie ein kleiner Vorhang – eingezogen war. »Schön«, sagte ich, blieb aber kühl. Er habe sich die Einrichtung des Ateliers nach eigenen Entwürfen anfertigen lassen, erzählte er, ohne übermäßig seinen Stolz durchklingen zu lassen. »Schön«, sagte ich erneut.

Er hatte meinen einsilbigen Protest wohl registriert, von einem Moment auf den anderen wurde er zornig: »Verdammt, warum machst du mir immer nur Vorwürfe? Ich will mit den ganzen Nazis nichts zu tun haben. Das weißt du doch! Aber sie sind nun einmal da. Und sie sind stark.« Er habe das Kunsthandwerk nicht verraten. Das komme alles nur von der ständigen Politisierung, schnaubte er. Nach längerem Schweigen versuchte er wieder einen versöhnlichen Ton anzuschlagen: »Viktor, ich bin froh, dass du heute dabei warst. Wir wollen jetzt nicht streiten.«

Ich antwortete nicht, weil ich keine Lust auf Versöhnung hatte. Hans begriff den Grund meines Ärgers nicht. Es war sinnlos, ihm zu erklären, dass es nicht allein um die Kunst oder die äußeren politischen Umstände ging, sondern um die schlichte Ehrlichkeit. Seine Volten, mit denen er sich ständig durchs Leben schwindelte, waren mir zuwider geworden. Er musste doch wissen, dass er sich selbst etwas vormachte. Und er beleidigte meine Intelligenz, wenn er glaubte, ich würde ihm in seine verlogenen Ausflüchte widerspruchlos folgen.

Ich stand auf und sagte, dass ich kurz etwas aus dem Zimmer holen müsse. Dort setzte ich mich kurz auf das Bett und versuchte mich zu beruhigen. Dann kramte ich die Zigarrenkassette aus meinem Gepäck, die ich noch in Wien mit frischen Zigarren von der Trafik am Neuen Markt gefüllt hatte. Kurz nahm ich auch den Skizzenblock mit den Entwürfen und den vielen Porträts von Marie in die Hand, ließ ihn aber dann in meinen Koffer zurückgleiten. Hans hatte ihn nie zurückverlangt. Den Block, so beschloss ich, sollte eines Tages Marie bekommen. Als Trost und als Erinnerung an ihren Vater.

Erst jetzt bemerkte ich, dass ich das kleine Mädchen, seine zweite Tochter Karmen, den ganzen Tag über nicht gesehen hatte. Sie war weder bei der Hochzeit dabei gewesen noch danach am Nachmittag. Verbarg er sie vor mir? Hatte er ein schlechtes Gewissen? Meine Gegenwart musste ihn an seine erste Tochter erinnern.

Als ich zurück in das Atelier kam, gab ich Hans die gefüllte Zigarrenkassette. Er bedankte sich, nahm sie an sich, griff hinein und reichte mir eine der Zigarren. Eine zweite steckte er sich selbst an. Schweigsam rauchten wir nebeneinander. Zwanzig Minuten, vielleicht dreißig vergingen ohne ein Gespräch. Hans sah mir nicht mehr in die Augen.

Am nächsten Tag fuhr ich zurück nach Wien. Der Bahnhof

von Aussig war verändert. Nur noch einzelne Soldaten waren zu sehen. Hans und ich haben uns beim Abschied nicht mehr umarmt.

37

Tommy Dorsey – Irmgard hatte irgendwo doch noch eine Schallplatte des US-Jazzmusikers aufgetrieben. Jetzt drehte sie sich auf meinem Plattenspieler, um mich herum standen liebe Kollegen. Auch Frida und Josef Erhard, unsere Nachbarn, waren da. Sogar unser kürzlich abberufener Schuldirektor Anton Klieba war gekommen. »Night and Day« klang aus dem Grammofon. Kurz nach meiner Rückkehr aus dem Sudetenland überraschten sie mich mit einer der schönsten Geburtstagsfeiern meines Lebens.

Mir kam vor, wir alle hatten für einen Abend lang eine Lücke in der Zeit gefunden, einen kleinen Hinterhof der Normalität. Auf dem Heimweg vom Bahnhof hatte ich gesehen, wie jüdische Geschäfte beschmiert wurden, wie SA-Leute zum Gaudium der Anrainer einen Rabbiner durch eine Gasse trieben. Ich sah Polizisten in Häuser eindringen. Aber hier – daheim – bekam ich zu meinem fünfundvierzigsten Geburtstag eine Schallplatte von Tommy Dorsey und ein Fest. Für einige Stunden fiel die Schwere ab, wir lachten und tranken.

Es vergingen Stunden, in denen keiner ein Wort über die Machtübernahme der Nationalsozialisten, die seit Wochen stattfindenden Pogrome und Verhaftungswellen verlor. Erst spätabends eröffnete Irmgard die Diskussion. Sie erzählte vom früheren GESIBA-Direktor Hermann Neubacher, der einst unter der roten Stadtregierung für den sozialen Wohnbau zuständig gewesen war. Er war, wie sich nun herausstellte, ein illegaler Nazi gewesen und wurde jetzt als Bürgermeister eingesetzt. Josef, der immer noch Kontakt zum GESIBA-Büro hatte, erzählte von einer Jüdin mit schwarzen kurzen Haaren – es musste Sidonie, die ehemalige Freundin meines Bruders sein. Sie habe nicht nur ihre Arbeit, sondern auch ihre Wohnung in der Innenstadt verloren, erzählte er. »Die Nazis haben ihr alles genommen.«

Als die Gäste gegangen waren, tranken Irmgard und ich noch ein Glas Wein im Freien. Wir sahen hinunter auf die beleuchtete Stadt. Sie sah so harmlos, so friedlich aus.

Irmgard löcherte mich mit Fragen, wie es denn in Aussig gewesen sei. Aber ich antwortete nicht. Ich wollte nicht. Ich bat sie, mich nicht weiter zu fragen. Auf der Heimfahrt hatte ich beschlossen, von weiteren Besuchen bei meinem Bruder abzusehen. Es war nicht der Ärger, dass er sich für die Nazis hergab, nicht sein neuerlicher Versuch, in den Wohlstand anderer einzuheiraten. Es war nicht die verschwiegene Tochter oder seine politisch völlig anders denkende Frau. Es war sein Schweigen und Desinteresse, als ich ihm von Marie erzählte. Nur das war ausschlaggebend.

Ein halbes Jahr später begann der große Krieg, der zweite in meinem Leben. Irmgard und ich sahen den Beginn in der Wochenschau, als wir »Die Menschen vom Varieté« ansahen, einen deutsch-ungarischen Kinofilm mit Hans Moser und Attila Hörbiger. Alles schien damals so weit weg von Wien. Sie zeigten deutsche Soldaten in fernen polnischen Dörfern, umjubelt von der Bevölkerung. Unterlegt mit dramatischer Musik wirkten die Bilder unecht. Der echte Krieg, das wusste ich noch zu gut, spielt eine andere Musik: dumpfe Schläge der Geschütze, Knattern der Maschinengewehre, Schreie der Verletzten, Winseln der Sterbenden.

Wir waren wieder im Apollo-Kino gewesen, spazierten diesmal eng aneinandergepresst auf raschem Weg nach Hause. Irmgard erinnerte sich daran, als einst die Nachricht vom Tod ihres Vaters eingetroffen war. Auch er war weit weg von daheim gewesen – in einem fernen Krieg.

Sechs Jahre lang tobte dieser Krieg, sechs Jahre hörte ich nichts mehr von Hans. Es wurde die lauteste menschliche Stille, die ich je erlebt habe. Zuletzt, wenige Wochen vor der Kapitulation, beriefen sie mich mit meinen einundfünfzig Jahren noch einmal ein – in einen Volkssturm ohne Hoffnung. Ich habe überlebt, Irmgard auch, aber es war uns kein Trost. Unser geliebter Sohn Jakob fiel im vierten Kriegsjahr in der Ukraine, unsere Freunde Frida und Josef verloren bei einem Bombenangriff ihr Leben, Sidonie Zwiebelmild wurde im KZ Buchenwald ermordet.

38

»Ich möchte es sehen«, sagte Hans. Wir spazierten Seite an Seite durch die zerbombte Stadt Richtung Schwedenplatz. Der Himmel war klar und am Ende der Rotenturmstraße öffnete sich weiter als zuvor der Blick auf den Donaukanal. Eine ganze Häuserzeile lag in Schutt und Asche vor uns. Sie hatten eine Behelfsbrücke über den Fluss gebaut. Ein Mauerstück ragte wie ein riesiger Eckzahn in den Himmel. Es war ein Teil des früheren Schweden-Cafés.

Hans war nach Kriegsende von Aussig nach Wien geflüchtet. Auch er, der immer auswich, war diesmal zum falschen Zeitpunkt am falschen Ort gewesen. Jetzt sah sein Gesicht aus, als hielte er mit Anstrengung seine Tränen, den Ausbruch all seiner Verzweiflung zurück. Seine Augen waren in dunklen Höhlen vergraben. Er war völlig abgemagert. Mithilfe der Gräfin hatte er sich und seine Familie nach Wien in Sicherheit bringen können, bevor sie in Aussig alle Deutschsprechenden in die Elbe gejagt hatten. Es war die brutale Rache der Tschechen für ihre jahrelange Unterdrückung, für ihre Ausgrenzung, den Terror der Nazis. Wie er mir erzählte, hatte er lediglich einen Tag Zeit gehabt, seine Flucht vorzubereiten. Hans, der noch immer ausgezeichnet Tschechisch sprach, war von einem Freund gewarnt worden, dass eine gewaltsame Vertreibung aller Sudetendeutschen bevorstehe.

Gräfin Liebowitz nahm Hans erneut auf, samt seiner Tochter Karmen, seiner Frau Elfi und seiner Schwiegermutter. Sie waren zu Fuß über die Grenze nach Deutschland gelangt, dann mit einem Fuhrwerk ein Stück mitgenommen worden. Sie übernachteten im Wald und in Scheunen. Schließlich holte sie ein Freund der Gräfin mit seinem Automobil am vereinbarten Treffpunkt ab, brachte sie nach Wien.

Im Spätsommer 1945 stand Hans plötzlich vor unserem Siedlungshaus am Heuberg. Fast hätte ich ihn nicht erkannt. Sein Sakko hatte abgewetzte Ärmel, er trug eine Krawatte und ein weißes Hemd mit einem zerschlissenen Kragen darunter. Einen einzigen Koffer hatten sie nach Wien gerettet und das, was sie am Leib trugen. Alles andere blieb in Aussig zurück, sogar die von Hans so sehr geliebte Zigarrenkiste von Hoffmann.

Wir gaben ihm Essen für Karmen und die beiden Frauen mit. Und ich schenkte ihm einen Anzug, einen dunkelgrauen, den ich nie getragen hatte. Er hat mich dafür herzlich, fast überschwänglich umarmt. »Du musst gut aussehen, gerade jetzt«, sagte ich zu ihm und ihm entkam ein kurzes, dankbares Lächeln.

Eine Woche später trafen wir uns am Rande der Innenstadt. Ich wollte ihn auf eine Jause in einem der wenigen offenen Cafés einladen. Ich wollte Frieden mit ihm schließen, all das Trennende begraben.

Wir standen lange an dem Ort, wo sich einst das Schweden-Café befunden hatte, wo er mir vor so vielen Jahren von seiner geplanten Hochzeit mit Paulina und der nahen Geburt von Marie erzählt hatte. Hier, wo wir uns zigmal getroffen, uns Annemarie bedient hatte.

»Wirst du sie jetzt wiedersehen, deine Tochter?«, fragte ich ihn. Er nickte. Seine Augen zogen sich noch tiefer in ihre Höhlen zurück. Als ich ihn von den zerbombten Häusern wegzog, in eine der weniger beschädigten Gassen, nahm er meine Hand. »Danke!«, sagte er und ich wusste nicht wofür.

Kurz später saßen wir in einem düsteren, kleinen Café, tranken Tee mit Rum. Es hätte so viel zum Reden gegeben, aber wir starrten uns lange nur an: zwei vom Schicksal geschlagene Brüder.

»Wie habt ihr von Jakobs Tod erfahren?«, fragte Hans. Und ich erzählte ihm von den schrecklichen Tagen. Unser Sohn war Mitte des Krieges achtzehn Jahre alt geworden, wurde danach sofort zur Wehrmacht eingezogen. Sie brachten ihn rasch an die ukrainische Front. Drei Briefe erhielten wir noch von ihm. Sie waren sauber geschrieben, mit schöner Schrift. Er erzählte von den kalten Nächten, von einem unerwartet freundlichen Kontakt mit einer Bauernfamilie. In seinem letzten Brief legte er eine kleine Zeichnung von einem ukrainischen Dorf bei. Es lag in einer Senke, über den Dächern hing der Rauch der Schornsteine. Danach kam keine Nachricht mehr. Wir erkundigten uns immer wieder, bekamen aber keine Auskunft. Das bange Warten, die Ungewissheit war am schlimmsten. Hans war meiner Erzählung emotional nicht gewachsen. Er starrte ständig woanders hin. Es schüttelte ihn, als ich von dem Tag erzählte, an dem wir die mit Schreibmaschine ausgefüllte Postkarte erhielten. Eine Benachrichtigung der Angehörigen über den Tod des Soldaten Jakob Schemberg, gefallen in Schewtschenkowe am 17. Dezember 1943.

In diesem Moment verschlug es mir die Stimme, ich konnte nicht weitersprechen. Jakobs Bild war wieder da. Unser Sohn, der junge Mann in seiner Uniform, der alles gelassen hingenommen hatte, der Irmgard und mich am Bahnhof noch einmal fest an sich gedrückt hatte. Dann war er in den Zug Richtung Osten gestiegen. Aus dem Fenster: ein letzter ernster Blick zurück.

»Woher haben Sie die?«, fragte Hans aus der beklemmenden Stille heraus den Wirt und wies auf die Zuckerdose auf unserem Tisch. Der alte Herr mit seiner umgebundenen Schürze gab bereitwillig Auskunft. Er habe sie kürzlich bei einem Altwarentandler gekauft, sagte er. »Wissen Sie, von wem die stammt?«, fragte Hans und der Mann schüttelte den Kopf. »Von Josef Hoffmann, dem Architekten.«

»Sie ist schön«, sagte Hans. »Wirklich schön.« Obwohl es so viel über unsere schrecklichen Erlebnisse der letzten Jahre zu reden gegeben hätte, fing er an, mir die Schönheit dieser Dose zu erklären. Es war seine Art, uns beiden die fürchterlichen Gedanken zu vertreiben.

»Schönheit bleibt immer oberflächlich, wenn sie uns nicht berührt«, begann Hans. Oft habe er sich gefragt, ob sie erlernbar sei oder etwas Gottgegebenes wie die Natur. Doch er denke, eher Ersteres. »Wir müssen die Schönheit begreifen, um von ihr zu profitieren und nicht achtlos an ihr vorbeizugehen.« Schönheit ohne das Bewusstsein ihrer Betrachter habe keinen Wert.

»Dir ist die Zuckerdose nicht aufgefallen«, sagte er. »Du musst deinen Blick schärfen, Viktor! Nur wenn du die Schönheit erkennst, erfüllt sie dein Leben.« »Vielleicht erkenne ich sie tatsächlich in solchen Gegenständen nicht«, gab ich zu. »Aber ich erkenne sie in der Natur, manchmal auch bei den Menschen.«

Als ich ihn fragte, ob er auch künftig wieder schöne Produkte, wie einst seine Lampen und Leuchten herstellen wolle, sah er mich traurig an. Er wirkte erschöpft, als wären die eben noch präzise funktionierenden Gedankengänge wieder verstopft. »Ich weiß es nicht«, sagte er leise zu mir gebeugt, als vertraute er mir ein Geheimnis an: »Wenn, dann wohl nicht mehr in Wien.«

In Österreich sei auf diesem Gebiet nichts mehr zu erwarten. Die Nazis hätten alle Kreativität zerstört. »Sie haben die Freiheit zerstört. Ohne Freiheit keine Kreativität!« Hans erzählte von Schweden. In Stockholm gebe es eine neue Aufbruchsstimmung unter Gestaltern und Architekten. Josef Frank sei rechtzeitig vor dem Krieg dorthin gezogen, er arbeite jetzt für eine große schwedische Firma, Svenskt Tenn. »Vielleicht hätte ich damals auch nach Schweden gehen sollen, nicht in die Tschechoslowakei.«

Hans war in Sicherheit, aber er war schwach. Auf dem Heimweg durch die zerstörte Stadt – es fuhren nach dem Kriegsende kaum Straßenbahnen – musste er sich mehrfach auf mich stützen. Bei der Neustiftgasse setzte er sich auf den Eckstein einer Hauseinfahrt und sah mich verlegen an. Sein Atem ging schwer. »Könntest du am 1. September um sechs Uhr abends noch einmal auf den Schwedenplatz gehen?«, bat er mich. Dort werde Marie auf ihn warten. Sie hätten vor wenigen Monaten Kontakt gehabt und dabei ein Treffen vereinbart. Als Treffpunkt sei das Schweden-Café geplant gewesen, er habe nicht geahnt, dass es das Kaffeehaus dann nicht mehr geben werde. »Ich habe mir auch nicht vorstellen können, in welchem erbärmlichen Zustand ich bin. Ich möchte nicht, dass sie mich so sieht.« Sobald es ihm besser gehe, werde er sie einladen – zu sich nach Hause. »Dann werde ich alles in Ordnung bringen«, versicherte Hans.

In diesem Moment, an der Neustiftgasse, zweifelte ich nicht daran, dass er es ehrlich meinte. Ich konnte nachvollziehen, warum er das Treffen mit seiner Tochter verschieben wollte. Zu gut kannte ich seine Eitelkeit. Hans wollte nicht als geschlagener, gezeichneter Mann vor Marie treten. Er wollte sich zuerst erholen, seine Kraft zurückgewinnen. »Wann soll sie zu dir kommen?«, fragte ich ihn. Ich wollte ihr zumindest einen konkreten Tag nennen können. »Also gut«, sagte er. »Am 1. Oktober bei uns in der Richtergasse.«

Ob seine neue Familie von Marie wisse, fragte ich ihn noch. »Ja, alle wissen es, sogar Karmen weiß, dass sie eine Schwester hat.«

Anfang September ging ich wie vereinbart abends zu den Ruinen des Schweden-Café, um Marie zu treffen. Ich wusste nicht, was mich erwartete. Seit dem Tag, an dem Hitler einmarschiert war, hatte ich sie nicht mehr gesehen. Würde ich sie wiedererkennen? Würde sie enttäuscht sein, weil nicht ihr Vater vor ihr stand, sondern ich? Ich war unsicher, freute mich aber auf sie.

Pünktlich bog sie ums Eck. Sie trug einen langen schwarzen Rock und eine schlichte weiße Bluse, ihre vollen, gelockten Haare waren offen. Es war eine Frau, die auf mich zukam, kein Mädchen. Sie brauchte nicht lange, um mich zu erkennen. »Wo ist Papa?«, fragte sie statt einer Begrüßung. Dann entschuldigte sie sich sofort dafür, gab mir die Hand und sah mich ernst an. »Was ist mit ihm?«

Ich erklärte ihr, dass er von der Flucht noch sehr schwach sei. Er habe mich gebeten, an seiner statt hierher zu kommen. »Wo ist er? Ich will ihn sehen!«, insistierte Marie. »Können wir zu ihm gehen?« Ich versuchte sie zu vertrösten, forderte Geduld von ihr. Er habe noch nicht die Kraft dazu. »Aber er möchte dich treffen, er hat es mir versichert. Er hat dich für den 1. Oktober um sechs Uhr abends zu sich in die Richtergasse eingeladen.« Sie sah mich verstört an.

Marie war impulsiv, das war sie schon als Kind gewesen. Und sehr ernsthaft, wie damals. Ich lud sie auf einen Kaffee ein, erzählte ihr von Jakob, der im Krieg gefallen war, von Irmgard, die immer voll Energie gewesen war und nach dem Tod unseres Sohnes nicht mehr schlafen konnte. »Was hat das alles für einen Sinn gehabt?«, fragte mich Marie voller Zorn. Auch ihr Cousin Rudi sei nicht mehr aus dem Krieg zurückgekehrt. Kurz erwähnte sie, dass ihr Stiefvater in amerikanischer Gefangenschaft sei, doch sie hätten bereits Nachricht von ihm bekommen. Es ging ihm offensichtlich gut.

Sie hatte jetzt einen Stiefvater. Das war mir neu. Marie beschrieb ihn als anständigen Menschen, der sie adoptiert und für sie gesorgt habe. Er sei der einst letzte Fähnrich der k. u. k. Militärakademie gewesen, ein stolzer, großgewachsener Mann, der allein durch sein Auftreten respekteinflößend wirke. »Ich habe sehr großen Respekt vor ihm.«

Dann sah sie mich mit einem traurigen Blick an. »Du weißt wahrscheinlich auch nicht, dass ich meinen Vater noch einmal wiedergesehen habe? Einmal, ganz kurz. Bloß zehn Minuten.« Es war zu Kriegsende gewesen, wenige Wochen, nachdem sie so wie viele junge Frauen von der Wehrmacht eingezogen worden war. Sie habe sich aus dem Flughangar der Nazis in der Lüneburger Heide, wo sie eingesetzt gewesen war, nach Aussig im Sudetenland durchgeschlagen, wo ihr Vater lebte. Das wusste sie, weil sie seine Adresse zufällig einige Jahre zuvor auf einem Brief entdeckt hatte, der an ihren Stiefvater gerichtet war. Über Hans wurde in der Trauner-Familie bis zuletzt kein Wort mehr verloren. Oft habe sie nach ihm gefragt, aber nie eine Antwort erhalten. Der Brief, der eines Tages auf dem Tisch der kleinen Wohnung lag, trug den Absender Hans Schemberg, Wannov 71, Aussig. Er lebte also und er hatte eine Adresse. Heimlich notierte sie diese.

Als die Naziherrschaft Anfang Mai 1945 zusammenbrach, floh sie gemeinsam mit ihrer Freundin Anna von den anrückenden alliierten Truppen. »Die Offiziere haben uns weggeschickt, nachdem in Lüneburg eine erste Teilkapitulation unterzeichnet worden war. Es war ein Chaos. Wir wollten rasch irgendwohin – nicht allzu weit weg.« Es lag also nahe, sich vorerst in Aussig bei ihrem Vater in Sicherheit zu bringen. Mit Anna habe sie es bis zu seinem Haus in Wannov, ein Stück außerhalb der Stadt geschafft. »Wir kamen ganz zerzaust an, trugen noch immer unsere Heeresuniform und hatten uns seit Tagen nicht gewaschen. Ich war sehr aufgeregt. Seit zwölf Jahren hatte ich ihn nicht gesehen.«

Hans öffnete seiner mittlerweile neunzehnjährigen Tochter zwar das Gartentor, ließ sie aber nicht eintreten. »Mein Vater war irritiert, hat mich zuerst gar nicht erkannt«, erzählte Marie. »Dann hat er kurz gelächelt, als ich ihm gesagt habe, wer ich bin.« Statt die beiden aufzunehmen, habe er sie aber gedrängt, so rasch wie möglich nach Österreich weiterzureisen. Die Russen stünden vor den Toren der Stadt und würden sie am nächsten Tag einnehmen, warnte er. Er werde ebenfalls bald nach Wien kommen. Hans vereinbarte sogar einen Treffpunkt mit ihr. Er nannte den heutigen Tag, den 1. September um sechs Uhr abends. Sie solle ins Schweden-Café am Schwedenplatz kommen. »Ich werde dort sein«, versprach er.

Marie erzählte, wie enttäuscht sie war, dass er sie damals wegschickte. Nach einer so langen Zeit der Trennung hatte er sie nicht einmal in sein Haus gebeten, sondern am Gartentor stehen gelassen. Vermutlich habe er sie vor seiner neuen Frau geheim halten wollen. Stattdessen habe er Anna und ihr Geld angeboten, das sie zuerst nicht nehmen wollte. Erst nachdem ihre Freundin ihr zugeredet hatte, steckte sie es ein. Es war genug, um sich statt der Uniform zivile Kleidung zu kaufen und über viele Umwege Richtung Wien zu reisen.

Wenige Jahre später, erzählte Marie, hätte sie begriffen, dass es sein Gutes gehabt habe und Hans ihr und ihrer Freundin vielleicht sogar das Leben gerettet hatte. Denn in Aussig zogen tatsächlich einen Tag danach sowjetische Truppen ein. Sie hätten die beiden jungen Frauen vermutlich als Soldatinnen der Deutschen Wehrmacht festgenommen und in eines ihrer Lager gebracht.

Je länger wir beisammen saßen, desto stärker empfand ich ihre Enttäuschung über das nicht zustande gekommene Treffen mit ihrem Vater. »Heute ist er mir wieder ausgewichen. Ich weiß nicht, was ich davon halten soll.« Bevor sie wieder aufbrach, bat sie mich, dass ich sie am 1. Oktober zu ihrem Vater begleite. »Ich habe Angst vor diesem Wiedersehen. Mir wäre recht, wenn du mitkommst.«

39

Am 1. Oktober verabschiedete ich mich nachmittags daheim von Irmgard, marschierte den langen Weg durch die Stadt bis in die Richtergasse. Kurz vor achtzehn Uhr kam ich bei Hans' Wohnung an. Marie stand nicht, wie ich erwartet hatte, vor dem Haus, deshalb trat ich durch das hohe Tor ein. Es war ein warmer Herbsttag. Ich war vom langen Fußweg müde und verschwitzt, genoss die Kühle der dicken alten Mauern. Das Zinshaus mochte schon bessere Tage gesehen haben. Es roch feucht und einige der Gangfenster hingen morsch und etwas schief in den Scharnieren.

Kurz bevor ich im zweiten Obergeschoß bei seiner Wohnung ankam, sah ich sie auf den Stufen sitzen. Marie kramte in ihrer Handtasche, holte ein Taschentuch heraus und schnupfte hinein. Erst als ich näher kam, erkannte ich, dass sie weinte. Sie nickte nur, brachte kein Wort heraus.

Auf meine Frage, was denn los sei, antwortete sie nicht, zeigte nur die wenigen Stufen hinauf, wo sich der Gang mit der Tür zur Wohnung befand. Ich sah bloß eine verschlossene Tür. »Was ist denn geschehen?«, fragte ich erneut, aber sie sah mich verzweifelt an. Dann, in einem Ton tiefster Enttäuschung sprach sie es aus: »Er ist nicht mehr da!« Sie habe die Hausmeisterin gefragt, auf welcher Nummer er wohne. »Die hat mir erzählt, dass er vor zwei Tagen mit Sack und Pack und seiner ganzen Familie abgereist ist.«

In diesem Moment hätte ich ruhig bleiben sollen. Ich hätte Marie trösten müssen, aber in mir stieg ein unbändiger Zorn empor. Es kam von ganz unten, zog seine Verwüstung über den Magen, die Speiseröhre bis hinauf in den Mund. Und dort formte sich der Zorn in bittere Worte, die mir seit vielen Jahren nicht mehr über die Lippen gekommen waren. »Dieser Scheißkerl, dieses miese Arschloch!« Ich konnte mich einfach nicht halten.

Marie sah mich entsetzt an. Sie erschrak so sehr über meinen Ausbruch, dass sie die Augen aufriss. Dann aber, als ich mich wieder im Griff hatte, sagte sie ganz ruhig: »Scheißkerl passt!« Ich setzte mich zu ihr auf die Stufen, versuchte mich zu sammeln. Hatte die Hausmeisterin eine Anmerkung gemacht, wohin er gezogen sei? Sie schüttelte den Kopf: »Nein, er wollte mich offensichtlich nicht mehr sehen. Er ist wieder vor mir geflohen. Ein Scheißkerl eben.«

Sie packte das Taschentuch in ihre Handtasche und machte sich zum Gehen bereit. Für Marie gab es keinen Zweifel mehr. Dreimal hatte er sie nun abgewiesen oder versetzt. »Wenn du möchtest, beschließen wir jetzt beide, dass wir ihn hassen«, schlug sie vor. Ich nickte.

Dann lugte ich noch einmal durch die trüben Scheiben der Eingangstür in die Wohnung, wollte überprüfen, ob er wirklich ausgezogen war. In diesem Moment kam jemand das Stiegenhaus herauf. Es waren die Schritte einer Dame mit hohen Absätzen. Als ich ihren Kopf auftauchen sah, erkannte ich sie sofort: Gräfin Liebowitz.

Sie sah uns erstaunt an. Dann fasste sie sich: »Ah, der Lehrer-Bruder«, sagte sie und gab mir die Hand. Die Gräfin sah stolz aus wie eh und je, wenngleich die Jahre ihren einst aufrechten Gang gebeugt hatten. Ich stellte ihr Marie als Hans' Tochter vor. Das löste bei ihr für einen Moment Verunsicherung aus. Sie sah auf mich, dann auf Marie, dann wieder auf mich. Aber dann fasste sie sich: »Ein hübsches Mädchen.«

Die Gräfin erzählte, Hans habe vor einer Woche die Nachricht bekommen, dass er mithilfe des Roten Kreuzes nach

Stockholm auswandern könne. Er habe in Wien keine Zukunft mehr gesehen. »Vielleicht waren es auch all die Geschichten von damals«, sagte sie und verstummte, als sie einen verärgerten Blick von Marie auffing. »Aber was soll's!«, fügte sie hinzu. »Wir wollen ihm viel Glück wünschen.«

Sie bot uns an, die Wohnung anzusehen, in der Hans zwei Monate lang gelebt hatte. Wir traten nach ihr ein. Der Holzfußboden unter unseren Füßen knarrte, als wir das Wohnzimmer durchquerten. Es war ein imposanter Raum mit schönem Blick in den Hof. Er war lediglich mit einem schweren Biedermeier-Esstisch und vier dazupassenden Sesseln eingerichtet. Ein alter, breiter Kasten stand an der Mittelmauer neben dem Ofen. Keine Teppiche, keine Vorhänge. An der Decke baumelte eine Glühbirne. Ähnlich sahen die anderen beiden Zimmer aus, in denen die Betten standen. »Mehr gab es hier nicht«, sagte die Gräfin.

Auf dem ovalen Esstisch lag ein Brief, adressiert an »Elenore« und eine Mappe aus Karton mit seinen Initialen »H. S.«.

Während sich Marie in der Wohnung umsah, öffnete die Gräfin den Brief, der an sie gerichtet war. Sie überflog die Zeilen, nahm mit einer selbstverständlichen Geste einen Schlüsselbund aus dem Umschlag und steckte ihn ein.

Danach öffnete sie die Mappe und begann laut zu lachen. »Das müssen Sie sehen«, sagte sie und breitete mehrere Pläne und Skizzen vor uns auf. Hans hatte Vorschläge für die Gestaltung der gesamten Wohnung gezeichnet. Eine kolorierte Skizze stellte das Wohnzimmer dar. Sie zeigte den hohen Raum mit leichten, modernen Möbeln, einem Sofa, mehreren niedrigen Sesseln und einem Esstisch mit darüber hängender Leuchte. Eine ovale, von oben erhellte matte Scheibe, die ein wenig an die Form des alten Biedermeiertisches erinnerte, aber viel zarter und schlichter. Zwischen den Fenstern stand ein offenes Regal mit Büchern. Dazu helle Vorhänge und ein bunt gemusterter Teppich. »Schön wäre das schon«, sagte die Gräfin. »Aber ich werde die Wohnung verkaufen. Ich brauche das Geld.«

Sie faltete die Pläne wieder zusammen, klappte die Mappe auf, steckte die Zeichnungen hinein und überreichte sie mir mit einer feierlichen Geste. »Die können Sie mitnehmen – als Erinnerung.« Ich war überrascht, bestand aber darauf, dass Marie sie erhalten sollte. »Auch gut!«, sagte die Gräfin. »Eine Erinnerung für die Tochter.«

Wenig später verabschiedeten wir uns. Mir schnürte es den Hals zusammen, als ich Marie davoneilen sah. Ihr Schritt war entschlossen, als flöhe sie von diesem Ort. Als wollte sie nie wieder zurückblicken.

Sie tat es auch nicht. Wir waren nicht einmal zum Reden gekommen. Hatten kein weiteres Treffen vereinbart. War der letzte Versuch gescheitert, die Scherben unserer Familie aufzulesen? »Scheißkerl!«, dachte ich mir noch einmal. Dann fielen mir die Zeichnungen ein, die Hans von der Wohnung angefertigt hatte. Sie zeigten, wie die traurigen Räume ein neues Leben bekommen hätten können – ein fröhlicheres, klareres, befreites Leben.

40

Ich glaube, Hans wusste, was er angerichtet hatte. Er meldete sich nicht mehr. Er zog nach Schweden, um zum wiederholten Male ein neues Leben zu beginnen. Ich hätte seine Signale richtig deuten sollen. Er hatte von Stockholm geträumt, vom Aufbruch in ein neues, skandinavisches Design. Ob Lampen, Küchengeräte, Geschirr oder Möbel: alles in klaren, schlichten Formen.

Irmgard, meine liebe Irmgard war – das überraschte mich sehr – mit ihrem Urteil über Hans weit milder als ich. »Jeder kann sich entscheiden, ein neues Leben zu beginnen«, argumentierte sie. »Und niemand hat das Recht, jemanden dabei aufzuhalten.« Die Konsequenzen müsse Hans sowieso selbst tragen. Er müsse die vielen Verluste verkraften.

Ich dachte vor allem an Marie. Seine wunderbare Tochter, diese junge Frau. Hans konnte gar nicht wissen, was er an ihr verlor.

Wenige Jahre nach dem Krieg hatten die meisten Häuser der Heubergsiedlung ein Telefon eingeleitet bekommen, auch unseres. Es war mit einem Mal leicht, andere Bewohner der Stadt zu kontaktieren. Nur ein Griff zum Hörer, ein paar wenige Ziffern. Wir alle standen mit unseren Namen im Telefonbuch. Maries Nummer hatte ich längst herausgefunden. Immer wieder verschob ich es allerdings, sie anzurufen. Ich war feige. Denn ich hatte Angst. Angst, in meinen und ihren Wunden noch einmal zu wühlen.

Aber es gab für mich noch etwas zu erledigen. Ich kramte Hans' alten Skizzenblock hervor. Marie, war ich überzeugt, hatte ein Recht, ihn zu erhalten.

Im Herbst 1949 war sie es, die an einem Wochenende anrief. »Hallo Viktor. Ich bin es, Marie«, hörte ich sie am Telefon. Sie wolle mich gerne treffen, um etwas über ihren Vater zu erfahren. Ich sei der Einzige, der ihr von ihm erzählen könne, ihre Mutter weiche noch immer jeder Frage aus. Wir vereinbarten ein Treffen im Café Prückel, direkt gegenüber der Hochschule für Angewandte Kunst, der früheren Kunstgewerbeschule, wo sie studierte.

Als ich eintrat, saß sie an einem der Tische, mit einem körperbetonten schwarzen Pullover und einer schlichten Perlenkette um den Hals. Zuerst erzählte sie viel, weit mehr als bei allen bisherigen Treffen. Mir kam vor, sie wollte die ganze Geschichte von der Trennung ihrer Eltern, von ihrem misslungenen Wiedersehen mit ihrem Vater in Aussig und all ihre Gedanken loswerden.

Dann, schon am späten Abend, nahm sie die Mappe heraus, die uns Gräfin Liebowitz nach der Abreise von Hans überreicht hatte. Marie blätterte durch die Zeichnungen, nahm schließlich jene des Wohnzimmers heraus. »Ich habe mir das so oft angesehen. Es ist ja das Einzige, das ich von ihm habe.«

Viele Male sei sie vor dieser »Zeichnung« gesessen. Sie hätte sie aufgemuntert, immer wieder beschäftigt. Aber eines lasse ihr keine Ruhe: »Warum hat Papa die schöne Sicht in den Garten nicht einbezogen?« Die gesamte Einrichtung des Wohnzimmers sei einzig und allein auf den Innenraum ausgerichtet. Weder der Esstisch noch die niedrige Sitzgruppe sei nahe der Fenster platziert. Diesen Fehler hätten in seiner Zeit so viele begangen. »War er einmal am Bauhaus?«, fragte sie und setzte gleich fort: »Ich habe das Musterhaus gesehen, das Walter Gropius mit seinen Studenten damals in Weimar entwickelt hat. Es ist famos, nur mit einem Fehler: Die Planung bezieht den Garten nicht ein.« Der Wohnraum sei in der Mitte, indirekt beleuchtet durch Fenster am Dach. Nur eine einzige kurze Front – eine Nische – öffne sich nach draußen. Auch Josef Hoffmann habe mehrfach diesen Fehler begangen. Sie alle, die Architekten dieser Zeit, hätten auf den Lebensraum Garten schlicht verzichtet, nur um im Inneren ein für sie ideales Gesamtkunstwerk zu schaffen. Josef Frank sei etwas später der Erste gewesen, der die Sicht nach draußen in seine Planung einbezog.

Ich musste schmunzeln. Marie war ihrem Vater sehr ähnlich. Sie beschäftigte sich mit Details einer Planung, die anderen überhaupt nicht aufgefallen wären. Ich erzählte ihr, dass Hans tatsächlich während seiner Ausbildung ein halbes Jahr am Bauhaus in Weimar gewesen sei – damals, als das Musterhaus entstand. Ich berichtete ihr von seiner Begeisterung für die Klarheit der Formen, von seinen großen Plänen für eine neue Lichtgestaltung und seine lang anhaltende Begeisterung für Josef Hoffmann. Aber zuletzt habe bei ihm der Hang zu Josef Frank überwogen. »Hans wollte sich immer weiterentwickeln. Er konnte nie stehen bleiben«, erzählte ich ihr.

»Erzähle mir mehr!«, bat sie. Der Zorn, mit dem sie kurz nach dem Krieg die leere Wohnung ihres Vaters verlassen hatte, war Interesse gewichen. Und sie wollte Antworten: »Ich habe nicht verstanden, warum er mich nicht sehen wollte. Ich verstehe es bis heute nicht.« Sie sah mich mit ihren großen braunen Augen an. Ihre Frage war direkt und fordernd: »Habe ich ihm je etwas bedeutet? Sag es mir! Ehrlich!«

In diesem Moment fand ich eine Erklärung, die ihr vielleicht half, ihn zu verstehen: »Du hast seine Pläne gesehen, seine Träume und Ideen, die er auf Papier brachte. Sie waren immer ein Bruch mit der Vergangenheit. Hans hat nur eine Richtung gekannt – die nach vorne. Das Traditionelle, das Zurück war ihm ein Gräuel.« Dann zog ich seinen alten Skizzenblock aus meiner Tasche und überreichte ihn ihr.

Es war das Letzte, das ich für Hans tun konnte und tun wollte. Marie würde seine Gedankenwelt vom wahren Schönen damit besser verstehen. Zweifellos würde sie an den enthaltenen Entwürfen für Leuchten, für einen Radioapparat und für Möbelstücke Gefallen finden. Vielleicht lösten die detailreichen Skizzen so etwas wie Stolz über ihren Vater aus. Es waren radikale, für seine Zeit sogar revolutionäre Entwürfe. Aber viel wichtiger war mir, dass Marie in den vielen Blättern seine tiefe Sehnsucht nach ihr erkennen musste – in den vielen Zeichnungen seiner Tochter.

Du sahst dir Seite um Seite genau an, ohne ein Wort zu verlieren. Manchmal strichst du ein geknicktes Blatt gerade. Wir waren die letzten Gäste an diesem Abend im Café. Langsam gingen im Gastraum die Lampen aus. Aber dein Blick wurde immer heller. Am Ende hast du gestrahlt. »Bitte«, sagtest du, »erzähle mir seine ganze Geschichte.«

NACHWORT

Ein verschwundener Mensch ist kein verstorbener Mensch, der mit Trauerarbeit verabschiedet werden kann. Er fehlt. Seine Geschichte fehlt. Meine Mutter, geb. Maria Schembera, hat ihr Leben lang am Verschwinden ihres Vaters gelitten. Ihre ständigen Verlustängste verfolgten sie bis ins hohe Alter. Mit diesem Buch versuchte ich, diese Leere auszufüllen. Jedoch: Es ist nur eine Fantasie und sie kommt zu spät.

Als Grundgerüst der Lebensgeschichte von Hans Schemberg dienten mir Recherchen zu meinem lange als verschollen gegoltenen Großvater Johann Schembera, dessen Spuren ich in Schweden wiederfand. Er hat unter anderem an der Neugestaltung zahlreicher Hotels und Kaffeehäuser in Österreich wie etwa dem Wiener Café Prückel in den zwanziger Jahren mitgewirkt. Das Café wurde später in den fünfziger Jahren von Oswald Haerdtl modernisiert und erhielt zu diesem Zeitpunkt sein heute als architektonisches Juwel geltendes Aussehen.

Ich habe versucht, den historischen Rahmen – sowohl die politischen Ereignisse als auch die Entwicklungen im Kunstgewerbe – so faktengetreu wie möglich wiederzugeben, das erzählte Leben von Hans Schemberg und aller weiterer Personen seiner Familie und seines Freundeskreises ist hingegen eine an die Zeit angepasste Fiktion.

EIN DANK AN

meine Frau Ursula Dorner-Böhm für ihre Geduld und ihren konstruktiven Beistand in diesem Projekt, an Karl Woisetschläger und Friederike Leibl-Bürger für ihre professionelle Kritik und Ermutigung, an Professor Patrick Werkner und den langjährigen MAK-Direktor Christoph Thun-Hohenstein für ihre freundliche Unterstützung bei den Recherchen zum Kunstgewerbe.

Ein besonders Danke an die Autoren Thomas Sautner und Robert Menasse, die dieses Buchprojekt mit Ratschlägen und freundschaftlicher Hilfe begleitet haben.